El testigo mudo

Biblioteca Agatha Christie

Agatha Christie

El testigo mudo

Traducción de Ángel Soler Crespo

ESPASA

Espasa, un sello editorial de Editorial Planeta, S. A.
Avda. Diagonal, 662-664, 08034 Barcelona (España)
www.espasa.com
www.planetadelibros.com

Publicado de acuerdo con Grupo Planeta Argentina S.A.I.C.

Diseño de la cubierta: Booket / Área Editorial Grupo Planeta
Ilustración de la cubierta: © David Sierra
Primera edición en Colección Booket: julio de 2024
Segunda impresión: diciembre de 2024
Tercera impresión: noviembre de 2025

Depósito legal: B. 11.527-2024
ISBN: 978-84-670-7415-4
Impreso en España

Biografía

Agatha Christie es conocida en todo el mundo como la Dama del Crimen. Es la autora más publicada de todos los tiempos, tan solo superada por la Biblia y Shakespeare. Sus libros han vendido más de dos mil millones de ejemplares en todo el mundo. Escribió un total de ochenta novelas de misterio y colecciones de relatos breves, más de veinticinco obras de teatro y seis novelas escritas con el pseudónimo de Mary Westmacott. Probó suerte con la pluma mientras trabajaba en un hospital durante la Primera Guerra Mundial, y debutó en 1920 con *El misterioso caso de Styles*, cuyo protagonista es el legendario detective Hércules Poirot, que luego aparecería en treinta y tres libros más. Alcanzó la fama con *El asesinato de Roger Ackroyd* en 1926, y creó a la ingeniosa Miss Marple en *Muerte en la vicaría*, publicado por primera vez en 1930. Se casó dos veces, una con Archibald Christie, de quien adoptó el apellido con el que es conocida mundialmente como la genial escritora de novelas y cuentos policiales y detectivescos, y luego con el arqueólogo Max Mallowan, al que acompañó en varias expediciones a lugares exóticos del mundo que después usó como escenarios en sus novelas. En 1961 fue nombrada miembro de la Real Sociedad de Literatura y en 1971 recibió el título de Dama de la Orden del Imperio Británico, un título nobiliario que en aquellos días se concedía con poca frecuencia. Murió en 1976 a la edad de ochenta y cinco años. Sus misterios encantan a lectores de todas las edades, pues son lo suficientemente sencillos como para que los más jóvenes los entiendan y disfruten, pero a la vez muestran una complejidad que las mentes adultas no consiguen descifrar hasta el final.

www.agathachristie.com

A mi querido Peter*, el más maravilloso de los amigos y el más estimado de los compañeros, un perro entre mil*

1

La señora de Littlegreen House

La señorita Arundell murió el día 1 de mayo. Aunque la enfermedad fue breve, su muerte no causó mucha sorpresa en la pequeña población de Market Basing, donde había vivido desde que tenía dieciséis años. Por una parte, Emily Arundell, la única superviviente de cinco hermanos, había rebasado ya los setenta y, por otra, durante muchos años había estado aquejada de mala salud. Además, unos dieciocho meses antes, había estado a punto de morir a causa de un ataque muy similar al que acabó con su vida.

Aunque la muerte de la señorita Arundell no extrañó a nadie, sí ocurrió algo relacionado con ella que causó sensación. Las disposiciones de su testamento suscitaron las más variadas emociones: asombro, cólera, profundo disgusto, rabia, enojo, indignación y comentarios para todos los gustos. ¡Durante semanas, tal vez meses, no se habló de otra cosa en Market Basing! Cada cual aportó su opinión sobre el asunto, desde el señor Jones, el tendero, quien sostenía que «la sangre es más espesa que el agua», hasta la señora Lamphrey, de la estafeta de Correos, quien repetía *ad nauseam*: «Algo hay detrás de todo esto, ¡estoy segura! ¡Ya lo veréis!».

Lo que añadió más salsa a las especulaciones sobre el caso fue el hecho de que el testamento hubiera sido otorgado el día 21 del abril anterior. Teniendo en cuenta que los parientes más próximos de Emily Arundell habían pasado con ella la Pascua de Resurrección pocos días antes, se comprenderá con qué facilidad tomaron cuerpo las más escandalosas teorías, rompiendo de manera placentera la monotonía de la vida cotidiana de Market Basing.

Existía una persona de quien se sospechaba con fundamento que sabía mucho más sobre el asunto de lo que ella misma admitía. Era Wilhelmina Lawson, señorita de compañía de Emily. Pero esta insistía en que sabía tanto sobre el caso como cualquier otro y añadía que se había quedado muda de estupor al hacerse público el contenido del testamento.

Mucha gente no se lo creía, por supuesto. No obstante, tanto si la señorita Lawson estaba enterada como si no, lo cierto era que solamente una persona conocía la verdad. Y esa era la difunta señorita Arundell. Emily Arundell había hecho lo mismo que siempre: actuar de acuerdo con lo que consideraba más conveniente. Ni siquiera le dijo una sola palabra a su propio abogado acerca de los motivos que originaron sus actos. Se limitó a dejar que sus deseos quedaran bien claros.

En esta reticencia podía encontrarse la clave del carácter de Emily Arundell. En todos los aspectos, era un producto típico de su generación. Tenía tanto sus virtudes como sus vicios. Era autocrática y, a menudo, despótica, pero también muy afectuosa. Pese a su lengua viperina, sus acciones eran bondadosas. Desde fuera parecía sentimental, pero en su fuero interno era sagaz. Había tenido una gran cantidad de señoritas de compañía de las que abusó despiadadamente, aunque las recompensó con esplendidez. Poseía un gran sentido de las obligaciones familiares.

El viernes antes de Pascua, Emily Arundell se encontraba en el vestíbulo de Littlegreen House, dando varias órdenes a la señorita Lawson.

Emily había sido una muchacha agraciada y ahora era una anciana elegante y bien conservada, de espalda erguida y ademanes enérgicos. El ligero tono amarillento de su tez constituía un aviso sobre el peligro que representaba para ella comer según qué alimentos.

—Vamos a ver, Minnie —dijo la señorita Arundell—, ¿dónde has colocado a los invitados?

—Pues, espero..., confío en haberlo hecho bien. Al doctor Tanios y su esposa, en el dormitorio caoba, y a Theresa, en el cuarto azul. Al joven Charles, en la antigua habitación de los niños...

La anciana la interrumpió:

—Theresa puede dormir en el cuarto de los niños y que Charles se quede en la habitación azul.

—Ah, de acuerdo. Lo siento. Creí que el cuarto de los niños sería un inconveniente para...

—A Theresa le gustará.

En los tiempos de la señorita Arundell, las mujeres ocupaban siempre el segundo lugar. Los hombres eran los miembros más importantes de la sociedad.

—No sabe cuánto lamento que no vengan los niños —murmuró la señorita Lawson con sentimiento. Le gustaban los niños, aunque era incapaz de manejarlos.

—Cuatro huéspedes son más que suficientes —repuso la señorita Arundell—. Además, Bella malcría demasiado a los pequeños. Nunca hacen lo que se les manda.

—La señora Tanios es una madre cariñosa —opinó Minnie Lawson.

—Bella es una buena mujer —afirmó Emily en tono serio.

—Debe de ser muy duro para ella vivir en una ciudad tan remota como Esmirna —comentó la señorita Lawson lanzando un suspiro.

—Puesto que ella ha escogido la cama, que duerma en ella —replicó la señora. Después de pronunciar esta definitiva sentencia victoriana, añadió—: Me voy al pueblo. Tengo que hacer varios encargos para este fin de semana.

—Oh, señorita Arundell, deje que vaya yo. Quiero decir...

—¡Tonterías! Prefiero ir yo. Rogers necesita que le suelte algo bien firme. Lo malo de ti, Minnie, es que no eres suficientemente enérgica. *¡Bob!* ¿Dónde está el perro?

Un terrier de pelo áspero bajó corriendo la escalera y empezó a dar vueltas alrededor de su ama, mientras lanzaba cortos y agudos ladridos de alegría anticipada.

La mujer y el perro salieron juntos por la puerta principal y avanzaron por la pequeña senda hasta la cancela.

Minnie Lawson se quedó observándolos, sonriendo vagamente con la boca un poco entreabierta. Detrás de ella, oyó una voz agria:

—Las fundas de almohada que me dio usted no son del mismo juego.

—¿Qué? Pero qué tonta soy...

Minnie Lawson volvió a enfrascarse en la rutina de los trabajos domésticos.

Entretanto, Emily Arundell, acompañada de *Bob*, avanzaba por la calle principal de Market Basing con aires de reina.

Era innegable que tenía un porte señorial. En todas las tiendas donde entraba, el dueño salía apresuradamente a su encuentro para servirla.

No en balde era la señorita Arundell, de Littlegreen House. «Una de nuestras más antiguas clientas.» «Una señora educada a la vieja usanza, de las que ya quedan pocas.»

—Buenos días, señorita. ¿En qué puedo tener el placer de servirla? ¿Que no estaba tierno? No sabe cuánto lamento oírlo. Creí que aquel solomillo estaba muy bien... Sí, desde luego, señorita Arundell. Si usted lo dice, así es... No, le aseguro que no pensaba despacharle a usted ningún género de calidad inferior, señorita Arundell... Sí, ya me doy cuenta, señorita Arundell.

Bob y *Spot*, el perro del carnicero, daban vueltas uno alrededor del otro, con el pelo erizado y profiriendo gruñidos en tono bajo. *Spot* era un perro corpulento de raza indefinida. Sabía que no debía pelearse con los perros que acompañaban a los clientes, aunque se permitía darles a conocer, con sutiles indirectas, que si le dejaran los convertiría en picadillo.

Bob, que se preciaba de ser valiente, contestaba de la misma manera.

Emily Arundell lanzó un seco «*¡Bob!*» y salió de la tienda.

En la verdulería, se encontró con una reunión de voluminosas damas. Una de ellas, de contornos esféricos, pero también distinguida por su aire majestuoso, la saludó:

—Buenos días, Emily.

—Buenos días, Caroline.

—¿Esperas a los chicos? —preguntó Caroline Peabody.

—Sí, a todos: Theresa, Charles y Bella.

—Entonces, Bella está aquí, ¿verdad? ¿Su marido también?

—Sí.

Aunque fue un simple monosílabo, en el fondo las dos se comprendieron muy bien.

Porque Bella Biggs, la sobrina de Emily, estaba casada con un griego, y la gente «bien», como la familia Arundell, nunca había aceptado una boda con un griego.

A modo de consuelo, porque desde luego la cosa no podía tratarse abiertamente, la señorita Peabody dijo:

—El marido de Bella es inteligente. Además, tiene unos modales encantadores.

—En efecto —convino la señorita Arundell.

Mientras salían a la calle, Caroline preguntó:

—¿Qué hay del compromiso de Theresa con el joven Donaldson?

Emily se encogió de hombros.

—Hoy en día, los jóvenes son muy especiales. Me temo que va a ser un noviazgo largo; es decir, si no cambia algo. El muchacho no tiene dinero.

—Pero Theresa dispone de su propio dinero —adujo la señorita Peabody.

—Un hombre está en su derecho de aspirar a que no lo mantenga su mujer —replicó la señorita Arundell con sequedad.

La señorita Peabody emitió un sonoro cloqueo gutural.

—Me parece que ahora eso no le importa mucho a nadie. Tú y yo estamos anticuadas. Aunque no llego a comprender qué ha visto esa niña en él. ¡Esos jóvenes son tan insípidos!

—Según tengo entendido, es un médico bastante bueno.

—Pero con esas gafas ¡y esa forma tan seca de hablar! En mis tiempos, lo habríamos considerado un zoquete engreído.

Hubo una pausa, mientras la señorita Peabody rebuscaba entre sus recuerdos del pasado y conjuraba la visión de hombres arrogantes y barbudos. Después dijo con un suspiro:

—Si viene, envíame al joven Charles para que lo vea.

—Descuida. Se lo diré.

Las dos damas se separaron.

Hacía más de cincuenta años que se conocían. La señorita Peabody estaba enterada de ciertos episodios no muy edificantes de la vida del general Arundell, padre de Emily. Sabía también el disgusto que el matrimonio de Thomas Arundell había causado a sus hermanas y tenía una idea bastante acertada sobre varias incidencias relacionadas con la nueva generación de los Arundell.

Pero ni una palabra se había cruzado entre ellas respecto a estas cuestiones. Eran las representantes de la dignidad, la solidaridad y la más completa reticencia en los asuntos de familia.

La señorita Arundell se dirigió a su casa con *Bob* trotando detrás de ella. Emily admitió para sus adentros lo que nunca habría reconocido ante ningún otro ser humano: el descontento que le producían sus parientes jóvenes.

Theresa, por ejemplo. No tenía el menor control sobre ella desde que había dispuesto de su propio dinero, al cumplir los veintiún años. Desde entonces, la muchacha había conseguido cierta notoriedad. Su fotografía aparecía a menudo en los periódicos. Formaba parte de una joven, brillante y atrevida pandilla de Londres. Se entregaba a extravagantes diversiones que, en más de una ocasión, habían terminado en una comisaría. No era la clase de popularidad que Emily aprobaba para un Arundell. De hecho, le disgustaba en gran medida la manera de vivir de Theresa. Por lo que se refería al noviazgo de la muchacha, estaba un tanto confusa. Por una parte, no podía considerar a un médico principiante como Donaldson suficiente buen partido para una Arundell. Por otra, estaba segura de que Theresa era la esposa menos indicada para un apacible médico de pueblo.

Sin darse cuenta, sus pensamientos se centraron en Bella. A ella sí que era difícil encontrarle tacha. Era una mujer íntegra, esposa devota y madre ejemplar, ¡y extremadamente tonta! A pesar de todo ello, no podía aprobar por completo su forma de ser porque se había casado con un extranjero, y no era tan solo extranjero, sino que además griego. En la mente llena de prejuicios de la señorita Arundell, un griego era casi como un turco o un argentino. El hecho de que el doctor Tanios fuera encantador y tuviera fama de conocer a fondo su profesión hacía que se sintiera todavía más predispuesta contra él. No le gustaban ni los modales afectuosos ni los cumplidos, pues desconfiaba de ellos. Por esta razón, también le fue muy difícil querer a los niños. Ambos se parecían físicamente a su padre y no podía encontrarse nada inglés en ellos.

Y luego estaba Charles.

Sí, Charles.

No servía de nada cerrar los ojos a la realidad: a pesar de ser encantador, no se podía confiar en él.

Emily parpadeó. Se sintió súbitamente cansada, vieja, deprimida.

Pensó que su vida no podía durar ya mucho más.

Recordó el testamento que había escrito hacía algunos años.

Legados a los criados, otros para obras de caridad, y el grueso de su fortuna, bastante considerable, repartida equitativamente entre ellos, sus tres parientes más próximos.

Seguía opinando que había obrado de la forma más justa y razonable. De pronto, una pregunta cruzó su mente. ¿Habría alguna manera de asegurar la parte de Bella para que su marido no pudiera aprovecharse? Consultaría al señor Purvis.

Llegó a la cancela de Littlegreen House.

Charles y Theresa llegaron en coche. Los Tanios, en tren.

Los hermanos llegaron primero: Charles, alto y apuesto, saludó con su habitual tono burlón:

—¡Hola, tía Emily! ¿Cómo está nuestra muchacha? ¡Parece que se encuentra usted muy bien!

Y la besó.

Theresa arrimó una joven e indiferente mejilla a la ya marchita de Emily.

—¿Cómo está, tía Emily?

Theresa no tenía ni mucho menos buen aspecto, pensó su tía. Debajo del espeso maquillaje, el rostro parecía macilento y tenía sendos semicírculos oscuros alrededor de los ojos.

El té estaba servido en el salón. Bella Tanios, con el pelo desparramado en mechones bajo su bonito sombrero, colocado con más buena intención que acierto, miraba fijamente a su prima Theresa, esforzándose patéticamente por asimilar, para acordarse luego, los detalles de la ropa que usaba la muchacha. En esta vida, el destino de la pobre Bella era sentir una intensa pasión por todo lo que se refería a la moda sin poseer el menor gusto. Los vestidos que llevaba Theresa eran más caros, un poco atrevidos quizá, pero la chica tenía una figura exquisita.

Cuando Bella llegó a Inglaterra desde Esmirna, trató por todos los medios de imitar la elegancia de Theresa a un coste y una calidad inferiores.

El doctor Tanios, alto, barbudo y bien parecido, hablaba con la señorita Arundell. Tenía una voz cálida y sonora, una voz atractiva que encantaba al oyente casi contra su voluntad. A pesar de sus prejuicios, fascinó a Emily.

Minnie Lawson, entretanto, estaba atareadísima. Iba de aquí para allá, llevaba platos y recolocaba las tazas en la mesilla de té. Charles, que poseía unos modales excelentes, se levantó más de una vez para ayudarla, aunque ella no se lo agradeció.

Después del té, salieron todos a dar una vuelta por el jardín y Charles murmuró por lo bajo al oído de su hermana:

—A la señorita Lawson no le gusto. Es extraño, ¿no te parece?

—Muy extraño —replicó Theresa jocosa—. ¿De modo que existe una persona que se resiste a tus encantos fatales?

Charles hizo una mueca burlona.

—Suerte que se trata solo de la señorita Lawson.

La aludida paseaba con la señora Tanios y le preguntaba por los niños. La cara un tanto triste de Bella se iluminó. Se olvidó de Theresa y empezó a hablar animadamente. Mary había dicho una cosa tan graciosa mientras estaban en el barco...

Bella encontró en Minnie Lawson una oyente que simpatizaba con cuanto decía.

Poco después, un joven de cabellos rubios, expresión solemne y gafas, salió de la casa y avanzó por el jardín. Parecía algo incómodo. La señorita Arundell le dio la bienvenida en tono cortés.

—¡Hola, Rex! —exclamó Theresa.

Lo cogió del brazo y ambos se alejaron del grupo.

Charles hizo una mueca y se fue a hablar con el jardinero, su viejo aliado desde que era un chiquillo.

Cuando la señorita Arundell volvió a entrar en la casa, Charles estaba jugando con *Bob*. En lo alto de la escalera, el perro tenía una pelota en la boca y movía alegremente la cola.

—Vamos, chico —dijo Charles.

Bob se sentó sobre sus patas traseras y empujó la pelota con el hocico, muy despacio, hasta el borde del primer peldaño. Cuando por fin cayó, se alzó sobre las patas traseras dando muestras de gran regocijo, mientras la pelota rebotaba de un peldaño a otro. Charles la recogió y volvió a lanzarla hacia arriba. *Bob* la atrapó al vuelo. Después, la maniobra se repitió una vez más.

—Es un experto —indicó Charles.

Emily Arundell sonrió.

—Podría pasarse horas así —dijo.

Dio media vuelta y se dirigió al salón, seguida por Charles. *Bob* soltó un ladrido de disgusto.

Mientras miraba a través de la ventana, Charles comentó:

—Mire a Theresa y a su novio. ¡Hacen una pareja muy rara!

—¿Crees que Theresa se ha tomado la cosa realmente en serio?

—¡Está loca por él! —contestó Charles en tono confidencial—. Es una elección bastante rara, pero qué le vamos a hacer. Creo que debe de ser por la forma en que él la mira, como si fuera un espécimen científico y no una mujer. Eso es una novedad para Theresa. Lástima que el chico no tenga donde caerse muerto. Theresa tiene unos gustos demasiado caros.

—No me cabe la menor duda de que ella podría cambiar de estilo de vida si quisiera —comentó su tía con tono desabrido—. Después de todo, Theresa tiene sus propios ingresos.

—¿Cómo? ¡Ah, sí, sí! Desde luego.

Charles dirigió a su tía una mirada casi culpable.

Por la noche, mientras estaban reunidos en el salón esperando a que sirvieran la cena, se oyó un gran estrépito en la escalera. Charles entró al cabo de un momento con la cara sofocada.

—Lo siento, tía Emily. ¿Llego tarde? Ese perro casi me hace dar un batacazo de mil demonios. Se ha dejado la pelota en lo alto de la escalera.

—¡Qué perrito más descuidado! —exclamó la señorita Lawson al tiempo que se inclinaba hacia *Bob*.

El perro la miró con desdén y volvió la cabeza hacia otro lado.

—Lo sé —dijo la señorita Arundell—. Es verdaderamente peligroso. Minnie, ve a buscar la pelota y guárdala.

La señorita Lawson se apresuró a cumplir la orden.

El doctor Tanios monopolizó la conversación durante casi toda la velada, contando divertidas anécdotas de su vida en Esmirna.

El grupo se fue a la cama temprano. La señorita Lawson, cargada con un ovillo de lana, un par de gafas, una gran bolsa de terciopelo y un libro, acompañó a Emily hasta su habitación, sin dejar de charlar animadamente.

—El doctor Tanios es muy divertido. ¡Su compañía es muy grata! Aunque no me agradaría vivir así: tener que hervir el agua y esa leche de cabra que tiene un sabor tan desagradable...

—No seas tonta, Minnie —interrumpió la anciana—. ¿Le has dicho a Ellen que me llame a las seis y media?

—Desde luego, señorita Arundell. Le dije que no preparara té, aunque no creo que eso sea aconsejable. Como usted ya sabe, el vicario de Southbridge, que es uno de los hombres más escrupulosos que conozco, me dijo claramente que no había ninguna necesidad de ayunar...

Una vez más, la señorita Arundell la interrumpió.

—Nunca he tomado nada antes del servicio matutino y no voy a empezar ahora. Tú puedes hacer lo que te parezca.

—¡Oh, no...! No he querido decir... Estoy segura de que...

La señora Lawson estaba aturdida.

—Quítale el collar a *Bob* —dijo la señorita Arundell.

La mujer se apresuró a obedecer.

—¡Qué velada tan agradable! Parecen todos tan contentos de encontrarse aquí... —opinó.

—¡Ya! —refunfuñó Emily Arundell—. Están aquí para ver lo que pueden sacarme.

—Oh, no diga eso, señorita Arundell...

—Mi querida Minnie, no soy tonta. Solo me pregunto quién de ellos empezará a pedir primero.

No tuvo que esperar mucho para salir de dudas. La señorita Lawson y ella volvieron del servicio matutino poco después de las nueve de la mañana. El doctor Tanios y su esposa se hallaban en el comedor, pero no había el menor rastro de los hermanos Arundell. Después de desayunar, el matrimonio se retiró y Emily se ocupó de anotar varias cuentas en una libreta.

Alrededor de las diez, entró Charles.

—Siento llegar tarde, tía Emily. Aunque Theresa es peor que yo. Todavía no ha abierto los ojos.

—A las diez y media se quita la mesa del desayuno —replicó la señorita Arundell—. Ya sé que está de moda no tener la menor consideración con el servicio, pero en mi casa eso no ocurre.

—¡Bravo! ¡Ese es el auténtico espíritu señorial!

Charles se sirvió un plato de riñones y se sentó junto a ella.

Su sonrisa, como de costumbre, resultaba muy atractiva. Casi sin darse cuenta, Emily Arundell se encontró de pronto dedicándole una indulgente sonrisa. Alentado por esta muestra de confianza, Charles se lanzó.

—Oiga, tía Emily. Siento mucho tener que molestarla, pero estoy en un aprieto. ¿Podría usted ayudarme? Cien libras bastarían.

La expresión que adoptó en ese momento su tía no era precisamente alentadora. Dejaba claro el disgusto que le causaba aquello.

Emily Arundell no tenía reparos en decir lo que sentía. Y lo dijo.

Minnie Lawson, que andaba trajinando por el vestíbulo, casi tropezó con Charles cuando este salió del comedor. Lo miró con curiosidad y luego entró en la habitación, donde encontró a la señorita Arundell sentada muy erguida y con la cara arrebolada.

2

Los parientes

Charles subió con ligereza la escalera y llamó a la puerta de la habitación de su hermana. Esta dijo: «Adelante» y el joven entró en el dormitorio.

Theresa estaba sentada en la cama, bostezando.

El muchacho tomó asiento a sus pies.

—Eres una chica muy decorativa, Theresa —observó con tono apreciativo.

—¿Qué te pasa? —preguntó ella con brusquedad.

Charles sonrió.

—De mal humor, ¿eh? Bueno, ¡te he ganado por la mano, chica! Quiero decir que he dado el golpe antes de que lo intentaras tú.

—Está bien, ¿y qué?

Su hermano extendió las manos en un ademán elocuente.

—¡No hay nada que hacer! Tía Emily me ha despachado pronto y bien. Insinuó que no se había hecho ninguna ilusión sobre el motivo por el que su queridísima familia se había reunido a su alrededor. Y también dejó entrever que sus queridísimos parientes se llevarían un chasco. No sacaremos nada, aparte de buenas palabras..., y no muchas.

—Deberías haber esperado un poco —comentó Theresa con acidez.

Charles volvió a sonreír.

—Temía que Tanios o tú os adelantaseis. Me apena decir, querida Theresa, que esta vez no conseguiremos nada. La vieja tía Emily no es tonta.

—Nunca he creído que lo fuera.

—Y eso que traté de intimidarla un poco.

—¿Qué quieres decir? —preguntó su hermana con interés.

—Le he dicho que estaba tomando el camino más seguro para que alguien la eliminara. Después de todo, no puede llevarse el dinero al cielo. ¿Por qué no aflojar un poco?

—¡Eres un imbécil, Charles!

—No, no lo soy. A mi manera tengo algo de psicólogo. No es conveniente irle con lloros a la vieja. Prefiere que vayas directo al grano. Al fin y al cabo, le he hablado con sentido común. Conseguiremos el dinero cuando se muera, ¿no es cierto? Pues entonces, ¡podría repartir un poco por adelantado! De otra forma, la tentación de quitarla de en medio puede acabar siendo irresistible.

—¿Comprendió ella lo que querías decir? —preguntó Theresa mientras sus bien perfilados labios se fruncían en un gesto desdeñoso.

—No estoy seguro. No quiso admitirlo. Se limitó, con cierto desprecio, a darme las gracias por mi aviso, indicándome que sabía cuidar de sí misma. «Luego no diga que no la avisé», le dije yo. «Lo tendré en cuenta», me contestó.

—En realidad, Charles, estás loco de remate —dijo Theresa con tono colérico.

—¡Maldita sea, Theresa! ¡Estoy muy apurado y la vieja está forrada! Apuesto cualquier cosa a que no gasta ni la décima parte de sus rentas. ¿En qué iba a gastarlas? Y aquí nos tienes a nosotros: jóvenes y deseosos de gozar de la vida, y solo por hacernos rabiar ella es capaz de vivir cien años. Yo necesito divertirme ahora, y tú también.

Theresa asintió, mientras comentaba en voz baja:

—No lo comprenden, los viejos no pueden entenderlo. ¡No saben lo que es vivir!

Ambos hermanos guardaron silencio durante unos minutos.

Charles se levantó.

—Bueno, querida. Te deseo más suerte que la que he tenido yo. Aunque dudo que la tengas.

—Cuento con Rex para que me ayude —afirmó Theresa—. Eso si consigo que tía Emily se dé cuenta de lo mucho que vale y de lo importantísimo que es proporcionarle una oportunidad que le evite hundirse en la rutina del médico rural. Oh, Charles, unos pocos miles, justamente ahora, ¡lo significarían todo para nuestras vidas!

—Espero que lo consigas aunque no creo que tengas éxito. Te gastas una fortuna con esa vida escandalosa que llevas. Oye, Theresa, ¿crees que la aburrida Bella o el sospechoso Tanios lograrán algo?

—No creo que el dinero le proporcionase nada bueno a Bella. Parece siempre un saco de andrajos y sus gustos son puramente domésticos.

—Está bien —dijo Charles—. Pero supongo que necesitará algunas cosas para sus antipáticos hijos: colegios, lecciones de música, ortodoncia. Además, no lo digo por Bella, sino por Tanios. Apuesto a que tiene olfato para el dinero. ¡Fíate de un griego! ¿Sabías que se gastó casi todo el dinero de ella? Especuló con él y lo perdió.

—¿Supones que conseguirá algo de la vieja?

—No, si puedo evitarlo —replicó el joven.

Salió de la habitación y descendió la escalera. *Bob* estaba en el vestíbulo y se dirigió alegre hacia él. El muchacho resultaba simpático a los perros.

El terrier corrió hacia la puerta del salón y se volvió para mirar a Charles.

—¿Qué quieres? —le preguntó Charles, acercándose a él.

Bob entró corriendo en la habitación y se sentó delante de un pequeño escritorio.

—¿De qué se trata?

Bob movió la cola y miró fijamente los cajones del escritorio, mientras profería un gruñido de súplica.

—¿Quieres algo de ahí dentro?

Charles abrió el cajón superior y arqueó las cejas.

—¡Vaya, vaya! —exclamó.

En un rincón se veía un pequeño montón de billetes.

Charles los cogió y los contó. Con una sonrisa, sacó tres billetes de una libra y dos de diez chelines, y se los guardó en el bolsillo. Luego dejó cuidadosamente el resto donde los había encontrado.

—Esta ha sido una buena idea, *Bob* —dijo—. Tu tío Charles ya tiene con qué cubrir los gastos. Un poco de dinero nunca viene mal.

Bob lanzó un ladrido de reproche cuando Charles cerró el cajón.

—Lo siento, chico —se excusó antes de abrir el siguiente cajón.

La pelota del perro estaba allí y la sacó.

—Aquí la tienes. Diviértete.

Bob cogió su juguete, salió corriendo del salón y, poco después, se oyó el ruido de la pelota al rebotar en los peldaños de la escalera.

Charles salió al jardín. Hacía una agradable y soleada mañana, y se percibía el ligero perfume de las lilas.

La señorita Arundell y el doctor Tanios estaban sentados, hablando. El médico disertaba sobre las ventajas de una buena educación para los niños, como la inglesa, y de lo que lamentaba no poder darles ese lujo a sus propios hijos.

Charles sonrió con malicia. Se unió a la conversación con espíritu alegre y la desvió con habilidad hacia otros temas.

Emily Arundell le dedicó una cariñosa sonrisa, lo cual

hizo pensar al joven que a ella le divertía su táctica y que, con sutileza, lo estaba animando a que siguiera por ese camino.

El ánimo de Charles volvió a cobrar aliento. Tal vez después de todo, antes de irse...

Era un optimista incurable.

El doctor Donaldson llegó aquella tarde en su coche y se llevó a Theresa con objeto de dar un paseo hasta Worthen Abbey, uno de los lugares más pintorescos de la localidad. Una vez allí, se adentraron en el bosque.

Rex Donaldson relató a su novia con todo detalle las teorías en las que estaba trabajando y algunos de sus experimentos más recientes. Ella entendía muy poco de todo aquello, aunque lo escuchaba hechizada.

«¡Qué inteligente es Rex, y qué adorable!», pensaba.

Su novio se detuvo y dijo con aire dubitativo:

—Me temo que todo esto sea muy aburrido para ti, Theresa.

—Cariño, es emocionante —replicó ella—. Sigue. Tomaste sangre de un conejo infectado y...

Donaldson prosiguió.

Poco después, Theresa dijo con un suspiro:

—Tu trabajo representa mucho para ti, amor mío.

—Naturalmente —contestó él.

A Theresa no le parecía tan natural. Muy pocos de sus amigos trabajaban y, si lo hacían, se quejaban con amargura de ello.

Como en otras ocasiones, pensó en lo impropio que resultaba haberse enamorado de Rex Donaldson. ¿Por qué tenían que ocurrirle a una estas cosas, estas divertidas y extrañas locuras? Era una pregunta sin respuesta. Le había ocurrido y eso era todo.

Frunció el ceño, extrañada de su propio comportamiento. Los miembros de su pandilla eran alegres y cínicos. Las aventuras amorosas eran necesarias en la vida, desde luego. Pero ¿por qué tomárselas tan en serio? Se podía amar y luego dejarlo correr.

Sin embargo, sus sentimientos por Rex Donaldson eran diferentes: demasiado profundos. Comprendió de forma instintiva que no podía dejarlo escapar. Sentía que lo necesitaba, simple y llanamente.

Todo en Rex la fascinaba. Su calma, su reserva, tan distintas de su propia vida, estéril y egoísta. La clara y lógica frialdad de su cerebro científico. Y algo más, algo que solo comprendía a medias. Una fuerza secreta, enmascarada por sus maneras modestas y levemente pedantes, pero que, no obstante, ella percibía de un modo instintivo.

Rex Donaldson tenía algo de genio, y el hecho de que su profesión constituyera la mayor preocupación de su vida y de que la joven fuera tan solo una parte, aunque necesaria, de su existencia aumentaba la atracción que ejercía sobre Theresa. La muchacha se dio cuenta, por primera vez en su egoísta y placentera vida, de que estaba contenta de ocupar el segundo puesto. Este descubrimiento le encantó. Habría hecho cualquier cosa por Rex... ¡cualquiera!

—¡Qué complicación más molesta es el dinero! —exclamó con tono petulante—. Si tía Emily se muriera ya, nos podríamos casar enseguida y tú podrías trasladarte a Londres para montar un laboratorio con todos tus tubos de ensayo y conejillos de Indias. No tendrías que preocuparte más de niños con paperas y de viejas enfermas del hígado.

—Pero no hay ninguna razón que impida a tu tía vivir todavía muchos años si se cuida un poco —replicó Donaldson.

—Lo sé —contestó Theresa, desolada.

Entretanto, en el gran dormitorio con el mobiliario antiguo de roble, el doctor Tanios decía a su esposa con tono convencido:

—Creo que he preparado bastante bien el terreno. Ahora te toca a ti, querida.

Estaba vertiendo agua de un viejo jarro de cobre en la palangana de porcelana china.

Bella Tanios, sentada frente al tocador, no entendía cómo, a pesar de haberse peinado como Theresa, no lograba tener su mismo aspecto. Pasó un momento antes de que contestara.

—No creo que me atreva a pedirle dinero a tía Emily —dijo al cabo.

—No es solo por ti, Bella. Es por los niños. Ya sabes que las cosas no nos han ido bien.

Estaba vuelto de espaldas y no pudo ver la rápida mirada que ella le dirigió: una mirada furtiva, temerosa.

Con una plácida obstinación, Bella continuó:

—Me da lo mismo, prefiero no hacerlo. Tía Emily no es nada fácil de convencer. Puede ser generosa, pero no le gusta que le pidan nada.

Tanios se acercó a su esposa mientras se secaba las manos.

—La verdad, Bella, parece mentira que seas tan tozuda. Después de todo, ¿para qué hemos venido aquí?

—Yo no... —murmuró ella—. Nunca pensé que fuera para pedir dinero.

—Sin embargo, estás de acuerdo conmigo en que, si queremos educar adecuadamente a los niños, la única esperanza es que tu tía nos ayude.

Bella Tanios no contestó. Se agitó en la silla, intranquila.

Su cara mostraba la dulce y terca mirada que muchos astutos maridos de mujeres estúpidas conocen de primera mano.

—Tal vez tía Emily sugiera... —adujo Bella.

—Es posible. Pero, por ahora, no veo señales de que eso vaya a pasar.

—Si hubiéramos traído con nosotros a los niños... —comentó la mujer—. Tía Emily no habría podido evitar cogerle aprecio a Mary, con lo cariñosa que es. Y Edward es tan inteligente...

—No creo que a tu tía le gusten mucho los niños —replicó Tanios con sequedad—. Probablemente, lo más acertado haya sido no traerlos.

—Oh, Jacob, pero...

—Sí, sí, querida. Conozco tus sentimientos. Pero estas viejas solteronas inglesas... ¡Bah! No son humanas. Tenemos que actuar de la mejor manera posible, por Mary y por Edward, ¿no te parece? No creo que a la señorita Arundell le resulte tan difícil ayudarnos un poco.

La señora Tanios se dio la vuelta. Tenía las mejillas encendidas.

—Oh, por favor, por favor, Jacob, ahora no. Estoy segura de que no sería oportuno. No quiero, ya te lo he dicho.

Tanios se detuvo a su lado y le pasó el brazo sobre los hombros. La mujer se estremeció y luego se quedó quieta, casi rígida.

La voz del médico era amable cuando habló:

—De todas formas, Bella, creo que harás lo que te he pedido. Al final siempre lo haces, ya lo sabes. Sí, creo que harás lo que te he pedido.

3

El accidente

Era martes por la tarde. La puerta lateral que daba al jardín estaba abierta y la señorita Arundell, desde el umbral, lanzaba la pelota a *Bob* por el sendero. El terrier corría detrás de ella.

—Una carrera más, *Bob* —dijo Emily—. Una buena...

La pelota rodó otra vez por el jardín, con *Bob* persiguiéndola a toda velocidad.

Luego la señorita Arundell se inclinó, recogió la pelota, que el perro había dejado a sus pies, y se metió en la casa con *Bob* pegado a sus talones. Cerró la puerta, entró en el salón, siempre escoltada por el perro, y guardó la pelota en el cajón del escritorio.

El reloj de la repisa de la chimenea dio las seis y media.

—No nos vendrá mal un poco de descanso antes de la cena, *Bob*.

Subió la escalera y se dirigió a su habitación. El perro la acompañó. Recostada en un gran canapé forrado de cretona floreada y con *Bob* a sus pies, la señorita Arundell suspiró. Se alegraba de que los invitados se marcharan al día siguiente. No era que el fin de semana le hubiera descubierto algo que ella no supiera. Era más el hecho de que no le había permitido olvidar lo que ya sabía.

«Supongo que me estoy haciendo vieja —pensó. Y luego, con un pequeño estremecimiento de sorpresa, se repitió—: Soy una vieja...»

Reposó con los ojos cerrados durante media hora hasta que Ellen, la doncella de más antigüedad de la casa, le trajo agua caliente. Emily se levantó y se preparó para la cena.

Esa noche el doctor Donaldson cenaría con ellos. Emily Arundell deseaba tener una oportunidad para estudiar al joven de cerca. Todavía le parecía increíble que la exótica Theresa quisiera casarse con aquel muchacho tieso y pedante. Asimismo, se le antojaba extraño que él, siendo como era, deseara casarse con Theresa.

A medida que avanzaba la velada, se dio cuenta de que no conseguiría conocer mejor a Donaldson. Era muy cortés, muy formal y, pensó Emily, terriblemente aburrido. En su interior, reconoció que el juicio de la señorita Peabody era acertado. El pensamiento cruzó rápidamente por su mente: «Había hombres mejores en nuestra juventud».

El doctor Donaldson no se quedó mucho rato. A las diez, se levantó para despedirse. Emily Arundell anunció poco después que se iba a la cama. Subió a su habitación y los demás no tardaron en seguir su ejemplo. Aquella noche parecían todos cansados. La señorita Lawson se quedó abajo para llevar a cabo las últimas tareas del día. Abrió la puerta para que *Bob* diera su acostumbrado paseo nocturno, esparció las cenizas de la chimenea, puso delante de esta el cortafuegos protector y apartó la alfombra por si saltaba una chispa.

Al cabo de unos cinco minutos, entró casi sin aliento en la habitación de su señora.

—Creo que no he olvidado nada —dijo mientras dejaba el ovillo de lana, la bolsa de labor y un libro de la biblioteca—. Espero que le guste este libro. La bibliotecaria no tenía ninguno de los títulos que escribió usted en la lista, pero me dijo que este le agradaría.

—Esa chica es tonta —comentó la señorita Arundell—. Sus gustos literarios son los peores que he conocido nunca.

—Oh, no sabe cuánto lo siento. Quizá debí...

—No digas tonterías. La culpa no es tuya —dijo Emily, y añadió con amabilidad—: Supongo que te habrás divertido esta tarde.

La cara de Minnie Lawson se iluminó. Así parecía mucho más joven.

—¡Oh, sí! Ha sido usted muy amable al darme permiso para salir. He pasado un rato muy entretenido. Hemos sacado la güija y esta ha revelado cosas muy interesantes. Ha transmitido varios mensajes. Desde luego, no es exactamente lo mismo que las sesiones. Julia Tripp ha obtenido grandes éxitos con la escritura automática: diversos mensajes de aquellos que ya se han marchado. Una se siente tan agradecida de que estas cosas te permitan...

La anciana la interrumpió con una leve sonrisa:

—Será mejor que no te oiga el vicario.

—Pero en realidad, señorita Arundell, estoy convencida de que no puede haber nada de malo en eso. Me gustaría que el señor Lonsdale investigara el asunto. Me parece que se ha de ser muy estrecho de miras para condenar una cosa antes de haberla conocido. Tanto Julia como Isabel Tripp son dos mujeres muy espirituales.

—Casi demasiado espirituales para estar vivas —comentó Emily con ironía.

No había muchas cosas que le gustaran de Julia e Isabel Tripp. En su opinión, sus ropas eran ridículas, el régimen vegetariano que seguían era absurdo y sus maneras, afectadas. Eran mujeres sin tradición, sin raíces..., en una palabra, ¡sin educación! Pero le producía cierta diversión su buena fe y, en el fondo, les tenía algo de aprecio, aunque no tanto como para envidiar la satisfacción que, por lo visto, su amistad proporcionaba a la pobre Minnie.

¡Pobre Minnie! Emily Arundell miró a su compañera con un afecto mezclado con desprecio. Había tenido tantas de aquellas mujeres bobas a su servicio... y todas ellas eran más o menos parecidas: amables, minuciosas, serviles y, por lo general, sin una pizca de sentido común.

En realidad, esa noche la pobre Minnie parecía estar totalmente fuera de sí. Tenía los ojos brillantes. Deambulaba por la habitación tocando objetos aquí y allá, sin tener la menor idea de lo que hacía. Pero su mirada relucía.

—Yo... me habría gustado que estuviera usted allí —tartamudeó, nerviosa—. Ya sé que todavía no cree en estas cosas. Esta tarde ha habido un mensaje para E. A. Las iniciales no dejaban lugar a dudas de que era usted. Era de un hombre que murió hace muchos años, un militar de buena presencia. Isabel lo ha visto con claridad. Debía de ser el general Arundell. Qué mensaje tan magnífico, tan lleno de amor y consuelo. Con paciencia todo se consigue.

—Esos sentimientos no me recuerdan a los que albergaba mi padre —repuso la señorita Arundell.

—Pero, en el otro lado, nuestros seres queridos cambian. Allí todo es amor y comprensión. Luego, la tabla güija escribió algo referente a una llave. Creo que se refería a la llave del bargueño taraceado. ¿Podría ser eso?

—¿La llave del bargueño taraceado? —La voz de Emily Arundell tenía un tono agudo y lleno de interés.

—Creo que dijo eso. Pensé que quizá se refería a papeles importantes o algo por el estilo. Hay un caso bien documentado. Una vez hubo un mensaje en el que se ordenaba registrar un determinado mueble y, poco después, se encontró un testamento que habían escondido allí.

—No hay ningún testamento en ese bargueño —aseguró Emily. Luego agregó bruscamente—: Vete a la cama, Minnie. Estás cansada y yo también. Les pediremos a las Tripp que vengan un día y organicen una velada.

—¡Oh, eso estaría muy bien! Buenas noches. ¿No desea nada más? Espero que no esté usted fatigada. Con tantos invitados... Le diré a Ellen que ventile bien el salón mañana y que sacuda las cortinas. El humo deja muy mal olor. ¡Ha sido usted muy amable al dejar que todos fumaran en el salón!

—Debo hacer algunas concesiones a los gustos modernos —replicó Emily—. Buenas noches, Minnie.

Cuando la mujer salió de la habitación, Emily Arundell se quedó pensando si de verdad aquellos asuntos del espiritismo eran convenientes para Minnie. Porque parecía que los ojos se le fueran a salir de las órbitas y su aspecto reflejaba la inquietud y la excitación que la dominaban.

Era extraño aquello del bargueño, pensó Emily mientras se metía en la cama. Sonrió con el ceño fruncido al recordar la escena ocurrida muchos años atrás. La llave que apareció después de morir su padre y las botellas de coñac vacías que salieron en cascada del bargueño indio cuando lo abrió. Eran estas pequeñeces, hechos que seguro que ni Minnie Lawson ni Isabel y Julia Tripp podían conocer, las que la hacían pensar si, después de todo, no habría algo de cierto en aquellos cuentos espiritistas.

Se encontró dando vueltas en la cama sin poder dormir. Cada día le costaba más conciliar el sueño. Pero había rechazado el tentador consejo del doctor Grainger respecto al uso de algún somnífero. Los somníferos eran para los debiluchos, para la gente que no podía soportar un dolor en un dedo, un ligero dolor de muelas o el tedio de una noche sin dormir.

A menudo se levantaba y daba silenciosos paseos por la casa, cogiendo un libro aquí, acariciando un adorno allá, arreglando un jarro de flores o escribiendo cartas. A esas horas de la noche, se daba cuenta de que la casa tenía vida propia. Estos paseos nocturnos no eran desagradables. Parecía como si los fantasmas caminaran a su lado. Los espectros de sus hermanas Arabella, Matilda y Agnes; el fantasma de su hermano Thomas, ¡su mejor compañero hasta que esa mujer se lo llevó!; el fantasma del general Charles Laverton Arundell, aquel tirano doméstico de encantadores modales cuyos gritos amedrentaban a sus hijas, aunque él era motivo de orgullo para ellas a causa de la notoriedad que había conseguido en el motín de la India y su conocimiento del mundo. ¿Qué importaba si algunos días «no se encontraba bien», como decían sus hijas eufemísticamente?

Sus pensamientos se centraron en el novio de su sobrina. «¡Supongo que él nunca tomará una copa! —pensó la señorita Arundell—. Se cree todo un hombre y esta noche ha bebido agua de cebada. ¡Agua de cebada! ¡Y para eso descorché una botella del oporto especial de papá!»

Charles, sin embargo, había hecho cumplida justicia al vino. Si pudiera confiar en Charles, si no supiera que con él...

Sus pensamientos tomaron otros derroteros. Su mente pasó revista a los sucesos de aquel fin de semana.

Todo resultaba algo inquietante.

Trató de alejar de sí las preocupaciones.

Fue inútil.

Se incorporó sobre un codo y, a la luz de la lámpara que siempre ardía en la mesilla de noche, miró la hora.

La una de la madrugada, y nunca se había sentido más despierta que en ese momento.

Abandonó con decisión la cama y se puso las zapatillas y la bata gruesa. Bajaría al salón y repasaría los libros de cuentas de la semana para tenerlos listos a la mañana siguiente, cuando tuviera que pagar a los proveedores.

Salió de su habitación como una sombra y se deslizó por el pasillo, donde una pequeña bombilla eléctrica permanecía encendida durante toda la noche.

Llegó al rellano, tendió una mano para asirse a la barandilla y entonces, de pronto, inexplicablemente, dio un traspié, trató de recobrar el equilibrio y cayó de cabeza por la escalera.

El estrépito de la caída y el grito que soltó rompieron el silencio en que estaba sumida la casa, despertando a sus ocupantes. Se oyó el ruido de las puertas al abrirse y las luces fueron encendiéndose.

La señorita Lawson se precipitó fuera de su habitación, situada justo en el rellano.

Bajó corriendo y lanzando grititos de angustia. Uno a uno llegaron los demás. Charles bostezando, envuelto en un esplendoroso batín; Theresa luciendo una bata de seda oscura; Bella con un quimono azul marino y el pelo recogido con varias pinzas para conservar los rizos.

Aturdida y casi sin aliento, Emily Arundell estaba hecha un ovillo. Le dolían los hombros y un tobillo. Todo su cuerpo era una masa de dolor. Era consciente de la gente que la rodeaba: la tonta de Minnie Lawson, que lloraba y hacía gestos baldíos con las manos; Bella, que con la boca abierta la miraba expectante; la voz de Charles, que, desde algún sitio muy lejano, decía a gritos:

—¡Ha sido la maldita pelota del perro! Debió de dejarla ahí y la pobre ha tropezado con ella. ¿La veis? ¡Aquí está!

Luego Emily Arundell se dio cuenta de que alguien con autoridad hacía que todos se apartaran y se arrodillaba a su lado. Las manos que la tocaron no titubeaban, sabían lo que hacían.

Un sentimiento de alivio la embargó. Ahora todo iría bien.

El doctor Tanios dijo en tono firme y tranquilizador:

—Nada, no hay por qué preocuparse. No tiene ningún hueso roto. Solo el golpe y las consiguientes magulladuras. Y, desde luego, el susto. Pero ha tenido suerte de que no haya sido peor.

Luego el médico hizo retirar un poco a los demás, la cogió en brazos sin ninguna dificultad y la llevó a su habitación. Una vez allí le tomó el pulso, movió afirmativamente la cabeza y envió a Minnie, que todavía seguía llorando y suponía más bien una molestia, a buscar coñac y calentar agua para llenar unas cuantas bolsas.

Aturdida y atormentada por el dolor, Emily sintió en aquel momento un profundo agradecimiento hacia Jacob Tanios. Le proporcionaba seguridad, la confianza que un médico debe dar.

Había algo, algo que no podía concretar, algo un tanto inquietante, pero no podía pensar en ello ahora. Bebería lo que le dieran y se dormiría como todos le aconsejaban.

Pero estaba segura de que había algo que no recordaba y alguien, alguien...

Bueno, no era el momento de pensar. Le dolía el hombro. Bebió lo que le mandaron y oyó a Tanios que decía con una voz que a ella le transmitió consuelo y seguridad:

—Ahora ya está mucho mejor.

Cerró los ojos.

Un sonido que conocía muy bien la despertó: un ladrido suave y apagado.

Lo escuchó, desvelada por completo.

¡*Bob*, el pícaro de *Bob*! Estaba ladrando en la calle, frente a la puerta. Era un ladrido especial, con el que parecía decir: «He pasado la noche fuera. Estoy avergonzado de mí mismo». Todo ello en tono bajo, pero repetido una y otra vez con un rayo de esperanza.

La señorita Arundell aguzó el oído. ¡Ah, bien! Eso estaba mejor. Oyó que Minnie bajaba a abrir la puerta. Percibió el ruido del cerrojo y el confuso murmullo de los reproches que la mujer dirigía al perro:

—Eres un perrito travieso y desobediente, muy desobediente, pequeño *Boby*.

Después, oyó cómo se abría la puerta de la despensa. *Bob* dormía debajo de la mesa que había allí.

Y en ese momento, Emily recordó lo que inconscientemente había echado en falta en el momento en que sufrió el accidente. ¡A *Bob*! Con toda aquella conmoción, su caída y las carreras de los demás, lo normal habría sido que el animal hubiera respondido con un gran escándalo de ladridos desde la despensa.

Así pues, era aquello lo que la había estado preocupando en su subconsciente. Pero ahora todo quedaba explicado. Cuando habían dejado salir a *Bob*, este, vergonzosa y deliberadamente, se había dado una vueltecita por el pueblo. De vez en cuando cometía esos deslices, aunque después sus excusas eran siempre tan convincentes como una pudiera desear.

Así pues, aquello no tenía nada de particular. Pero ¿era de verdad así? ¿Qué más era lo que le preocupaba en el fondo de su mente? El accidente, era algo relacionado con el accidente.

¡Ah, sí! Alguien había dicho..., Charles, sí, que ella había resbalado con la pelota que *Bob* había dejado en la escalera.

La pelota estaba allí, él la tenía en sus manos...

A Emily Arundell le dolía la cabeza, le escocía la espalda y las magulladuras del cuerpo le suponían un tormento.

Pero, en medio de todo ello, su cerebro seguía claro y lúcido. El aturdimiento posterior al momento del golpe no había durado mucho. Su memoria estaba ahora en perfectas condiciones.

Hizo desfilar por su imaginación todo lo sucedido desde las seis de la tarde del día anterior. Reconstruyó cada paso que había dado hasta el momento en que llegó a la escalera y se dispuso a bajarla.

Un estremecimiento de horror la sacudió.

No, con toda probabilidad debía de estar equivocada. A menudo se tienen extrañas fantasías después de que sucedan cosas como las que habían ocurrido aquella noche. Trató de recordar la redondez resbaladiza de la pelota de *Bob* bajo su pie.

Pero no logró acordarse de esta sensación.

En lugar de eso...

«Tengo los nervios alterados —se dijo Emily Arundell—. ¡Qué suposiciones tan ridículas!»

A pesar de ello, su sensible y aguda mente victoriana no quería dar por buena esa afirmación ni por un momento.

Entre los victorianos, no era habitual el optimismo sin fundamento. Podían pensar lo peor con la mayor tranquilidad.

Y Emily Arundell pensaba lo peor.

4

La señorita Arundell escribe una carta

Era viernes.

Los parientes se habían marchado.

Se fueron el miércoles, tal como habían acordado. Todos y cada uno de ellos se habían ofrecido a quedarse. A todos y a cada uno se los rechazó con idéntica firmeza. La señorita Arundell se excusó diciendo que prefería gozar de un «completo sosiego».

Durante los dos días que habían transcurrido desde su marcha, Emily Arundell se había mostrado alarmantemente pensativa. Muchas veces ni se daba cuenta de lo que decía Minnie Lawson. La miraba y con voz seca le ordenaba que empezara otra vez.

—Pobrecita, debe de ser la conmoción —decía la señorita Lawson, y añadía con el placer lúgubre que los desastres proporcionan a tantas vidas grises—: Me atrevería a afirmar que nunca volverá a ser la de antes.

El doctor Grainger, por su parte, la animaba constantemente.

Le dijo que a finales de la semana podría levantarse y bajar al salón, que era muy afortunada por no haberse roto ningún hueso, y ¿quién se creía que era para arruinarle la vida a un médico tan esforzado? Si todos sus pacientes fueran como ella, sostuvo, más le valdría retirar la placa de la puerta de su casa.

Emily Arundell le contestaba en tono animado. El médico y ella eran viejos aliados. Él intimidaba y ella desafiaba. ¡Siempre se lo pasaban bien cuando se reunían!

En ese momento, tras la partida del médico, la anciana tenía el ceño fruncido y pensaba. Contestaba automáticamente al parloteo de Minnie Lawson y luego, volviendo de repente a la realidad, la agraviaba con duras palabras.

—¡Pobrecillo *Boby*! —gorjeó la señorita Lawson mientras se inclinaba hacia el perro, que estaba sobre una alfombra, a los pies de la cama—. ¿Verdad que el pobrecito *Boby* sería muy desgraciado si supiera lo que le ha pasado a su amita por culpa suya?

—¡No seas idiota, Minnie! —la interrumpió la señora—. ¿Dónde está tu sentido inglés de la justicia? ¿No sabes que en este país se considera a todo el mundo inocente hasta que se demuestra su culpabilidad?

—Oh, pero sabemos que...

—No sabemos nada. Deja ya de darle vueltas, Minnie. Deja de removerlo todo. ¿Tienes idea de cómo hay que comportarse en la habitación de un enfermo? Dile a Ellen que venga.

La señorita Lawson salió con el rabo entre las piernas.

Emily Arundell la siguió con la mirada mientras salía de la habitación, reprochándose en su interior la forma en que la trataba. Aunque Minnie estaba algo chiflada, procuraba hacerlo lo mejor que sabía.

Después, su cara adoptó la expresión de preocupación de antes.

Se sentía muy desgraciada. La inactividad le desagradaba en cualquier situación, con todo el vigor y las firmes creencias de su edad. Pero, en las circunstancias actuales, no era capaz de decidir cómo debía actuar.

Había momentos en que desconfiaba de sus propias facultades y recuerdos sobre lo ocurrido. Y no había nadie, absolutamente nadie, en quien pudiera confiar.

Media hora después, cuando la señorita Lawson entró

de puntillas en el dormitorio con una taza de caldo de carne, se quedó un tanto indecisa al ver que la anciana tenía los ojos cerrados. Pero, de pronto, Emily Arundell pronunció dos palabras con tanta fuerza y decisión que Minnie casi dejó caer la taza.

—Mary Fox —dijo la señorita Arundell.

—¿Una caja? —preguntó Minnie—. ¿Ha dicho que necesita una caja?[1]

—Te estás quedando sorda, Minnie. No he dicho nada sobre una caja. He dicho Mary Fox, la señora que conocí en Cheltenham el año pasado. Es la hermana de uno de los canónigos de la catedral de Exeter. Dame esa taza. Has derramado caldo en el plato. Y no camines de puntillas; no sabes lo irritante que resulta. Ahora ve abajo y tráeme la guía telefónica de Londres.

—¿Quiere que le busque el número o la dirección?

—Si quisiera que los buscaras, ya te lo habría dicho. Haz lo que te he pedido. Trae la guía y también el papel de cartas.

La señorita Lawson obedeció.

Mientras salía del dormitorio tras hacer lo que le había ordenado, Emily Arundell le dijo de improviso:

—Eres una buena persona, Minnie. No hagas caso de mis gritos. Ladro, pero no muerdo. Eres muy buena y paciente conmigo.

La señorita Lawson abandonó la habitación con la cara sonrojada, al tiempo que de sus labios brotaban palabras incoherentes.

Sentada en la cama, la señorita Arundell escribió una carta. La redactó lenta y cuidadosamente, haciendo largas pausas y subrayando un gran número de palabras. Escribió en el papel por las dos caras, pues se había educado en

1. Juego de palabras intraducible. Miss Lawson confunde «Fox», apellido en este caso, con *box,* caja en inglés. *(N. del T.)*

una escuela donde le habían enseñado a no malgastarlo. Al fin, con un gesto de satisfacción, firmó y metió el pliego en un sobre, en el que escribió un nombre. Luego cogió una nueva hoja. Esta vez redactó la carta de un tirón y, después de haberla repasado y haber borrado alguna palabra, la copió en una hoja en blanco. Volvió a leer con detenimiento lo que había escrito y, satisfecha de haber expresado sus pensamientos, metió esta nueva carta en un sobre y lo dirigió a don William Purvis, de Purvis, Purvis, Charlesworth & Purvis, en Harchester.

Tomó otra vez el sobre que había escrito antes, el cual estaba dirigido a monsieur Hércules Poirot. Abrió la guía telefónica y, tras encontrar la dirección, la añadió bajo su nombre.

Se oyó un golpecito en la puerta.

La señorita Arundell escondió apresuradamente la carta que tenía en la mano, es decir, la que acababa de dirigir a Hércules Poirot, y bajó la tapa de la carpeta sobre la que había escrito las dos misivas.

No tenía intención de despertar la curiosidad de Minnie. Era demasiado fisgona.

—Adelante —dijo al tiempo que se recostaba en los almohadones con gesto de alivio.

Había tomado medidas para enfrentarse a la situación.

5

Hércules Poirot recibe una carta

Los hechos que acabo de relatar no llegaron a mi conocimiento, por supuesto, hasta mucho tiempo después de haber sucedido. Pero, tras interrogar a fondo a varios miembros de la familia, creo que obtuve un resumen bastante fidedigno de lo ocurrido.

Poirot y yo nos vimos envueltos en el asunto cuando mi amigo recibió la carta de la señorita Arundell.

Recuerdo muy bien aquel día. Era una mañana calurosa y sin nada de brisa a finales de junio.

Poirot seguía una rutina peculiar para abrir la correspondencia matutina. Tomaba uno de los sobres, lo escudriñaba meticulosamente y luego lo abría con pulcritud usando el abrecartas. Repasaba el contenido y, después, colocaba la carta en uno de los cuatro montoncitos que iba formando al lado de la chocolatera. (Poirot toma siempre chocolate en el desayuno, un hábito repugnante.) ¡Y todo esto lo hacía con la regularidad de una máquina!

Así pues, la menor interrupción de su ritmo llamaba de inmediato la atención de quien estuviera a su lado.

Yo estaba sentado junto a la ventana, mirando el tráfico callejero. Hacía poco que había vuelto de Argentina y me resultaba particularmente agradable encontrarme una vez más rodeado por el ajetreo de Londres.

Volví la cabeza y dije mientras sonreía:

—Oiga, Poirot. Yo, el modesto Watson, voy a aventurar una deducción.

—Encantado, mi querido amigo. ¿De qué se trata?

Adopté la actitud adecuada y dije pomposamente:

—Esta mañana ha recibido usted una carta de particular interés.

—¡En realidad, es usted Sherlock Holmes! Sí, está en lo cierto.

Reí de buena gana.

—Ya ve que conozco sus métodos, Poirot. Si se decide a releer una carta con detenimiento dos veces, es seguro que guarda un interés especial para usted.

—Juzgue por sí mismo, Hastings.

Mi amigo me tendió la carta en cuestión, con una sonrisa en los labios.

La tomé con no poco interés, pero de inmediato hice un leve gesto de sorpresa. Estaba escrita con un estilo de caligrafía pasado de moda y, además, ocupaba las dos caras de una misma hoja de papel.

—¿Debo leer todo esto, Poirot? —pregunté.

—¡Ah, no! No hay necesidad. Claro que no.

—¿Puede explicarme lo que dice?

—Preferiría que se formara usted su propio juicio. Pero no lo haga si le molesta.

—No, no. Deseo saber de qué se trata —protesté.

Mi amigo comentó:

—Difícilmente podrá sacar algo en claro. En realidad, la carta no dice nada en concreto.

Aunque lo consideré una exageración, me dediqué sin más contemplaciones a la lectura de la misiva.

Monsieur Hércules Poirot

Apreciado señor:

Tras muchas dudas e indecisiones, le escribo [la última palabra estaba tachada y la carta proseguía]. Me he decidido a hacer-

lo con la esperanza de que le será posible ayudarme en un asunto de naturaleza estrictamente privada. [Las palabras «estrictamente privada» estaban subrayadas tres veces.] Puedo decir que su nombre no me resulta desconocido. Me lo dio a conocer una tal señorita Fox, de Exeter, y aunque ella no tenía el gusto de conocerlo en persona, dijo que la hermana de su cuñado, cuyo nombre, sintiéndolo mucho, no puedo recordar, se había referido a la amabilidad y discreción de usted en los más halagüeños términos. [Estas dos últimas palabras estaban subrayadas.] No traté de averiguar, desde luego, la naturaleza [subrayado] de la investigación que llevó usted a cabo por cuenta de dicha señora, pero por lo que pude deducir de las manifestaciones de la señorita Fox, se trataba de un asunto difícil y confidencial. [Las cuatro últimas palabras estaban subrayadas con trazo grueso.]

Interrumpí la laboriosa tarea de descifrar la enrevesada caligrafía.

—¿Debo seguir, Poirot? —pregunté—. ¿En algún momento trata esta señora de la cuestión fundamental?

—Continúe, amigo. Paciencia.

—¡Paciencia! —refunfuñé—. Es exactamente igual que si una araña hubiera caído en un tintero y luego se hubiera paseado sobre una hoja de papel. Recuerdo que mi tía abuela Mary tenía una escritura parecida a esta.

Proseguí la lectura:

En mi presente dilema, se me ha ocurrido que usted podría hacerse cargo de las investigaciones necesarias que preciso que se lleven a cabo. El asunto, como comprenderá enseguida, es de la clase que requiere la máxima de las discreciones, aunque, desde luego, puedo estar equivocada por completo, lo cual deseo con sinceridad y ruego [«ruego» subrayado dos veces] por que así sea. Una se encuentra a veces dispuesta a atribuir demasiada trascendencia a hechos que pueden explicarse con gran sencillez.

—¿Me he saltado una hoja? —murmuré, perplejo.

Poirot cloqueó:

—No, no.

—Esto parece no tener sentido. ¿Qué es lo que quiere decir esa mujer?

—*Continuez toujours.*

El asunto, como comprenderá usted enseguida, es de la clase...

—No, esto ya lo he leído. Oh, aquí está.

Dadas las circunstancias, y estoy segura de que usted también lo apreciará así, me es completamente imposible consultar a nadie en Market Basing.

Miré otra vez el encabezamiento de la carta: «Littlegreen House, Market Basing, Berks».

Pero al mismo tiempo comprenderá usted que, como es natural, me sienta intranquila. [Esta última palabra estaba subrayada.] Durante los últimos días, me he reprochado ser imaginativa en exceso [subrayado tres veces], pero solo he conseguido aumentar mi preocupación. Puede que esté atribuyendo demasiada importancia a algo que, después de todo, sea tan solo una nimiedad [subrayado dos veces], pero no consigo sacarme de encima esta sensación de intranquilidad. Creo que, en definitiva, debo hacer lo necesario para dejar de preocuparme por este asunto. Porque lo cierto es que pesa sobre mi conciencia y afecta a mi salud, aparte, como es lógico, de la difícil posición en que me coloca el hecho de no poder decir nada a nadie. [«Nada a nadie» subrayado con trazo grueso.] Con su conocimiento de estos asuntos, es posible que diga que todo esto no es sino agua de borrajas. Lo sucedido puede tener perfectamente la más inocente de las explicaciones [«inocente» subrayado]. Sin embargo, a pesar de lo trivial que parece, desde el incidente de la pelota del perro estoy cada vez más alarmada y la duda me corroe. Por lo tanto, agradeceré sus opiniones y consejos sobre el particular. Estoy segura de que eso me quitará un gran peso de encima. Quizá tenga usted la amabilidad de decirme a cuánto ascienden sus honorarios y qué es lo que debo hacer en este asunto.

Vuelvo a insistir en que nadie conoce nada sobre el particular. Reconozco que los hechos son muy triviales y podrían no tener ninguna importancia, pero mi salud no es perfecta y mis nervios [«nervios» subrayado tres veces] no se comportan como de costumbre. Estoy convencida de que las preocupaciones de esta clase no me sientan bien y, cuanto más recapacito sobre lo ocurrido, más me persuado de que estoy completamente en lo cierto y que no puedo haberme equivocado. Desde luego, no pienso ni por asomo decir nada a nadie. [Subrayado.]

Esperando recibir su opinión sobre este asunto a la mayor brevedad, suya afectísima,

Emily Arundell

Di la vuelta a la carta y escudriñé con atención sus dos caras.

—Pero, Poirot —exclamé—, ¿a qué diantres se refiere todo esto?

Mi amigo se encogió de hombros.

—¿No lo ve? ¿De veras?

Di unos golpecitos a la hoja con impaciencia.

—Pero ¡qué mujer! ¿Por qué no puede la señora... la señorita Arundell...?

—Mademoiselle, según creo. Es la típica carta de una solterona.

—Sí —convine—. Una vieja muy minuciosa y exigente. ¿Por qué no ha expresado con claridad lo que quería decir?

Poirot suspiró.

—Como dice usted, un lamentable desastre en el empleo del orden y el método en el proceso mental. Y sin orden ni método, Hastings...

—Estoy de acuerdo —interrumpí—. Las pequeñas células grises prácticamente no existen.

—No quería decir eso, amigo mío.

—¡Pues yo sí! ¿Por qué razón escribiría una carta como esta?

—No veo muchas, la verdad —convino Poirot.

—Tanto galimatías para nada —proseguí—. Con toda probabilidad, algo asustó a su perrito faldero, bien fuera un cachorro asmático o un escandaloso pequinés. —Miré con curiosidad a mi amigo—. Sin embargo, ha leído usted la carta de cabo a rabo dos veces. No logro comprenderlo, amigo Poirot.

El detective sonrió.

—Usted la habría tirado directamente a la papelera.

—Me temo que sí. —Miré la carta con el ceño fruncido—. Supongo que estaré ofuscado como de costumbre, pero no logro ver nada interesante en ella.

—No obstante, contiene un punto de gran importancia, un punto que me chocó enseguida.

—¡Espere! —exclamé—. No me lo diga. Déjeme ver si lo descubro yo mismo.

Quizá fue una chiquillada por mi parte. Releí minuciosamente la carta y luego meneé la cabeza.

—No, no lo encuentro. La anciana sospecha algo, de eso me doy cuenta. ¡Pero las damas de cierta edad lo hacen a menudo! Puede que no sea nada... o puede que sea algo, pero no comprendo cómo puede afirmarlo usted con tanta seguridad. A no ser que su instinto...

Poirot levantó una mano con actitud ofendida.

—¡Instinto! Ya sabe usted lo que me desagrada esa palabra. «Algo parece decirme que...», eso es lo que supone usted. *Jamais de la vie.* Yo no hago eso, yo razono. Empleo mis pequeñas células grises. Hay un punto muy interesante en esa carta que le ha pasado del todo inadvertido, Hastings.

—Vaya —dije con expresión cansada—. Ya he picado.

—¿Picado? ¿Cómo?

—Es una expresión. Significa que le permitiré disfrutar diciéndome lo tonto que soy.

—Tonto, no, Hastings. Solo mal observador.

—Bueno, sáquese lo que sea de la manga. ¿Cuál es ese punto interesante? Porque como no sea el «incidente de la pelota del perro», la cuestión es que no hay ningún punto de verdadero interés.

Poirot no hizo caso de mi comentario y dijo en tono calmado:

—El punto interesante es la fecha.

—¿La fecha?

Volví a coger la carta. En el ángulo superior izquierdo se leía: «17 de abril».

—Sí —dijo despacio—. Es extraño. Diecisiete de abril, y hoy estamos a veintiocho de junio. *C'est curieux, n'est ce pas?* Han pasado ya más de dos meses.

Moví la cabeza con aire de duda.

—Seguramente eso no significa nada. Un error. Quería escribir «junio» y puso «abril».

—Aun admitiendo eso, la carta se habría retrasado diez u once días... Una cosa muy rara. Pero, desde luego, está usted equivocado. Fíjese en el color de la tinta. Esta carta se escribió hace más de diez días. No. La fecha es, sin duda, el diecisiete de abril. ¿Por qué no la envió entonces?

Me encogí de hombros.

—Eso tiene fácil explicación. La señora cambió de parecer.

—Entonces ¿por qué no la destruyó? ¿Por qué la guardó durante dos meses y la envía ahora?

Tuve que admitir que aquello era difícil de contestar. De hecho, no se me ocurría ninguna respuesta que fuera satisfactoria. Así pues, me limité a negar con la cabeza y callarme.

Poirot asintió.

—Ya ve usted, es un detalle. Sí, decididamente, es un detalle muy curioso.

Se dirigió al escritorio y cogió una pluma.

—¿Va a contestar la carta? —pregunté.

—*Oui, mon ami!*

En la habitación se hizo el silencio, roto solo por el roce de la pluma que Poirot deslizaba sobre el papel. Era una mañana calurosa, sin un soplo de aire. Un intenso olor a polvo y a asfalto entraba por la ventana. Poirot se levantó al fin con la carta terminada en la mano. Abrió un cajón y sacó un estuche cuadrado. Cogió un sello de correos, que mojó en una esponja, y se dispuso a pegarlo en el sobre.

Pero de pronto se detuvo con el sello en la mano y meneó la cabeza con decisión.

—*Non!* —exclamó—. Me he equivocado.

Rasgó en dos trozos el sobre y lo tiró a la papelera.

—Ésta no es la forma en que debemos tratar este asunto. Tenemos que irnos, amigo mío.

—¿Quiere usted decir que vamos a Market Basing?

—Exacto. ¿Por qué no? ¿No es hoy uno de esos días en los que uno se ahoga en Londres? ¿No sería agradable un poco de aire campestre?

—Bueno, puesto así... —dije—. ¿Vamos en el coche?

Había adquirido un Austin de segunda mano.

—Excelente. Hace un buen día para dar un paseo en coche. No hará falta la bufanda. Un abrigo ligero y un pañuelo de seda serán suficientes.

—Querido amigo, no vamos al Polo Norte —aduje.

—¡Hay que tener mucho cuidado para no pescar un resfriado! —sentenció Poirot.

—¿En un día como este?

Sin hacer caso de mis protestas, Poirot procedió a enfundarse en un abrigo de color canela y se envolvió el cuello con un pañuelo de seda blanca. Después de colocar con cuidado boca abajo en el papel secante de la carpeta el sello humedecido para que se secara, salimos juntos de la habitación.

6

Visitamos Littlegreen House

No sé cómo se sentiría Poirot con el abrigo y el pañuelo, pero yo estaba poco menos que asado antes de que saliéramos de Londres. Un coche descapotable, en pleno tráfico, dista mucho de ser un sitio fresco en un caluroso día de verano.

Sin embargo, una vez que dejamos atrás la ciudad y aceleramos por la gran autopista del oeste, me sentí mucho mejor.

La excursión duró alrededor de hora y media, y eran casi las doce cuando llegamos al pueblo de Market Basing. Antes estaba situado al borde de la carretera principal, pero ahora una moderna carretera de circunvalación lo había dejado a unos cinco kilometros de la principal vía del tráfico, lo que le había permitido conservar un aspecto de quietud. La única calle amplia y la gran plaza del mercado parecían decir: «En otros tiempos fui un pueblo importante y, para cualquier persona con sentido común y educación, sigo siéndolo. Dejad que ese mundo apresurado se deslice por su nueva autopista. Yo fui construido para durar muchos años en aquellos tiempos en que la solidaridad y la belleza iban de la mano».

Había un aparcamiento en medio de la gran plaza, aunque solo lo ocupaban unos pocos coches. Estacioné el Austin mientras Poirot se despojaba de sus superfluos ropajes y comprobaba que su bigote se hallaba en las condiciones adecuadas de simétrica arrogancia. Con esto, estuvimos listos para actuar.

Por pura casualidad, nuestra primera tentativa para orientarnos no tuvo la respuesta acostumbrada: «Lo siento, soy forastero». Según parecía, más bien cabía esperar que no hubiera forasteros en Market Basing. Esa era la impresión que daba. Yo ya me había percatado de que Poirot y yo, en especial Poirot, debíamos de llamar la atención. Destacábamos por fuerza sobre el fondo apacible de aquel viejo pueblo inglés, aferrado con firmeza a sus tradiciones.

—¿Littlegreen House? —El hombre corpulento y con ojos bovinos nos examinó con aire pensativo—. Sigan recto por High Street; no pueden perderse. A la izquierda. No hay ningún letrero en la cancela, pero es el primer edificio grande después del banco. No pueden perderse —repitió.

Nos siguió con la mirada mientras emprendíamos el camino.

—¡Madre mía! —me quejé—. Hay algo en este pueblo que me hace sentir extremadamente insigne. Y usted, Poirot, tiene un aspecto exótico del todo.

—Cree usted que se dan cuenta de que soy extranjero, ¿no es eso?

—Es algo que clama al cielo —le aseguré.

—Y, sin embargo, mis ropas están confeccionadas por un sastre inglés —refunfuñó Poirot.

—El hábito no hace al monje —continué—. No se puede negar, Poirot, que tiene usted una personalidad poderosa. Siempre me ha extrañado que eso no le trajera complicaciones en su carrera.

Poirot suspiró.

—Tiene usted metida en la cabeza la idea errónea de que un detective debe ser un hombre que se ponga barba postiza y se oculte detrás de una columna. La barba postiza es un *vieux jeu* y seguir a la gente es algo que solamente hacen los miembros de las clases más inferiores de nuestra profesión. Los Hércules Poirot de este mundo, amigo mío, tan solo necesitan recostarse en un sillón y pensar.

—Lo cual explica que ahora nos encontremos recorriendo esta calle en una calurosa mañana veraniega.

—Excelente respuesta, Hastings. Por una vez, lo reconozco, se puede apuntar usted un tanto.

Encontramos con facilidad Littlegreen House, pero nos esperaba una sorpresa: el cartel de un agente inmobiliario.

Mientras lo leíamos, el ladrido de un perro atrajo mi atención.

Los arbustos no eran muy espesos y lo vi enseguida. Era un terrier de pelo quizá demasiado hirsuto. Se apoyaba sobre las patas abiertas, inclinado ligeramente hacia un lado, y ladraba con evidente placer, lo cual demostraba que su actitud tenía motivaciones afectuosas.

«Soy un buen perro guardián, ¿no crees? —ladraba—. ¡No te preocupes por mis ladridos! Así es como me divierto. Aunque, desde luego, también es mi deber. ¡Solo es para que sepan que hay un perro en la casa! ¡Qué mañana más sosa! ¡No sabes lo que me gustaría tener algo que hacer! ¿Vais a entrar? Espero que sí. ¡Maldito aburrimiento! Necesito hablar con alguien.»

—¡Hola, chico! —dije, tendiendo la mano.

Estiró el cuello por entre los barrotes de la verja y me olfateó con aire de sospecha. Luego movió con gentileza la cola y lanzó alegremente una serie de cortos y agudos ladridos.

«No es una presentación en toda regla, desde luego —pareció decir—. Qué le vamos a hacer. Pero ya veo que sabes suplir la falta.»

—Buen muchacho —dije.

—¡Uf! —contestó el terrier con amabilidad.

Abandoné esta conversación y le pregunté a mi amigo:

—¿Y bien, Poirot?

Tenía una expresión rara en la cara, una expresión que

no pude descifrar. La mejor forma de describirla era como una excitación deliberadamente reprimida.

—El incidente de la pelota del perro —murmuró—. Bueno, por lo menos aquí tenemos el perro.

—¡Uf! —intervino nuestro nuevo amigo.

El perro se sentó, bostezó y nos dirigió una mirada expectante.

—¿Qué hacemos ahora? —pregunté.

El terrier parecía formular la misma pregunta.

—*Parbleu!* Vamos a ver a los señores... ¿Cómo se llaman...? Ah, sí: los señores Gabler & Stretcher.

—Eso parece lo más conveniente —repliqué.

Volvimos sobre nuestros pasos y mi reciente amistad canina se quedó lanzando unos cuantos ladridos de disgusto.

Las oficinas de Gabler & Stretcher estaban situadas en la plaza del mercado. Entramos en una sombría antesala, donde nos recibió una señorita con una voz nasal y ojos sin brillo.

—Buenos días —saludó Poirot con cortesía.

La joven estaba hablando por teléfono, pero con una seña nos indicó una silla y Poirot se sentó. Yo cogí otra y la acerqué a la de mi amigo.

—No puedo decírselo, de veras —decía entretanto la joven a su interlocutor invisible—. No sé a cuánto ascenderán los derechos... ¿Cómo ha dicho? Oh, sí, me parece que tiene agua corriente. Pero, desde luego, no se lo puedo asegurar... Lo siento mucho. No, ha salido... No, no puedo decírselo... Sí, descuide, se lo diré. Sí. ¿8135? ¿Quiere repetirlo, por favor? Ah... 8935... 39... Ah, 5135... Sí, le diré que le llame... después de las seis... Ah, perdón, antes de las seis... Muchísimas gracias. No, no lo olvidaré...

Dejó el auricular en su sitio y escribió el número 5319 en el secante de la carpeta. Luego se volvió y dirigió una mirada dócil pero desinteresada a Poirot.

El detective empezó a hablar con viveza.

—Me he enterado de que tienen una casa en venta en las afueras del pueblo. Me parece que se llama Littlegreen House.

—Perdón, ¿cómo ha dicho?

—Una casa por alquilar o vender —repitió Poirot despacio y recalcando las palabras—. Littlegreen House.

—Ah, Littlegreen House —contestó la joven vagamente—. ¿Littlegreen House, ha dicho?

—Eso es.

—Littlegreen House —repitió ella haciendo un tremendo esfuerzo mental—. Oh, bien. Creo que el señor Gabler sabe algo al respecto.

—¿Podría ver al señor Gabler?

—Ha salido —respondió la señorita con una especie de tenue y anémica satisfacción, como si dijera: «Me he apuntado un tanto».

—¿Sabe usted cuándo volverá?

—Lo siento, pero no lo sé.

—Como ya habrá deducido, estoy buscando una casa por los alrededores.

—¿Ah, sí? —dijo la joven sin ningún interés.

—Y Littlegreen House parece ser la que ando buscando. ¿Podría darme los detalles de la casa?

—¿Detalles? —se sobresaltó la muchacha.

—Sí, detalles de Littlegreen House.

De mala gana, la chica abrió un cajón y sacó un fajo de papeles arrugados. Luego llamó:

—¡John!

Un larguirucho mozalbete, que estaba sentado en un rincón, levantó la cabeza.

—Diga, señorita.

—¿Tenemos detalles de...? ¿Cómo dijo usted que se llama?

—Littlegreen House —repitió Poirot con paciencia.

—Tienen ustedes aquí un anuncio bien grande —intervine yo, y señalé la pared.

La muchacha me miró con frialdad. Dos contra uno no está bien, pareció pensar. Así que recurrió a sus propios refuerzos.

—Tú no sabes nada acerca de Littlegreen House, ¿verdad, John?

—No, señorita. En todo caso, estará en el fichero.

—Lo siento —dijo ella sin que pareciera sentirlo en absoluto—. Creo que hemos enviado esos detalles a alguien.

—*C'est dommage.*

—¿Cómo dice?

—Que es una lástima.

—Tenemos un bonito bungaló en Hemel End, con espacio para dos camas.

La joven hablaba sin ningún interés, como quien quiere cumplir sus obligaciones con el dueño del negocio.

—Muchas gracias, no me interesa.

—Y una habitación casi independiente con un pequeño invernadero. Le puedo dar detalles de esa propiedad.

—No, gracias. Lo que me interesa saber es cuánto piden por el alquiler de Littlegreen House.

—No se alquila —contestó la joven, que abandonó su postura de completa ignorancia por el mero placer de marcarse otro tanto—. Se vende.

—El cartel dice: «Se alquila o vende».

—No sé lo que pone, pero solo se vende.

Llegados a este punto de la batalla, la puerta se abrió y un caballero de mediana edad y cabellos grises entró a toda prisa. Sus ojos nos miraron inquisitivamente y, con las cejas, pareció formular una pregunta a la empleada.

—Este es el señor Gabler —indicó la joven.

El aludido abrió la puerta de su despacho privado con un gesto elegante.

—Pasen por aquí, señores.

Cuando entramos, nos señaló con un amplio ademán dos sillas, mientras se sentaba frente a nosotros detrás de una gran mesa.

—Bueno, ¿en qué puedo servirles?

Poirot empezó de nuevo con una perseverancia admirable.

—Necesito conocer algunos detalles sobre Littlegreen House...

No pudo seguir. De inmediato, el señor Gabler tomó la iniciativa.

—¡Ah, Littlegreen House...! ¡Esa sí que es una buena finca! Una verdadera ganga. Y acaba de ponerse a la venta. Les puedo asegurar, caballeros, que no encontramos a menudo casas de esta clase al precio a que se ofrece ésta. Es de un gusto exquisito. La gente está ya harta de edificios de construcción barata. Quieren cosas de calidad; construcciones buenas y sólidas. Una finca hermosa con carácter, sentimiento, estilo georgiano en todos los detalles. Eso es lo que la gente quiere ahora. Hay cierta predisposición por las casas de época. Supongo que comprenderán a qué me refiero. Sí, no cabe duda, Littlegreen House no estará mucho tiempo en venta. Me la quitarán de las manos, ¡estoy seguro! Precisamente el sábado pasado vino a verla un miembro del Parlamento. Le gustó tanto que volverá este fin de semana. Y también hay un agente de Bolsa interesado. La gente quiere disfrutar de tranquilidad cuando va al campo y prefiere estar lejos de las grandes autopistas. Eso está muy bien para algunos, pero lo que nosotros queremos atraer aquí es gente con «clase». Y eso es lo que tiene la casa: ¡clase! Reconocerán ustedes que antes sabían cómo construir para los grandes señores. Sí, Littlegreen House no figurará mucho tiempo en nuestros libros.

El señor Gabler hizo una pausa para tomar aliento.

—¿Ha cambiado de propietario a menudo en los últimos años? —preguntó Poirot.

—Al contrario. Ha pertenecido a una misma familia durante medio siglo: la familia Arundell. Muy respetada en el pueblo. Damas de las que ya no quedan.

De pronto se calló, abrió la puerta del despacho y ordenó:

—Señorita Jenkins, deme los detalles de Littlegreen House. Deprisa —y volvió a sentarse.

—Necesito una casa poco más o menos a esta distancia de Londres —comentó Poirot—. En el campo, pero no en un descampado. Supongo que me comprende...

—Perfectamente, perfectamente. No conviene demasiada soledad. El servicio protesta. Aquí, sin embargo, disfruta todas las ventajas del campo pero sin sus inconvenientes.

La señorita Jenkins entró de forma apresurada con una hoja de papel escrita a máquina. La puso delante de su jefe, que la despidió con un gesto.

—Aquí lo tenemos —dijo el señor Gabler, y se puso a leer con una rapidez fruto de una larga práctica—: «Casa de estilo georgiano, con las siguientes características: cuatro salones, ocho dormitorios con gabinete, las dependencias habituales: espaciosa cocina, amplias dependencias accesorias, establos, etcétera. Agua corriente, jardín de estilo antiguo, gastos de conservación insignificantes teniendo en cuenta que todo el conjunto ocupa poco más de una hectárea, dos pabellones de verano... Todo ello por el precio de 2.850 libras u oferta aproximada».

—¿Puede facilitarme un permiso para ver la casa?

—No faltaba más.

El agente inmobiliario empezó a escribir con una caligrafía muy florida.

—¿Su nombre y dirección? —preguntó.

Con cierta sorpresa por mi parte, Poirot dio el nombre de «señor Parotti».

—Tenemos una o dos fincas más en venta que quizá puedan interesarle —prosiguió el señor Gabler.

Mi amigo le dejó que añadiera unos cuantos permisos más al que ya tenía extendido.

—¿Podemos ver Littlegreen House a cualquier hora? —preguntó.

—Claro que sí, caballero. Los sirvientes están en la casa. Quizá convenga que llame por teléfono para asegurarme. ¿Quiere ir enseguida o después de comer?

—Tal vez sea preferible ir después de comer.

—Naturalmente, naturalmente. Llamaré y diré que irá usted a eso de las dos. ¿Le parece bien?

—Sí. Muchas gracias. ¿Dijo usted que la propietaria de la casa es una tal señorita Arundell?

—Lawson. Señorita Lawson. Es el nombre de la actual propietaria. Siento decir que la señorita Arundell murió hace poco; por eso la casa está en venta. Y le aseguro a usted que se venderá en un abrir y cerrar de ojos. No tengo ninguna duda al respecto. Entre nosotros, confidencialmente, si piensa hacer alguna oferta, hágala de inmediato. Como ya le he dicho, hay dos caballeros interesados en esta finca y no me sorprendería que cualquier día de estos recibiera una oferta de uno de los dos. Ambos saben que el otro se interesa por la misma casa. Y no hay duda de que la competencia es un buen acicate. ¡Ja, ja! No me gustaría que se sintiera usted defraudado.

—Por lo que veo, la señorita Lawson tiene prisa por vender cuanto antes.

El señor Gabler bajó la voz en tono confidencial.

—Eso es justo lo que pasa. La casa es demasiado grande para lo que ella necesita. Es una señora de mediana edad que vive sola. Desea desembarazarse de la finca y alquilar un piso en Londres; algo muy comprensible. Por eso la casa se vende a un precio tan ridículo.

—¿Estaría dispuesta a estudiar una oferta?

—Desde luego. Haga usted su oferta y deje que ruede la bola. Pero puede creerme, no es ningún disparate ofrecer una cifra aproximada a la que le he dicho antes. Pero ¡si es una cantidad ridícula! En estos días, construir una casa como esa le costaría por lo menos seis mil libras, sin contar el valor del solar y la verja que da a la calle.

—La señorita Arundell murió de repente, ¿verdad?

—Yo no diría eso. Hacía tiempo que había cumplido los setenta. Además, estaba delicada de salud. Era la última de la familia. ¿Es que sabe algo sobre ellos?

—Tengo algunos conocidos con el mismo apellido, cuyos parientes residen en esta región. Me figuro que deben de ser familiares.

—Es muy probable. Eran cuatro hermanas. Una de ellas se casó ya mayor y las otras tres vivieron aquí. Damas de la vieja escuela. La señorita Emily fue la última de ellas. En el pueblo tenían una alta opinión de todas. —Se adelantó para entregarle los permisos a Poirot—: Venga por aquí otra vez y dígame qué le parece. Desde luego, la casa necesita pequeñas reformas. Es natural. Pero yo siempre digo, ¿qué significan un baño o dos? Eso se arregla deprisa.

Salimos del despacho y la última cosa que oímos fue la inexpresiva voz de la señorita Jenkins, que decía:

—La señora Samuels ha llamado, señor. Dijo que la telefoneara usted: Holland 5391.

Por lo que pude recordar, no era ni el número que la joven había anotado en el secante ni el que le habían dado por teléfono.

Aquello me convenció de que la señorita Jenkins se estaba tomando cumplida venganza por haberla obligado a buscar los detalles de Littlegreen House.

7

Comemos en el George

Cuando salimos a la plaza del mercado, comenté lo entusiasta que era el señor Gabler. Poirot asintió sonriendo.

—Se sentirá muy contrariado cuando vea que no vuelve usted —dije—. Creo que se imagina que ya le ha vendido la casa.

—Eso parece, pero me temo que le decepcionaré.

—Creo que podríamos comer aquí antes de volver a Londres, ¿o prefiere parar en un lugar más agradable en el camino de vuelta?

—Mi querido Hastings, no me propongo abandonar Market Basing tan pronto. Todavía no hemos llevado a cabo nuestro propósito.

Lo miré con asombro.

—¿Quiere usted decir? Pero, mi apreciado amigo, aquí no tenemos nada que hacer. La anciana señora está muerta.

—Exacto.

El tono de esta palabra hizo que me fijara en él con más atención que nunca. Era evidente que tenía formada una opinión propia sobre el significado de aquella carta tan incoherente.

—Pero si está muerta, Poirot, ¿qué vamos a conseguir? —repliqué yo con suavidad—. No podrá decirle nada. Cualquiera que fuera la índole de sus preocupaciones, han desaparecido con ella.

—¡Con qué facilidad y ligereza se desentiende usted

del asunto! Permítame decirle que ningún caso puede darse por cerrado hasta que Hércules Poirot deja de interesarse por él.

Había aprendido a mi costa que discutir con Poirot era inútil. Pero, con cierta imprudencia, proseguí:

—Sin embargo, dado que murió...

—Exacto, Hastings. Exacto..., exacto..., exacto. Está usted repitiendo una significativa circunstancia con el más extraordinario y obtuso desprecio por su importancia. ¿No se ha dado cuenta de ello? La señorita Arundell ha muerto.

—Pero, Poirot, su muerte fue natural y totalmente corriente. No hay nada de extraño o inexplicable en el asunto. Tenemos la palabra de Gabler al respecto.

—Tenemos su palabra de que Littlegreen House es una ganga por 2.850 libras. ¿Cree usted que eso es también el Evangelio?

—No, desde luego. Me chocó que Gabler tuviera tanto interés por vender la finca. Probablemente sea necesario reformarla desde el tejado hasta los cimientos. Juraría que él, o más bien su cliente, estaría dispuesto a aceptar una cantidad mucho menor de la que nos ha dicho. Estas casonas de estilo georgiano, con fachada a la calle, deben de resultar muy difíciles de vender.

—*Eh bien* —comentó Poirot—, entonces no diga: «Tenemos la palabra de Gabler». No considere a Gabler como un profeta inspirado que no puede equivocarse.

Iba a formular una protesta, pero en aquel instante cruzamos el umbral del restaurante George y, con un enfático «¡Chist!», Poirot puso punto final a la conversación.

Nos condujeron al comedor, una habitación de grandes proporciones, ventanas herméticamente cerradas y olor a comida rancia. Nos atendió un camarero entrado en años, lento y de respiración pesada. Parecíamos ser los únicos clientes. Tomamos un cordero excelente, grandes porciones de insípido repollo y unas pocas y deprimentes patatas. Después llegaron unas frutas hervidas con natillas y, tras el queso y los bizcochos, el camarero nos trajo dos tazas de un líquido que calificó como café.

En este momento, Poirot sacó a relucir los permisos y recabó la ayuda del camarero.

—Sí, señor, sé dónde están la mayoría de estas casas. Hemel Down se encuentra a cuatro kilómetros y medio de aquí, en la carretera de Much Benham. Es una vivienda muy pequeña. La granja Naylor está a un kilómetro y medio. Hay una especie de sendero que conduce hasta allí, desde cerca de King's Heald. ¿La granja Bisset? No, nunca he oído hablar de ella. Littlegreen House está muy cerca, es un paseo de diez minutos.

—¡Ah! Creo que ya la he visto desde fuera. Me imagino que será la que más me convenga. Está en buenas condiciones de conservación, ¿no es así?

—¡Oh, sí, señor! Está en muy buenas condiciones: el tejado, los desagües y todo lo demás. De estilo antiguo, desde luego. Nunca la modernizaron en ningún aspecto. El jardín es muy bonito. La señorita Arundell estaba muy orgullosa de él.

—Me parece haber oído que ahora pertenece a la señorita Lawson.

—Así es, señor. Pertenece a la señorita Lawson, que fue la señorita de compañía de la señorita Arundell. Al morir ésta, le dejó cuanto poseía, incluso la casa.

—¿De veras? Supongo que no tendría parientes a quienes legar su fortuna.

—Bueno, no fue así precisamente. Tenía sobrinos y sobrinas. Pero la señorita Lawson era su única compañía. Por otra parte, era una señora de edad y..., bueno, eso fue lo que pasó.

—De todas formas, supongo que no poseería más que la casa y algo de dinero.

Con el tiempo me he dado cuenta de que, en bastantes

ocasiones, cuando una pregunta directa puede malograr la respuesta, una presunción falsa aporta información inmediata bajo la forma de contradicción.

—Al contrario, señor. Muy al contrario. Todos nos quedamos estupefactos al saber lo que le había dejado. En el testamento estaba todo: el dinero y lo demás. Parece ser que la anciana no llegó a gastar todas sus rentas. Algo así como cuatrocientas mil libras fueron lo que le dejó.

—Me deja usted atónito —exclamó Poirot—. Es como un cuento de hadas, ¿verdad? La señorita pobre que de repente se convierte en una acaudalada propietaria. ¿Es joven todavía la señorita Lawson? ¿Podrá disfrutar de toda esa riqueza?

—No, señor. Es una persona de mediana edad.

La forma en que pronunció la palabra «persona» fue casi una declamación artística. Estaba claro que la señorita Lawson, la exseñorita de compañía, no había sabido ganarse en absoluto el aprecio de Market Basing.

—Debió de ser una gran desilusión para los sobrinos —murmuró Poirot.

—Sí, señor. Creo que se quedaron bastante contrariados. Fue algo inesperado. En Market Basing ha sido objeto de gran debate. Algunos sostienen que no hay derecho a desheredar a los propios consanguíneos. Sin embargo, hay otros que opinan que cada uno puede hacer lo que quiera con lo que le pertenece. Al fin y al cabo, los dos puntos de vista son discutibles.

—La señorita Arundell vivió aquí mucho tiempo, ¿no es verdad?

—Sí, señor. Ella, sus hermanas y, antes, el viejo general Arundell. Como es lógico, no lo recuerdo, pero creo que era todo un personaje. Estuvo en la India en la época de la insurrección.

—¿Eran varias hijas?

—Tres, si no recuerdo mal. Y creo que había otra que se

casó. Sí, la señorita Matilda, la señorita Agnes y la señorita Emily. La señorita Matilda fue la primera que murió, luego la señorita Agnes y, finalmente, la señorita Emily.

—¿Hace mucho que murió esta última?

—A primeros de mayo... o tal vez a finales de abril.

—¿Pasó mucho tiempo enferma?

—Estaba algo achacosa. Hará cuestión de un año estuvo a punto de morir de ictericia. Durante una buena temporada tuvo la piel amarilla como un limón. Sí, su salud fue muy mala durante los últimos cinco años de su vida.

—Supongo que tendrán buenos médicos en el pueblo.

—Bueno, tenemos al doctor Grainger. Lleva aquí casi cuarenta años y la mayoría de la gente recurre a él. Es un poco extravagante y tiene sus manías, pero es un buen médico. No hay nadie mejor. Ahora ha contratado a un ayudante joven, el doctor Donaldson. Es de la nueva escuela y hay gente que lo prefiere. También está el doctor Holding, aunque no trabaja mucho.

—Me figuro que el doctor Grainger sería el médico de la señorita Arundell, ¿no?

—Sí, señor. La sacó de apuros en más de una ocasión. Es de los que logran que sigas vivo, te guste o no.

Poirot asintió.

—Es conveniente conocer las características de un sitio antes de instalarse en él —observó—. Un buen médico resulta el mejor vecino.

—Muy cierto, señor.

Después de esto Poirot pidió la cuenta, a la que añadió una espléndida propina.

—Gracias, señor. Muchas gracias. Espero de todo corazón que se quede aquí.

—Yo también —replicó mi amigo mintiendo con descaro.

Salimos del George.

—¿Satisfecho, Poirot? —pregunté cuando nos encontramos en la calle.

—De ninguna manera, amigo mío.

Tomó una dirección que yo no esperaba.

—¿Adónde quiere ir ahora?

—A la iglesia. Puede ser interesante. Algunos bronces, un monumento antiguo...

Moví la cabeza con aire de duda.

La inspección que Poirot llevó a cabo en el interior de la iglesia fue breve. Aunque el edificio era un buen ejemplo de lo que la guía denominaba «gótico tardío», había sido restaurado tan a conciencia en los vandálicos días de la época victoriana que, en la actualidad, no tenía ningún valor artístico.

Después, Poirot se dedicó a pasear sin ningún propósito aparente por el cementerio de la parroquia: leía algunos epitafios, comentaba el número de defunciones en ciertas familias y de vez en cuando lanzaba una exclamación sobre la rareza de un nombre.

No me sorprendí, sin embargo, cuando por fin se detuvo ante lo que estaba seguro que había sido su objetivo desde el principio: una imponente losa de mármol, en la que se veía una inscripción borrosa en parte:

CONSAGRADO
A LA MEMORIA DE
JOHN LAVERTON ARUNDELL,
GENERAL DEL 24 DE LOS SIJS,
QUE SE DURMIÓ EN CRISTO
EL 19 DE MAYO DE 1888
A LA EDAD DE 69 AÑOS
«LUCHA POR LA BUENA CAUSA
CON TODAS SUS FUERZAS»

TAMBIÉN A LA DE
MATILDA ANN ARUNDELL,
FALLECIDA EL 10 DE MARZO DE 1912
«ME LEVANTARÉ E IRÉ HACIA MI PADRE»

También a la de
Agnes Georgina Mary Arundell,
fallecida el 20 de noviembre de 1921
«Pedid y se os dará»

Las letras esculpidas a continuación eran a todas luces recientes:

También a la de
Emily Harriet Laverton Arundell,
fallecida el 1 de mayo de 1936
«Se hará tu voluntad»

Poirot se quedó mirando durante un rato las inscripciones. Al fin, murmuró suavemente:

—El uno de mayo, el uno de mayo. Y hoy, veintiocho de junio, he recibido su carta. ¿Ve usted como este hecho necesita aclararse?

Vi que debía ser así.

O, mejor dicho, vi que Poirot estaba dispuesto a encontrar la explicación.

8

El interior de Littlegreen House

Al salir del cementerio, Poirot se dirigió con paso enérgico hacia Littlegreen House. Deduje que seguiría desempeñando el papel de posible comprador, pues llevaba en la mano los diversos permisos y el correspondiente a Littlegreen House estaba encima de todos ellos. Empujó la cancela y recorrió el sendero hasta la puerta principal.

En esta ocasión, nuestro amigo el terrier no estaba a la vista, aunque sus ladridos se oían en el interior de la casa. Supuse que se hallaría en la cocina.

Al momento, se oyeron unos pasos que cruzaban el vestíbulo y una mujer de rostro agradable nos abrió la puerta. Aparentaba tener cincuenta y tantos años y su aspecto era, a todas luces, el de una sirvienta chapada a la antigua, de las que rara vez se ven en estos días.

Poirot presentó el permiso.

—Sí, señor. El agente ha telefoneado. ¿Quiere pasar por aquí, por favor?

Observé que las persianas, cerradas cuando habíamos efectuado nuestra primera visita para explorar el terreno, estaban ahora abiertas de par en par, esperando nuestra llegada. También me fijé en que todo estaba meticulosamente limpio y bien conservado, lo que evidenciaba que nuestra guía era una mujer muy concienzuda.

—Este es el cuarto de estar, señor.

Lancé una mirada de aprobación a mi alrededor. Era

una habitación agradable, con anchas ventanas que daban a la calle. Estaba provista de buenos y sólidos muebles de estilo antiguo, la mayoría de ellos victorianos, pero vi también una librería Chippendale y un juego de bonitas sillas Hepplewhite.

Poirot y yo nos comportamos como suele hacerlo la gente cuando le enseñan una casa. Nos deteníamos, aparentando una ligera incomodidad, mientras murmurábamos observaciones como: «Muy bonito», «Una habitación muy agradable», «¿Ha dicho usted que es el cuarto de estar?».

Atravesamos el vestíbulo y la criada nos condujo a la habitación de enfrente, que era mucho mayor que la anterior.

—El comedor, señor.

Este era en su totalidad de estilo victoriano. El mobiliario estaba compuesto por una pesada mesa de caoba, un aparador macizo de la misma madera, con racimos de fruta tallados, y varias sillas tapizadas de cuero. De las paredes colgaban diversos retratos de familia.

El terrier continuaba ladrando desde algún lugar oculto, pero, de pronto, el escándalo aumentó de volumen. Con un *crescendo* de agudos ladridos, se oyó su galope por el vestíbulo.

«¿Quién ha entrado en la casa? ¡Lo haré pedazos!», parecía decir. El perro llegó al umbral de la puerta y se puso a husmear frenéticamente.

—¡Oh, *Bob*! Qué perro tan travieso —exclamó la mujer—. No se asusten; no les hará daño.

En efecto, una vez que *Bob* hubo examinado a los intrusos, sus modales cambiaron por completo. Entró bulliciosamente en el comedor y efectuó su propia presentación de una forma muy agradable.

«Encantado de conoceros —observó mientras olfateaba nuestros tobillos—. Ya me perdonaréis el ruido, ¿verdad?

Es un trabajo que debo hacer. Hay que tener cuidado con las personas a quienes se deja entrar, ¿no os parece? Mi vida es muy aburrida y, en realidad, no sabéis lo que me alegro cuando veo una cara nueva. Tú tienes perros, ¿verdad?» Esto último me lo dijo a mí mientras me agachaba para darle palmaditas en la cabeza.

—Un perro muy bonito —le dije a la mujer—, aunque necesita que lo esquilen un poco.

—Sí, señor. Por lo general, lo esquilamos tres veces al año.

—¿Es viejo?

—No, señor, tiene seis años. Pero a veces se porta como si fuera un cachorro. Coge las zapatillas de la cocinera y hace cabriolas con ellas. Es muy dócil, aunque nadie lo diría al oír el ruido que arma. La única persona a quien no quiere es al cartero. El pobre hombre le tiene pavor.

Bob estaba ahora investigando las perneras de los pantalones de Poirot. Después de haber husmeado a su gusto, lanzó un prolongado resoplido.

«¡Hum! No está mal, pero me parece que no le gustan los perros.» Se volvió hacia mí, ladeando la cabeza y mirándome como si esperara alguna cosa.

—No sé por qué los perros persiguen siempre a los carteros —comentó nuestra guía.

—Es por su forma de discurrir —explicó Poirot—. El perro basa su comportamiento en un motivo. Es inteligente y hace sus deducciones de acuerdo con su punto de vista. Hay gente que puede entrar en casa y hay quien no lo puede hacer. Esto es algo que los perros aprenden pronto. *Eh bien,* ¿cuál es la persona que con más insistencia trata de que la admitan en la casa, llamando dos o tres veces al día y que en ninguna ocasión consigue que la dejen entrar? El cartero. Está claro, pues, que es un huésped indeseable desde el punto de vista del dueño de la casa. Siempre se le despide y aun así vuelve después insistiendo sobre lo mismo. Por lo tanto, la obligación del perro está clara: prestar su ayuda para ahuyentar a este personaje indeseable y, si es posible, morderle. Es un proceder muy razonable.

Miró a *Bob*, complacido.

—Da la impresión de ser muy inteligente.

—Sí, lo es, señor. A veces parece humano.

La mujer abrió otra puerta.

—El salón, señor.

El aspecto del salón hacía rememorar tiempos pasados. Una ligera fragancia a hierbas flotaba en el ambiente. Las cretonas con estampados de rosas se veían gastadas y desvaídas. De las paredes colgaban varios grabados y acuarelas. Había gran cantidad de porcelanas: frágiles pastores y pastoras, además de almohadones bordados a realce, fotografías descoloridas en primorosos marcos de plata, varias cajitas y un carrito de té con delicadas incrustaciones. Pero lo que me pareció más fascinante de todo fueron dos damas, exquisitamente recortadas en papel de seda y colocadas en campanas de cristal. Una de ellas hilaba y la otra tenía un gato sobre las rodillas.

Me envolvía el ambiente de épocas pretéritas en las que reinaba la comodidad, el refinamiento, «damas y caballeros». Aquello era un auténtico «salón de retiro». Aquí se acomodaban las señoras para hacer sus labores y, si alguna vez un privilegiado miembro del sexo masculino encendía un cigarrillo, ¡seguro que se sacudían los cortinajes y se aireaba la habitación en cuanto se marchaba!

De pronto, me fijé en *Bob*. Estaba sentado mirando con atención una elegante mesa con dos cajones.

Al darse cuenta de que lo observaba, lanzó un corto y quejumbroso aullido, mientras su mirada pasaba de mí a la mesa.

—¿Qué quiere? —pregunté.

Sin duda alguna, el interés que nos tomábamos por *Bob* complacía a la criada, que, por lo visto, estaba muy encariñada con él.

—Es su pelota, señor. La guardábamos siempre en ese cajón. Por eso se pone ahí y la pide. —Cambió de voz y se dirigió al perro con un falsete estridente—: Ya no está ahí, perrito mono. La pelota de *Bob* está en la cocina. En la cocina, *Boby*.

El terrier lanzó una mirada impaciente a Poirot.

«Esta mujer es tonta —parecía decir—. Tú tienes aspecto de ser un individuo inteligente. Las pelotas se guardan en determinados sitios y este cajón es uno de ellos. Aquí siempre ha habido una pelota. Por lo tanto, ahí mismo debe de estar ahora. Es pura lógica canina, ¿no?»

—No está aquí, chico —dije.

Me miró con aire de duda. Al salir de la habitación nos siguió despacio, como si no estuviera convencido del todo.

La mujer nos enseñó después varios armarios, un guardarropa instalado bajo la escalera y una pequeña alacena «donde la señora solía arreglar las flores, señor».

—¿Estuvo usted mucho tiempo al servicio de su señora?

—Veintidós años.

—¿Cuida usted sola de la casa?

—La cocinera y yo, señor.

—¿También ella sirvió mucho tiempo a la señorita Arundell?

—Solamente cuatro años, señor. La antigua cocinera murió.

—Suponiendo que yo adquiriera la casa, ¿estaría usted dispuesta a quedarse a mi servicio?

La mujer se sonrojó un poco.

—Es usted muy amable, señor, pero pienso dejar el servicio. La señora me legó una buena cantidad y tengo el propósito de ir a vivir con mi hermana. Si me he quedado aquí ha sido tan solo para hacerle un favor a la señorita Lawson. Permaneceré al cuidado de la casa hasta que se venda.

Poirot asintió.

En el silencio que siguió pudo oírse un nuevo ruido.

Bump, bump, bump.

Un sonido que aumentaba de volumen y parecía descender del piso superior.

—Es *Bob*, señor. —La mujer sonrió—. Ha cogido la pelota y hace que salte de peldaño en peldaño. Le gusta mucho ese juego.

Llegamos al pie de la escalera, al mismo tiempo que una pelota de goma negra rebotaba sobre el último escalón. La cogí y miré hacia arriba. *Bob* estaba tendido en el borde superior de la escalera, con las patas delanteras extendidas y moviendo con alegría la cola. Le lancé la pelota. La cogió al vuelo con la boca, la mordisqueó durante unos momentos con verdadero deleite y luego la dejó caer entre sus patas. Después la empujó un poco con el hocico hasta que llegó al borde del primer peldaño y volvió a rebotar escaleras abajo. A medida que la pelota avanzaba, *Bob* movía la cola con más energía.

—Se pasaría así horas enteras, señor. Es su juego favorito. No hace nada más en todo el día. Ya está bien, *Bob*. Los caballeros tienen cosas más importantes que hacer que jugar contigo.

Un perro es un gran promotor de las relaciones públicas. Nuestro interés por *Bob* había roto por completo la reserva natural de la buena sirvienta. Cuando subimos al piso superior para ver los dormitorios, nuestra guía hablaba locuazmente y nos contó diversas anécdotas sobre la maravillosa sagacidad del animal. La pelota quedó al pie de la escalera y, cuando pasamos junto al perro, este nos lanzó una mirada de profundo disgusto, mientras empezaba a descender los peldaños para recoger su juguete. Al volver, vi que subía despacio con la pelota en la boca y con el aspecto de un viejecito a quien personas sin conciencia hubieran obligado a realizar un esfuerzo a todas luces impropio de su edad.

A medida que recorríamos las habitaciones, Poirot iba sonsacando gradualmente a la mujer.

—Creo que fueron cuatro las señoritas Arundell que vivieron aquí, ¿verdad?

—Al principio, sí, señor. Pero eso fue antes de que yo entrara en esta casa. Cuando yo vine solo quedaban la señorita Agnes y la señorita Emily, y la primera murió pocos años después. Era la más joven de la familia. Resultó extraño que muriera antes que su hermana.

—Seguramente no sería tan fuerte como ella.

—No, señor. Eso fue lo extraño. Era la señorita Emily quien siempre andaba delicada de salud. Dio mucho quehacer a los médicos durante toda su vida. La señorita Agnes fue siempre fuerte y robusta y, sin embargo, fue la primera en dejarnos. No obstante, la señorita Emily, que tuvo una salud frágil desde niña, sobrevivió a toda la familia. A veces pasan cosas muy raras.

—Es asombroso cómo esto que me cuenta se repite a menudo.

Poirot se lanzó a relatar una fantástica historia (estoy seguro) sobre un hipotético tío suyo, inválido, cuento que no quiero molestarme en repetir aquí. Baste decir que produjo el efecto deseado. Las discusiones sobre la muerte y cosas por el estilo sueltan con más facilidad que cualquier otro tema la lengua de las personas. Poirot se encontró entonces en disposición de formular preguntas que veinte minutos antes habrían sido acogidas con sospechosa hostilidad.

—¿Fue muy larga y dolorosa la enfermedad de la señorita Emily?

—No, no puede decirse que lo fuera, señor. Había estado achacosa desde hacía algún tiempo; dos inviernos por lo menos. Era muy malo lo que tenía: ictericia. Se le puso la cara amarilla, y hasta el blanco de los ojos.

—Oh, sí. Lo cierto es que... —Aquí Poirot contó una

anécdota sobre un irreal primo que padecía el mismo «peligro amarillo» en persona.

—Es tal como usted dice, señor. Esa enfermedad es horrible. ¡Pobre señorita! No conseguía retener nada en el estómago. Le aseguro que el doctor Grainger dudaba de su mejora, pero la trataba de una forma admirable... amedrentándola: «¿Se ha hecho ya a la idea de tenderse en la cama y encargar la lápida?», le decía. Y ella le replicaba: «Todavía me quedan ganas de luchar, doctor». «Eso está bien», contestaba él. «Es lo que quería oír.» Tuvimos una enfermera que se figuró que aquello era un caso perdido y hasta le dijo al médico, en cierta ocasión, que le parecía mejor no marear a la señora forzándola a tomar alimentos. Pero el doctor la reconvino por su manera de pensar: «Tonterías», dijo. «¿Preocuparse de ella? Lo que debe hacer es intimidarla un poco en esa cuestión. Sopa de carne a tal y tal hora, cucharaditas de coñac...» Y al final le dijo algo que nunca olvidaré: «Es usted joven, muchacha. No se da cuenta de la gran resistencia y las ganas de luchar que proporciona la edad. Son los jóvenes quienes abandonan y mueren porque no tienen suficiente interés por vivir. Muéstreme usted a alguien que haya vivido más de setenta años y tendrá delante a un luchador, alguien que tiene ganas de vivir». Y es verdad, señor... A menudo he pensado: «¡Qué dignos de admiración son los ancianos! ¡Qué vitalidad y qué interés tienen por conservar sus facultades!». Tal como dijo el doctor, justo por eso llegan a esas edades.

—Es muy profundo lo que dice, muy profundo. ¿Era así la señorita Arundell? ¿Muy vivaz? ¿Muy interesada en vivir?

—¡Oh, sí, desde luego, señor! Tenía poca salud, pero su cerebro funcionaba muy bien. Y siguiendo con lo que les decía, la señorita se curó de su enfermedad, para sorpresa de la enfermera. Era una joven muy engreída, toda cuello y puños almidonados. Había que servirla pronto y bien, y pedía té a todas horas.

—¿Fue buena la convalecencia?

—Sí, señor. Aunque, como es natural, al principio la señorita tuvo que seguir una rigurosa dieta. Todo lo que comía debía estar hervido, los alimentos no debían contener grasas ni se le permitía comer huevos. Resultó muy monótono para ella.

—Pero lo importante es que se puso bien.

—Sí, señor. Tuvo pequeñas recaídas, lo que yo llamo ataques biliares. A veces se saltaba el régimen, pero, aun así, los ataques no fueron importantes hasta que sobrevino el último.

—¿Fue exactamente igual al que había tenido dos años antes?

—Sí, lo mismo, señor. La ictericia. Otra vez el terrible color amarillo, las horribles náuseas y todo lo demás. Me temo que la pobre tuvo la culpa de lo que le pasó. Comió un montón de cosas que no debería haber probado. La noche que se puso mala comió curry, y ya sabe usted, señor, que el curry es fuerte y aceitoso.

—¿El ataque le sobrevino de repente, entonces?

—Bueno, eso parecía, señor. Pero el doctor Grainger dijo que se había fraguado desde hacía tiempo. Un resfriado, el tiempo había sido muy variable aquellos días, y demasiadas comidas fuertes.

—Seguramente su señorita de compañía, la señorita Lawson, debió de disuadirla de que comiera esos platos.

—¡Oh! No creo que la señorita Lawson tuviera ocasión de hacerlo. La señora no era de las que aceptaban órdenes.

—¿Estuvo con ella la señorita Lawson durante la primera enfermedad?

—No, entró a su servicio después. Estuvo con la señora cerca de un año.

—Supongo que antes tuvo otras señoritas de compañía...

—Gran número de ellas, señor.

—Ya veo que no permanecían a su lado tanto tiempo como el resto del servicio —dijo Poirot sonriendo.

La mujer se sonrojó.

—Ya comprenderá usted que es distinto, señor. La señorita Arundell no salía mucho y entre unas cosas y otras...

Hizo una pausa y Poirot la contempló un momento, hasta que comentó:

—Conozco un poco la mentalidad de las ancianas. Les gustan horrores las novedades. Y quizá profundizan hasta el fondo de cada persona.

—Se nota que es usted un experto, señor. Ha dado en el clavo. Cuando llegaba una nueva señorita de compañía, la señorita Arundell se interesaba siempre por ella preguntándole acerca de su vida, su infancia, dónde había estado y qué pensaba de las cosas. Luego, cuando ya estaba enterada de todo, se..., bueno..., «se aburría» es la expresión adecuada.

—Eso es. Pero hablando entre nosotros, las señoras que se dedican a ese oficio no son, por lo general, ni muy interesantes ni muy divertidas, ¿no le parece?

—Desde luego que no, señor. La mayoría de ellas son pobres de espíritu. Tontas sin la menor duda. La señorita Arundell pronto las agotaba, por decirlo así. Entonces decidía cambiar y tomaba otra a su servicio.

—Me figuro que debía de estar muy contenta con la señorita Lawson.

—¡Oh! No lo crea, señor.

—¿La señorita Lawson no tenía una personalidad notable?

—Yo diría que no, señor. Es una persona completamente corriente.

—¿A usted le gusta?

La mujer se encogió algo de hombros.

—No tiene nada que pueda gustar o disgustar. Es quisquillosa, de mediana edad y está obsesionada con esas tonterías acerca de los espíritus.

—¿Espíritus? —preguntó Poirot, alerta.

—Sí, señor, espíritus. Su grupo se sienta en la oscuridad alrededor de una mesa y los difuntos les dicen cosas. Algo irreverente por completo, en mi opinión. Como si no supiéramos que las almas de los muertos están en el sitio adecuado y no lo abandonan.

—¡Así que la señorita Lawson es espiritista! ¿La señorita Arundell también creía en eso?

—A la señorita Lawson ya le habría gustado —estalló la mujer.

Había en su tono una especie de malicia satisfecha.

—¿Pero no era así? —insistió Poirot.

—La señora tenía demasiado sentido común —refunfuñó la sirvienta—. No digo que no le divirtiera. «Deseo que me convenza», aseguraba. Pero a menudo se quedaba mirando a la señorita Lawson como si dijera: «Pobrecilla, ¡qué tonta eres al creer en todo eso!».

—Comprendo. No creía en nada de aquello, pero le servía de distracción.

—Eso es, señor. A veces he pensado si la señora no..., bueno, no se divertía un poco, por decirlo así, empujando la mesa y haciendo cosas por el estilo, mientras las demás estaban más serias que unos jueces.

—¿Las demás?

—La señorita Lawson y las dos señoritas Tripp.

—Entonces ¿la señorita Lawson es una espiritista convencida?

—Cree en ello como en el Evangelio, señor.

—¿Y la señorita Arundell estaba muy ligada a ella pese a eso? ¿Es así? —Era la segunda vez que Poirot hacía esta observación y obtuvo la misma respuesta.

—Eso sería discutible, señor.

—Pero le dejó cuanto tenía —dijo Poirot—. ¿Verdad?

El cambio fue inmediato. El ser humano se desvaneció y la correcta sirvienta volvió a aparecer. La mujer se irguió y dijo con una voz carente de inflexión que llevaba implícita una repulsa a cualquier familiaridad:

—Lo que hizo la señora con su dinero no es asunto mío.

Presentí que a Poirot se le había estropeado el juego. Una vez que hubo predispuesto a la mujer a que la conversación fuera amistosa, había procedido a explotar la ventaja. No obstante, fue lo bastante prudente como para no pretender recobrar de inmediato el terreno perdido. Después de una vulgar observación sobre el tamaño y número de los dormitorios, se dirigió a la escalera.

Bob había desaparecido. Pero cuando llegué al primer peldaño, resbalé y casi caí al suelo. Me cogí a la barandilla, miré al suelo y vi que, inadvertidamente, había pisado la pelota que el perro había dejado allí.

La mujer se apresuró a excusarse.

—Lo siento, señor. *Bob* tiene la culpa. Deja siempre la pelota, ahí y con la alfombra oscura no se ve. Cualquier día alguien sufrirá un grave accidente. A causa de ello, la pobre señora tuvo una desagradable caída. Muy bien pudo haberse matado.

Poirot se detuvo de pronto en la escalera.

—¿Dijo usted que sufrió un accidente?

—Sí, señor. *Bob* se dejó la pelota por aquí, como de costumbre, y la señora salió de su habitación, resbaló y cayó escalera abajo. Pudo haberse matado.

—¿Se lastimó mucho?

—No tanto como era de temer. Tuvo mucha suerte, según dijo el doctor Grainger. Se hizo un corte en la cabeza, una magulladura en la espalda, varias contusiones y sufrió una conmoción muy fuerte. Estuvo en cama cerca de una semana, pero no fue nada serio.

—¿Hace mucho tiempo que ocurrió eso?

—Justo una semana o dos antes de que muriera.

Poirot se inclinó para recoger algo que se le había caído.

—Perdón, mi pluma estilográfica. Ah, sí, aquí está.

Se incorporó otra vez.

—Es muy descuidado, el señorito *Bob* —observó.

—Al fin y al cabo, no sabe qué hace mal, señor —dijo la mujer con tono indulgente—. Es muy inteligente, pero no se le puede pedir tanto. La señora no dormía bien por las noches y a veces se levantaba, bajaba y paseaba por la casa.

—¿Hacía eso muy a menudo?

—Algunas noches. Pero no quería que la señorita Lawson ni nadie fuera detrás de ella.

Poirot volvió a entrar en el salón.

—Es una habitación muy bonita —observó—. Me pregunto si habrá suficiente espacio en este hueco para la librería. ¿Qué le parece, Hastings?

Completamente perplejo, hice notar con precaución que sería difícil asegurar una cosa así.

—Sí, las medidas son muy engañosas. Tome la cinta métrica, por favor, y mida el ancho de ese hueco.

Obediente, cogí la cinta que me daba Poirot y tomé varias medidas siguiendo sus indicaciones, mientras él escribía en el dorso de un sobre. Me preguntaba por qué había adoptado un método tan fuera de sus costumbres, en lugar de anotar los datos en su agenda, cuando me tendió el sobre y dijo:

—Es esto, ¿verdad? Quizá será mejor que lo compruebe.

No había ningún número escrito en el papel, pero sí leí la siguiente nota: «Cuando subamos otra vez al piso de arriba, haga ver que recuerda que tiene una cita y pregunte si puede telefonear. Deje que la mujer vaya con usted y entreténgala tanto como pueda».

—Están bien —dije guardándome el sobre—. Seguramente cabrán las dos librerías.

—Es preferible asegurarse. Si no resulta mucha molestia, me gustaría dar otro vistazo al dormitorio principal. No estoy seguro del espacio que puede aprovecharse en las paredes.

—No faltaba más, señor. No es ninguna molestia.

Subimos otra vez. Poirot midió un lienzo de pared y estaba comentando en voz alta las posibles posiciones en que podría colocar la cama, el armario y la mesa, cuando, mirando mi reloj, lancé una exclamación algo exagerada y dije:

—¡Vaya por Dios! ¿Sabe que ya son las tres? ¿Qué pensará Anderson? Debo telefonearle. —Me volví hacia la mujer—. ¿Tendría algún inconveniente en que usara el teléfono?

—Ninguno, señor. Está en la habitación pequeña, al lado del vestíbulo. Yo lo acompañaré.

Bajamos. Me indicó dónde estaba el aparato y luego le rogué que me ayudara a buscar un número en la guía telefónica. Por fin hice una llamada a un tal Anderson, de la vecina localidad de Harchester. Por fortuna, no estaba en casa, así que dejé un recado diciendo que no era nada importante y que llamaría más tarde.

Cuando terminé, Poirot ya había bajado y estaba esperándonos en el vestíbulo. Sus ojos tenían un ligero matiz verde. No supe a qué atribuirlo, pero me di cuenta de que estaba excitado.

—La caída de su señora por esa escalera debió de ocasionarle una gran conmoción —comentó Poirot—. ¿Parecía estar preocupada por *Bob* y su pelota, después del accidente?

—Es curioso que diga eso, señor. Estaba muy preocupada. Verá, mientras agonizaba, en su delirio divagó constantemente sobre el perro, la pelota y algo sobre una pintura que estaba entreabierta.

—¿Una pintura que estaba entreabierta? —repitió Poirot pensativo.

—Desde luego, no tiene ningún sentido, señor. Pero como comprenderá, deliraba.

—Un momento. Necesito ver otra vez el salón.

Deambuló por la habitación examinando los diversos objetos de adorno. Un gran jarrón con tapadera pareció atraerle en especial. No era, según creo, una pieza extraordinaria de porcelana. Más bien un objeto de humor victoriano. Lucía una pintura más bien tosca de un bulldog sentado frente a la puerta de una casa, con expresión lastimosa. Debajo aparecía la siguiente leyenda: «Trasnochar y sin llave».

Poirot, cuyos gustos consideraba burgueses hasta la exasperación, parecía estar sumido en la más grande de las admiraciones.

—«Trasnochar y sin llave» —murmuró—. ¡Qué divertido! ¿Es lo que hace el señorito *Bob*? ¿Pasa algunas noches fuera de casa?

—En muy raras ocasiones, señor. Oh, muy pocas veces. *Bob* es un buen perro. Sí, señor.

—Estoy seguro de que lo es. Pero hasta los mejores perros...

—¡Oh! Está usted en lo cierto, señor. Una o dos veces al año se va y no vuelve a casa hasta las cuatro de la madrugada. Luego se sienta en el portal y ladra hasta que le abren.

—¿Quién le abre la puerta? ¿La señorita Lawson?

—Quien lo oye, señor. La última vez fue la señorita Lawson. Justo la noche en que la señora sufrió el accidente, *Bob* volvió cerca de las cinco. La señorita Lawson corrió escalera abajo para dejarlo entrar antes de que hiciera más ruido. Temía que despertara a la señora. Para no preocuparla, no le había dicho nada de su ausencia.

—Comprendo. Creyó que lo mejor era que la señorita Arundell no se enterara.

—Eso es lo que dijo, señor. Dijo: «Seguro que volverá,

como hace siempre. Pero la señora puede preocuparse y eso no es conveniente». Así que no le dijimos nada.

—¿Quería mucho *Bob* a la señorita Lawson?

—Más bien la despreciaba, si sabe usted a qué me refiero, señor. Los perros son así. Ella era muy amable con él. Lo llamaba «perrito bueno», «perrito mono». Pero él acostumbraba a mirarla con desdén y no le prestaba ninguna atención ni hacía lo que ella le ordenaba.

Poirot asintió.

—Ya me hago cargo —dijo.

De pronto, hizo algo que me sobresaltó.

Se sacó una carta del bolsillo. La carta que había recibido aquella mañana.

—Ellen, ¿sabe usted algo de esto? —preguntó.

El cambio que se reflejó en la cara de la mujer fue notable. Abrió la boca y miró a Poirot con una expresión de aturdimiento casi cómico.

—Bueno —exclamó al fin—. ¡Yo no lo hice!

Quizá la observación carecía de coherencia, pero no dio lugar a dudas sobre lo que la sirvienta quería decir.

Recuperada de la sorpresa, añadió con voz pausada:

—¿Es usted el caballero a quien iba dirigida la carta?

—El mismo. Soy Hércules Poirot.

Como hace la mayoría de la gente, la mujer no había leído el nombre escrito en el permiso para visitar la propiedad que Poirot le enseñó cuando llegamos.

Nuestra interlocutora asintió con la cabeza.

—Eso es —dijo—. Hérculess Poirot. —Añadió una ese al nombre de pila y pronunció la te del apellido—. ¡La cocinera se sorprenderá!

Poirot replicó enseguida:

—Quizá sería buena idea que fuésemos a la cocina y habláramos de esto allí, junto con su amiga.

—Bueno..., si no tiene inconveniente, señor —repuso Ellen con tono de duda.

Este particular dilema de conveniencias sociales era nuevo para ella, pero el tono práctico de Poirot la tranquilizó y nos dirigimos hacia la cocina. Ellen explicó la situación a una mujer alta, de cara larga y agradable, que, cuando entramos, estaba retirando un puchero de un fogón de gas.

—No te lo creerás, Annie. Este caballero es a quien iba dirigida la carta. Ya sabes, la carta que encontramos en la carpeta.

—Recuerde usted que yo estoy a oscuras —dijo Poirot—. ¿Me puede decir por qué esta carta se franqueó con tanto retraso?

—A decir verdad, señor, yo no sabía qué hacer. Ninguna de nosotras, ¿verdad?

—Desde luego. No sabíamos qué hacer —confirmó la cocinera.

—Verá, señor, cuando la señorita Lawson empezó a revolver las cosas de la señora tras la muerte de ésta, muchas cosas se dieron y otras se tiraron. Entre ellas había una carpeta. Era muy bonita, con un lirio bordado en la tapa. La señora la utilizaba siempre para escribir en la cama. La señorita Lawson no la quiso y me la dio junto con otras cosas que habían pertenecido a la señora. Lo puse todo en un cajón y hasta ayer no lo saqué. Quería poner un papel secante nuevo. En el interior hay una especie de bolsillo y, al deslizar la mano en el interior, encontré una carta escrita por la señora.

»Como ya he dicho, no sabía qué hacer con ella. Era la letra de la señora, desde luego, y me figuré que la había escrito y dejado en la carpeta pensando en enviarla por correo al día siguiente, pero que luego se le olvidó, cosa que a la pobre solía ocurrirle muy a menudo. En cierta ocasión, se extravió un documento del banco y nadie sabía dónde estaba, hasta que al fin lo encontramos en el fondo del casillero de su escritorio.

—¿Tan desordenada era? —preguntó Poirot un tanto extrañado.

—¡Oh, no, señor! Justo todo lo contrario. Siempre estaba colocando las cosas en su sitio y ordenándolas. Aunque al final eso resultaba un inconveniente. Si lo hubiera dejado todo como estaba, habría sido mejor. Tenía la costumbre de organizarlo todo y luego olvidarse de lo que había hecho.

—¿Cosas como la pelota de *Bob*, por ejemplo? —dijo Poirot sonriendo.

El sagaz terrier llegaba en aquel momento de la calle y nos saludó de nuevo amistosamente.

—Sí, desde luego, señor. Tan pronto como *Bob* terminaba de jugar con la pelota, la señora la guardaba. Pero eso no era ningún problema, porque tenía su sitio fijo. El cajón que le mostré antes.

—Comprendo. Pero la he interrumpido. Siga, por favor. Quedamos en que descubrió usted la carta dentro de la carpeta.

—Sí, señor. Así ocurrió. Y entonces le pregunté a Annie qué era lo mejor que podíamos hacer. No quería quemarla y, por otra parte, no quería abrirla. Además, ni Annie ni yo considerábamos que aquel asunto pudiera interesar a la señorita Lawson, así que, después de hablar un rato sobre ello, le puse un sello al sobre y corrí a depositarlo en el buzón.

Poirot se volvió un poco hacia mí.

—*Voilà!* —murmuró.

No pude evitar decir maliciosamente:

—Hay que ver lo simple que puede ser una explicación.

Creo que me miró un poco cabizbajo y me arrepentí de haberlo fastidiado tan pronto.

Se dirigió otra vez a Ellen:

—Como dice mi amigo, ¡qué simple puede ser una explicación! Ya comprenderá que, cuando recibí la carta, fechada más de dos meses atrás, me sorprendí.

—Sí, supongo que debió de sorprenderse, señor. No pensamos en eso.

—Además —Poirot tosió—, estoy ante un pequeño dilema. Sepa usted que esta carta es una misión que la señorita Arundell deseaba confiarme, algo de carácter privado. —Se aclaró la garganta, dándose importancia—. Pero ahora, la señorita Arundell ha muerto y tengo dudas acerca de cómo he de proceder. ¿Hubiera deseado la señorita Arundell que me encargara del asunto o no? Es muy difícil saberlo, muy difícil.

Las dos mujeres lo miraban con respeto.

—Creo que debo consultar con el abogado de la señorita Arundell. Tenía un abogado, ¿verdad?

Ellen respondió con rapidez:

—Sí, señor. El señor Purvis, de Harchester.

—¿Estaba enterado de todos los asuntos de ella?

—Creo que sí, señor. Siempre, desde que yo recuerdo, se ocupó de sus asuntos. Lo envió a buscar después de sufrir la caída.

—¿La caída por la escalera?

—Sí, señor.

—Vamos a ver, ¿cuándo ocurrió eso exactamente?

Fue la cocinera quien contestó.

—El martes, después de Pascua de Resurrección, lo recuerdo muy bien. Me quedé en casa porque tenía invitados y me tomé el día libre el miércoles.

Poirot sacó su calendario de bolsillo.

—Veamos..., veamos. La Pascua de Resurrección este año cayó el día trece, luego la señorita Arundell sufrió el accidente el día catorce. La carta la escribió tres días más tarde. Fue una lástima que no la enviara por correo. Sin embargo, puede que no sea demasiado tarde. —Hizo una pausa—. Me figuro que la..., hum..., misión que ella me encargó estaba relacionada con uno de los huéspedes que acaba usted de mencionar.

Esta observación, hecha como un mero disparo al azar, tuvo una respuesta inmediata. Una mirada de rápida comprensión cruzó los ojos de Ellen. Se volvió hacia la cocinera, en cuya cara se reflejaba la misma expresión.

—Debe de tratarse del señor Charles —dijo Ellen.

—¿Quiere usted decirme quiénes estuvieron aquí? —sugirió Poirot.

—El doctor Tanios y su esposa, que es la señorita Bella; la señorita Theresa y el señor Charles.

—¿Son todos sobrinos y sobrinas?

—Así es, señor. El doctor Tanios no es pariente directo. En realidad, es extranjero: griego o algo así, según creo. Se casó con la señorita Bella, sobrina de la señora, hija de una hermana. El joven Charles y la señorita Theresa son hermanos.

—Sí. Ya veo, fue una reunión familiar. ¿Y cuándo se marcharon?

—El miércoles por la mañana, señor. El doctor Tanios y la señorita Bella volvieron el fin de semana siguiente, porque estaban preocupados por la salud de su tía.

—¿Y el señor Charles y la señorita Theresa?

—Volvieron también, pero una semana después que el doctor y su esposa. Justo el fin de semana antes de que muriera la señora.

La curiosidad de Poirot me parecía francamente insaciable. Yo no comprendía qué interés podían tener aquellas preguntas. Había conseguido la explicación del misterio y, en mi opinión, cuanto más pronto se retirara con dignidad, tanto mejor para él.

Este pensamiento pareció pasar de mi cerebro al suyo.

—*Eh bien* —dijo—. La información que me han facilitado me ha ayudado mucho. Consultaré con el señor Purvis, se llama así, ¿verdad? Muchas gracias por todo.

Se inclinó y acarició a Bob.

—*Brave chien, va!* Querías mucho a tu ama.

Bob respondió con amabilidad a estas insinuaciones y, esperando que entonces hubiera un poco de juego, fue a buscar un gran trozo de carbón. Pero se ganó una reprimenda y le quitaron el improvisado juguete. Me miró en busca de simpatía.

«Estas mujeres —pareció decir— son generosas con la comida, pero no son deportistas.»

9

Reconstrucción del incidente de la pelota de goma

—Bueno, Poirot —dije cuando la cancela de Littlegreen House se cerró detrás de nosotros—, supongo que ahora estará satisfecho.

—Sí, amigo mío. Estoy satisfecho.

—¡Gracias a Dios! ¡Todos los misterios explicados! ¡Los mitos de la malvada señorita de compañía y de la acaudalada anciana hechos pedazos! La carta con la fecha atrasada e incluso el famoso incidente de la pelota del perro, revelados bajo sus auténticos colores. Cada cosa satisfactoriamente explicada, de acuerdo con los hechos.

Poirot emitió una tos ligera y seca.

—Yo no emplearía la palabra «satisfactoriamente», Hastings.

—La ha empleado usted hace un minuto.

—No, no. No dije que la cuestión fuera «satisfactoria». Dije que, personalmente, mi curiosidad estaba satisfecha. Ahora sé la verdad sobre el incidente de la pelota.

—Es algo muy simple.

—No tan simple como parece. —Asintió varias veces. Luego prosiguió—: Estoy enterado de un pequeño detalle que usted desconoce.

—¿Y de qué se trata? —pregunté, un tanto escéptico.

—Sé que hay un clavo en el rodapié, justo en la parte superior de la escalera.

Lo miré con atención. La expresión de su cara era grave.

—Bueno —dije al cabo de un rato—. ¿Por qué no debería estar allí?

—La cuestión, Hastings, es: ¿por qué está?

—¿Cómo quiere que lo sepa? ¿Una razón de tipo doméstico, quizá? ¿Importa mucho?

—Claro que importa. Y no puedo imaginarme ninguna razón de este tipo que justifique la presencia del clavo en el rodapié, justo al comienzo de la escalera. Además, según he podido observar, está cuidadosamente barnizado.

—¿Qué es lo que imagina, Poirot? ¿Sabe usted por qué está allí?

—La puedo suponer con facilidad. Si necesita usted tender un trozo de cordel fuerte, o de alambre, en lo alto de la escalera y a un palmo del suelo, puede atar uno de los extremos a la barandilla; pero en la parte de la pared necesitará algo, por ejemplo, un clavo, para sostenerlo.

—¡Poirot! —grité—. Por todos los santos, ¿qué es lo que pretende decir con eso?

—*Mon cher ami*, estoy reconstruyendo el incidente de la pelota del perro. ¿Quiere oír mi teoría?

—Adelante.

—*Eh bien*, aquí la tiene. Alguien se dio cuenta de que *Bob* tenía la costumbre de dejar la pelota en la parte alta de la escalera, algo peligroso que podría derivar en accidente.

Poirot calló durante un minuto y luego prosiguió con un tono algo diferente:

—Si quisiera usted asesinar a alguien, Hastings, ¿cómo lo tramaría?

—Yo... bueno, en realidad no lo sé. Supongo que me inventaría una coartada o algo parecido.

—Un procedimiento difícil y peligroso, se lo aseguro. Pero, desde luego, no es usted el tipo de asesino cauteloso y de sangre fría. ¿No se le ha ocurrido que la manera más sencilla de quitar de en medio a alguien que lo estorbe es aprovecharse de un accidente? Los accidentes ocurren todos los días. Y algunas veces, Hastings, uno puede ayudar a que sucedan. —Volvió a callar durante un instante y después prosiguió:

»Creo que la pelota del perro, olvidada fortuitamente en la escalera, dio la idea a nuestro asesino. La señorita Arundell tenía la costumbre de salir de su dormitorio por las noches y recorrer la casa. Su vista no era muy buena. Entraba, pues, en el cálculo de probabilidades que resbalara con la pelota y se cayera por la escalera. Pero un asesino cuidadoso no deja nada al azar. Un cordel tendido convenientemente podría ser un método mucho mejor. De esta forma, caería de cabeza. Luego, cuando la gente acudiera, la causa del accidente estaría clara: ¡la pelota de *Bob*!

—¡Qué horrible! —exclamé.

—Sí, es horrible..., pero no tuvo éxito —dijo Poirot con gravedad—. La señora Arundell solo resultó algo herida, aunque muy bien pudo haberse roto la nuca. ¡Muy irritante para nuestro desconocido amigo! Pero la señorita Arundell era una anciana con un ingenio aguzado. Todos le dijeron que había tropezado con la pelota y allí estaba ésta para probarlo. Pero ella recapacitó sobre lo ocurrido y presintió que no se trataba de un accidente. No había tropezado con la pelota. Y además, recordaba otra cosa. Recordaba haber oído a *Bob* ladrando para que lo dejaran entrar a las cinco de la mañana.

»Todo esto, lo admito, son meras suposiciones. Pero creo que estoy en lo cierto. La señorita Arundell guardó la pelota de *Bob* la noche anterior. Después, el perro se fue a la calle y no volvió. Por lo tanto, no fue *Bob* el que puso la pelota en la escalera.

—Pero eso es pura conjetura, Poirot —objeté.

—No del todo, amigo mío —protestó—. Tenemos las significativas palabras proferidas por la señorita Arundell mientras deliraba. Algo acerca de la pelota de Bob y una «pintura entreabierta». Se da usted cuenta, ¿verdad?

—No, esto último no lo entiendo.

—Es curioso. Conozco su idioma lo bastante como para saber que no se puede hablar de una pintura entreabierta. Una puerta está entreabierta. Una pintura, en todo caso, está ladeada.

—O simplemente torcida.

—O simplemente torcida, como dice usted. Enseguida me di cuenta de que Ellen había confundido el significado de las palabras que oyó. Lo que quería decir la señorita Arundell no era «entreabierta», sino «un jarro».[1] En el salón hay un vistoso jarro de porcelana, y observé que en él aparece pintado un perro. Con el recuerdo de estas palabras, producto del delirio, volví a examinar más detenidamente el jarro. Vi que la pintura representaba a un perro trasnochador que espera a que le abran la puerta. ¿Percibe usted el sentido de los pensamientos en el cerebro febril de la anciana? A *Bob* le ocurrió lo mismo que al perro del jarro: estuvo fuera de casa toda la noche. Por lo tanto, no fue él quien dejó la pelota en la escalera.

A mi pesar, lancé una exclamación de asombro.

—¡Es usted el mismo diablo, Poirot! ¡Lo que me choca es cómo se le ocurren estas cosas!

—No «se me ocurren». Están allí, claras, para que las vea cualquiera. *Eh bien,* ¿se da usted cuenta de la situación? La señorita Arundell, postrada en la cama después de la caída, comienza a sospechar. Lo que sospecha es, quizá, una fantasía absurda. Pero está allí: «Desde el incidente con la pelota del perro, estoy cada vez más alarmada». Así que la buena señora me escribe, pero, por esas cosas del destino, la carta no llega a mi poder hasta dos meses después. Dígame, ¿no encaja a la perfección la carta con estos hechos?

1. Juego de palabras intraducible. Ellen confunde *ajar,* «entreabierta», con *a jar,* «un jarro». *(N. del T.)*

—Sí —admití—. Así es.

—Hay, además, otro punto digno de consideración —continuó Poirot—. La señorita Lawson estaba excesivamente preocupada de que no llegara a oídos de la señorita Arundell el hecho de que *Bob* había pasado la noche fuera de casa.

—Cree usted que...

—Creo que el hecho debe ser anotado con cuidado.

Durante unos minutos, di vueltas al asunto en mi cabeza.

—Bueno —dije al fin, con un suspiro—. Todo esto es muy interesante como ejercicio mental. Por ello me descubro ante usted: es una obra maestra de reconstrucción de los hechos. Casi es una verdadera lástima que la anciana señora haya muerto.

—Una lástima, sí. Me escribió diciéndome que alguien había intentado asesinarla (esto es, al fin y al cabo, lo que quería decirme) y poco después murió.

—Sí —dije—, ha sido una gran desilusión para usted que muriera de muerte natural, ¿no es eso? Vamos, admítalo.

Poirot se encogió de hombros.

—¿O quizá cree que la envenenaron? —pregunté con malicia.

El detective movió negativamente la cabeza con desaliento.

—Desde luego —dijo—, parece que la señorita Arundell murió por causas naturales.

—Y por lo tanto —añadí—, nos volvemos a Londres con el rabo entre las piernas.

—*Pardon*, amigo mío, pero no nos volvemos a Londres.

—¿Qué quiere decir, Poirot? —exclamé.

—Si enseña usted un conejo a un perro, amigo mío, ¿querrá el perro volver a Londres? No, irá hasta la madriguera.

—¿Qué significa esto?

—El perro caza conejos. Hércules Poirot caza asesinos. Aquí tenemos a uno, un criminal a quien le salió mal el crimen, sí, pero a pesar de todo es un asesino. Y yo, amigo mío, voy a llegar hasta la madriguera de él... o de ella, según sea el caso.

Dio la vuelta con brusquedad y entró en el jardín de una casa.

—¿Adónde va usted ahora, Poirot?

—A localizar la madriguera. Ésta es la casa del doctor Grainger, la persona que atendió a la señorita Arundell durante su última enfermedad.

El médico era un hombre de unos sesenta y tantos años. Tenía la cara delgada y huesuda, la barbilla agresiva, las cejas pobladas y un par de astutos ojos grises. Nos miró detenidamente.

—Bien, ¿en qué puedo servirles? —preguntó con sequedad.

Poirot empezó a hablar con su estilo más ampuloso.

—Le presento mis excusas, doctor Grainger, por esta intrusión. Debo confesar que no he venido a hacerle una consulta profesional.

El médico contestó con firmeza:

—Me alegro mucho. ¡Tiene usted un aspecto muy saludable!

—Debo explicar el motivo de mi visita —continuó Poirot—. La verdad es que estoy escribiendo un libro sobre la vida del difunto general Arundell, quien tengo entendido que residió en Market Basing durante varios años antes de su muerte.

El médico pareció sorprenderse.

—Sí, el general Arundell residió aquí hasta que murió. En Littlegreen House, justo pasado el banco, en High Street. Quizá haya estado usted allí.

Poirot asintió.

—Pero, como comprenderá —añadió el doctor Grainger—, eso fue antes de que yo llegara aquí en 1919.

—Sin embargo, creo que conoció usted a su hija, la señorita Arundell.

—Sí, conocí muy bien a Emily Arundell.

—Puede usted imaginar que fue un duro golpe para mí enterarme de que la señorita Arundell había fallecido hacía poco.

—A finales de abril.

—Eso es lo que me han dicho. Contaba con que ella me proporcionara recuerdos y detalles de su padre.

—Me parece muy bien, pero no sé qué puedo hacer al respecto.

—¿No tiene el general Arundell otro hijo o hija que aún viva? —preguntó Poirot.

—No, todos han muerto.

—¿Cuántos eran?

—Cinco. Cuatro hijas y un hijo.

—¿Y la siguiente generación?

—Charles Arundell y su hermana Theresa. Puede usted dirigirse a ellos, aunque dudo que le sean de gran utilidad. Los jóvenes de ahora no se toman mucho interés por los abuelos. También está la señora Tanios. Pero tampoco confío en que pueda conseguir nada de ella.

—Deben de tener papeles de familia, documentos.

—Puede ser, aunque lo dudo. Quemaron gran cantidad de ellos después de morir la señorita Emily.

Poirot lanzó un pesaroso gemido, mientras Grainger lo contemplaba con curiosidad.

—¿A qué viene tanto interés por el viejo Arundell? Nunca oí que se distinguiera en nada.

—Mi apreciado señor —los ojos de Poirot centellearon con la excitación del fanático—, ¿no es cierto que, según un adagio, la historia no sabe nada de sus hombres más célebres? Hace poco se han descubierto ciertos documentos que arrojan nueva luz sobre los orígenes de la insurrección de la India. Hay una historia secreta. Y en esa historia secreta, John Arundell tiene un papel muy importante. ¡El asunto es interesantísimo, interesantísimo! Y permítame que le diga, caballero, que el caso es apasionante en particular en la actualidad. La India, mejor dicho, la intervención de Inglaterra en ella, es la cuestión más candente de estos tiempos.

—¡Hum! —refunfuñó el médico—. He oído que el general Arundell no hacía otra cosa que hablar de la insurrección. De hecho, se consideraba que era bastante plomo.

—¿Quién se lo dijo?

—La señorita Peabody. Puede usted visitarla, si le parece. Es la vecina más vieja del pueblo y conoció íntimamente a los Arundell. El cotilleo es su principal distracción. Vale la pena ir a verla. Es todo un personaje.

—Muchas gracias; es una excelente idea. ¿Tendría algún inconveniente en facilitarme la dirección del joven Arundell, el nieto del difunto general?

—¿Charles? Sí, se la puedo proporcionar. Pero es un diablillo irreverente. La historia de su familia no significa nada para él.

—¿Tan joven es?

—Es lo que un vejestorio como yo llama joven —respondió el médico con un guiño—. Unos treinta años. La clase de joven nacido para ser una preocupación y una carga para su familia. Tiene una personalidad encantadora, pero nada más. Ha recorrido todo el mundo y no ha hecho nada bueno en ninguna parte.

—Su tía estaría prendada de él —aventuró Poirot—. Eso suele ocurrir muy a menudo.

—¡Hum! No lo sé. Emily Arundell no era tonta. Por lo que tengo entendido, el chico no consiguió nunca sacarle ni un penique. La buena señora era como un soldado con coraza. A mí me caía bien y la respetaba. Tenía todas las cualidades de un soldado veterano.

—¿Murió de repente?

—Se podría decir que sí. Tenga presente que había padecido de muy mala salud durante varios años. Pero salió adelante de más de un achaque.

—Corre por ahí cierta historia, y pido que me excuse por repetir habladurías. —Al decir esto, Poirot extendió las manos como pidiendo permiso—. Según dicen, había reñido con sus familiares.

—No fue exactamente eso —dijo el médico con lentitud—. No, no hubo una riña abierta. Al menos que yo sepa.

—Le ruego que me disculpe. Tal vez he sido indiscreto.

—No, no. Después de todo, es de dominio público.

—Según he oído, no legó su fortuna a la familia.

—Así es, lo dejó todo a una temerosa, pusilánime y tontorrona señorita de compañía que tuvo. Una cosa muy rara. No he conseguido comprenderlo. No era propio de ella.

—Bueno —dijo Poirot pensativo—. A veces ocurre. Una dama anciana, frágil y enfermiza que depende por completo de la persona que la atiende y cuida. Una mujer lista, con cierta personalidad, puede ganar un gran poder de este modo.

La expresión «ganar un gran poder» pareció obrar el efecto de un capote rojo frente a un toro.

El doctor Grainger estalló:

—¿Poder ¿Poder? ¡Nada de eso! Emily Arundell trataba a Minnie Lawson peor que a un perro. ¡Era algo propio de su generación! De todas formas, las mujeres que se ganan la vida como acompañantes por lo general son tontas. Si tuvieran un poco de inteligencia, se procurarían una clase de vida mejor por cualquier otro medio. Emily Arundell no podía soportar a los tontos. Por término medio, las señoritas de compañía le duraban un año. ¿Poder? ¡Ni hablar de eso!

Poirot se apresuró a abandonar aquel tema tan resbaladizo.

—¿Es posible, quizá —sugirió—, que la señorita Lawson se haya quedado con cartas familiares y documentos?

—Es posible —convino Grainger—. Como es natural, en la casa de una solterona suele haber gran cantidad de chismes y trastos. No creo que la señorita Lawson haya clasificado ni la mitad.

Poirot se levantó.

—Muchas gracias, doctor Grainger. Ha sido usted muy amable.

—No me dé las gracias —replicó el médico—. Siento no haber podido ayudarlo más. Con la señorita Peabody tendrá más suerte. Vive en Morton Manor, a un kilómetro y medio de aquí.

Poirot olisqueó un gran ramo de rosas que el médico tenía encima de la mesa.

—Deliciosas —murmuró.

—Supongo que sí. Yo no puedo percibir su olor; perdí el olfato hace cuatro años a causa de una gripe. Bonita cosa para un médico, ¿no le parece? «Médico, cúrate a ti mismo.» ¡Vaya fastidio! No poder disfrutar de un buen cigarro como antes...

—Sí que es una desgracia. Y a propósito, ¿tendría la bondad de darme las señas del joven Arundell?

—No faltaba más.

Nos condujo hasta el vestíbulo y gritó:

—¡Donaldson!

»Es mi socio —explicó—. Nos facilitará ese dato. Es el prometido de Theresa, la hermana de Charles. —Volvió a llamar—: ¡Donaldson!

Un joven salió de una de las habitaciones traseras de la casa. Era de mediana estatura y de apariencia un tanto descolorida. Sus movimientos eran precisos. No se podía uno imaginar un contraste más acentuado con el doctor Grainger.

Este último le explicó lo que deseaba.

Los ojos de Donaldson, azules y algo prominentes, se

volvieron hacia nosotros con expresión escrutadora. Cuando habló, lo hizo en tono seco y conciso.

—No sé exactamente dónde encontrar a Charles —dijo—. Les puedo dar la dirección de la señorita Theresa Arundell. Sin duda ella les podrá informar de dónde está su hermano.

Poirot le aseguró que con eso bastaba.

El joven médico escribió las señas en una página de su libro de notas, que rasgó y entregó a mi amigo.

Este le dio las gracias y se despidió de ambos médicos. Cuando salimos a la calle, tuve la sensación de que el doctor Donaldson nos miraba desde el vestíbulo con una ligera expresión de alarma en su rostro.

10

Visitamos a la señorita Peabody

—¿Es de verdad necesario contar todas esas elaboradas mentiras, Poirot? —pregunté mientras nos alejábamos de la casa del médico.

Mi amigo se encogió de hombros.

—Si uno tiene que decir una mentira... Me he dado cuenta de que, por naturaleza, es usted absolutamente contrario a que lo haga, mientras que a mí me trae sin cuidado.

—Ya lo veo —interrumpí.

—Como le iba diciendo, si uno tiene que contar una mentira, debe hacerlo de la manera más artística, romántica y convincente posible.

—¿Cree usted que ha sido una mentira convincente? ¿Cree usted que el doctor Donaldson ha quedado convencido?

—Ese joven es escéptico por naturaleza —admitió Poirot, pensativo—. A mí me ha parecido que sospechaba. No sé por qué. El mundo está lleno de imbéciles que escriben sobre la vida de otros imbéciles. Es un hecho, como dice usted.

—Es la primera vez que lo oigo llamarse imbécil —comenté con una sonrisa.

—Estoy convencido de que puedo desempeñar ese papel tan bien como cualquier otra persona —replicó Poirot con frialdad—. Siento mucho que mi pequeña ficción no esté bien planeada, según usted. A mí, sin embargo, me gusta.

Cambié de tema.

—¿Qué hacemos ahora?

—Algo muy sencillo. Cogeremos su coche y haremos una visita a Morton Manor.

La casa era una construcción fea y sólida de la época victoriana. Un decrépito mayordomo nos recibió con aire receloso y, al poco rato de habernos dejado, volvió para preguntarnos «si habíamos sido citados».

—Haga el favor de decirle a la señorita Peabody que venimos de parte del doctor Grainger —dijo Poirot.

Después de una espera de pocos minutos, se abrió una puerta y una mujer pequeña y regordeta entró en la habitación. Llevaba el pelo ralo y blanco peinado con la raya en medio, un vestido de terciopelo negro, raído por varias partes, con un encaje verdaderamente primoroso que le rodeaba el cuello sujeto con un camafeo.

Atravesó la habitación escudriñándonos con ojos de miope. Sus primeras palabras nos causaron cierta sorpresa.

—¿Traen alguna cosa para vender?

—Nada, madame —dijo Poirot.

—¿De veras?

—Se lo aseguro.

—¿Nada de aspiradoras?

—No.

—¿Ni medias?

—No.

—¿Ni felpudos?

—En absoluto.

—Está bien —dijo la señorita Peabody sentándose en una silla—. Supongo que con eso basta. Estarán mejor sentados.

Obedecimos en silencio.

—Perdonen ustedes el interrogatorio —prosiguió la señora con cierto aire de excusa en sus ademanes—. Debo tener cuidado. No pueden imaginarse la de gente que viene todos los días. El servicio no sabe distinguir. Sin embargo, no se los puede culpar por ello. Los que vienen tienen buena voz, buenos trajes y dan nombres respetables. ¿Cómo van a sospechar? Comandante Ridgeway, señor Scott Edgerton, capitán D'Arcy Fitzherbert. Algunos tienen buena presencia. Pero antes de que una se dé cuenta de lo que pasa, ya le han puesto bajo las narices una máquina de hacer mayonesa.

—Le aseguro, madame, que nosotros no tenemos nada que ver con esa gente —afirmó Poirot con seriedad.

—Bien, ustedes dirán —repuso la señorita Peabody.

Poirot se lanzó a contar su historia. Nuestra interlocutora lo escuchó sin hacer ningún comentario, guiñando una o dos veces sus pequeños ojos. Al final, dijo:

—¿De modo que va a escribir un libro?

—Sí.

—¿En inglés?

—Claro, en inglés.

—Pero usted es extranjero. Vamos, no lo negará, ¿verdad?

—Es verdad.

Entonces, la señorita Peabody se dirigió a mí.

—Supongo que usted será su secretario.

—Ejem, sí —dije con tono incierto.

—¿Escribe usted decentemente en inglés?

—Espero que sí.

—Hum. ¿A qué colegio ha ido?

—A Eton.

—Entonces no.

Me vi forzado a dejar pasar ese arrollador ataque contra tan viejo y venerable centro de enseñanza, porque la señorita Peabody volvió su atención de nuevo hacia Poirot.

—De manera que va a escribir sobre la vida del general Arundell, ¿eh?

—Sí. Usted lo conoció, según creo.

—Sí. Conocí a John Arundell. Bebía. —Hizo una breve pausa. Luego, la señorita Peabody dijo despacio—: La insurrección de la India, ¿eh? Eso es como morder hueso. Pero, en fin, es cosa suya.

—Ya sabe usted, madame, que es un tema que está de moda. Precisamente en estos días la India es un asunto de la más rabiosa actualidad.

—Algo de eso he oído. Las modas vuelven. Fíjese en las mangas.

Mantuvimos un respetuoso silencio.

—Las mangas abullonadas siempre fueron feas —añadió la señorita Peabody—, pero las mangas de encaje me quedaban muy bien. —Miró a Poirot—. Bueno, ¿qué es lo que quiere usted saber?

Mi amigo extendió las manos.

—¡Todo! La historia de la familia, chismes, vida íntima...

—No le podré contar nada sobre la India —comentó la señorita Peabody—. La verdad es que no me preocupé nunca de enterarme de ello. Siempre me ha resultado aburrido soportar a esos hombres viejos y sus anécdotas. Era un hombre muy estúpido, pero, a pesar de todo, no era un mal general. Siempre he oído decir que la inteligencia no sirve de mucho en el ejército. «Procura agradar a la esposa de tu coronel, escucha con respeto a tus superiores y llegarás lejos», es lo que mi padre solía decir.

Poirot trató esta afirmación con el debido respeto y dejó transcurrir unos segundos de silencio antes de decir:

—Usted conoció íntimamente a la familia Arundell, ¿no es cierto?

—A todos ellos —contestó la señorita Peabody—. Matilda era la mayor. Una muchacha pecosa que enseñaba en la escuela dominical. Se enamoró de uno de los reverendos. Luego venía Emily. Esta sí que tenía personalidad. Era la única que podía manejar a su padre cuando este se emborrachaba. Sacaban las botellas vacías a carretadas de su casa y las enterraban por la noche. Después, vamos a ver, ¿quién venía primero, Arabella o Thomas? Thomas, creo. Siempre me dio lástima el pobre Thomas. Un hombre y cuatro mujeres. Esto hace parecer tonto a cualquiera. Él mismo tenía algo de vieja. Nadie creyó nunca que fuera a casarse. Fue toda una sorpresa cuando lo hizo.

La mujer se rio con una sonora risa victoriana.

Era evidente que la señorita Peabody se estaba divirtiendo. Había olvidado nuestra presencia. La anciana se encontraba sumergida en el pasado.

—Después venía Arabella. Una chica muy sencilla. Tenía cara de tonta. Se casó, a pesar de ser la fea de la familia, con un profesor de Cambridge. Era casi un viejo. Debía de tener por lo menos sesenta años. Dio una serie de conferencias en el pueblo, creo que sobre las maravillas de la química moderna. Asistí a ellas. Recuerdo que farfullaba y llevaba barba. No se entendía nada de lo que decía. Arabella se colocaba al fondo de la sala y hacía varias preguntas. No era una chiquilla, rondaba los cuarenta. Los dos han muerto ya. Fue un matrimonio muy feliz. Cuando uno se casa con una mujer fea, ya sabe de antemano lo peor que tiene, y además es muy probable que no resulte casquivana. Luego estaba Agnes. Era la más joven y la más bonita. La considerábamos la más alegre. ¡Casi demasiado! Fue extraño. Si alguna de ellas debía casarse, tenía que ser Agnes. Pero no se casó. Murió poco después de la guerra.

Poirot murmuró:

—Dijo usted que el matrimonio de Thomas fue algo imprevisto.

La señorita Peabody volvió a reír con fruición.

—¿Imprevisto? ¡Claro que sí! El escándalo fue mayúsculo. Nunca podríamos haber imaginado algo así de él. Era tan discreto, tímido y devoto de sus hermanas... —Se interrumpió unos instantes.

»¿Recuerda un caso que causó gran revuelo hacia finales de los noventa? ¿La señora Warley? La acusaron de envenenar a su marido con arsénico. Era una mujer de muy buena presencia y el caso dio mucho que hablar. La declararon inocente. Pues bien, Thomas Arundell perdió por completo la cabeza. Había leído en los periódicos todas las incidencias del proceso y recortó las fotografías de la señora Warley. ¿Puede usted creer que, cuando ella salió de la cárcel, se fue a Londres y le pidió que se casara con él? ¡Vaya con el pacífico y casero Thomas! Nunca se sabe lo que hará un hombre, ¿no es cierto? Siempre están dispuestos a cometer alguna tontería.

—¿Y qué pasó?

—¡Oh! Se casó con ella, desde luego.

—¿Fue una conmoción para las hermanas?

—¡Claro que sí! No quisieron conocer a su cuñada. No creo que se las pueda censurar, teniendo en cuenta las circunstancias. Thomas se consideró mortalmente ofendido. Se fue a vivir a una de las islas del Canal y nadie oyó hablar más de él. Nunca se supo si la mujer envenenó a su primer marido, pero seguro que no envenenó a Thomas: él murió tres años después que ella. Tuvieron dos hijos: un muchacho y una chica. Una bonita pareja, salieron a la madre.

—Supongo que los chicos harían alguna visita a sus tías.

—No hasta que murieron los padres. Estaban en el colegio y allí se hicieron mayores. Solían venir durante las vacaciones. Emily estaba entonces sola, así que Bella Biggs y los chicos eran los únicos parientes que le quedaban en el mundo.

—¿Biggs?

—La hija de Arabella. Una muchacha insulsa, un poco

mayor que Theresa. Se comportó como una tonta; se casó con un extranjero que conoció en la universidad, un médico griego. Un hombre de aspecto terrible, pero con unos modales encantadores, debo reconocerlo. Bueno, después de todo, no creo que la pobre Bella recibiera muchas proposiciones. Se pasaba el tiempo ayudando a su padre o sosteniéndole la madeja de lana a la madre. El tipo era exótico y eso atrajo su atención.

—¿Es un matrimonio feliz?

—¡Eso no me atrevería a decirlo de ningún matrimonio! —contestó tajante la señorita Peabody—. Pero parecen completamente felices. Tienen dos niños de tez amarillenta. Viven en Esmirna.

—Pero ahora están en Inglaterra, ¿verdad?

—Sí, llegaron en marzo. Me parece que se irán pronto.

—¿Quería mucho la señorita Arundell a su sobrina?

—¿Si quería a Bella? Claro que sí. Es una mujer insulsa, pendiente siempre de sus hijos y esas cosas.

—¿Estaba contenta con el marido?

La señorita Peabody cloqueó una vez más.

—No lo estaba, pero creo que el pillo le caía bien. Es inteligente. En mi opinión sabía tratarla. Es un hombre que tiene olfato para el dinero.

Poirot tosió.

—Tengo entendido que la señorita Arundell, al morir, poseía mucho dinero —murmuró.

La señorita Peabody se retrepó en su asiento.

—Sí, eso fue lo que hizo estallar todo el jaleo. Nadie pensaba que estuviera en tan buena posición. Lo que sucedió fue esto: el viejo general Arundell dejó una bonita renta dividida en partes iguales entre el hijo y las hijas. Algunas de dichas rentas estaban invertidas, y supongo que muy bien colocadas, en algunas acciones, preferentemente de la Mortauldo. Desde luego, Thomas y Arabella se llevaron su parte cuando se casaron. Las otras tres hermanas vivieron aquí y no gastaron ni la décima parte de las rentas reunidas. El dinero sobrante lo invertían.

»Cuando murió Matilda, legó su dinero, en partes iguales, a Emily y Agnes, y cuando esta última falleció, le dejó todo lo que tenía a Emily. Y como Emily siguió gastando tan poco como antes, resultó que cuando murió era en realidad rica. ¡Y la señorita Lawson se quedó con todo!

La señorita Peabody profirió la última frase con cierto tono triunfal.

—¿Fue una sorpresa para usted, señorita Peabody?

—Si le he de decir la verdad, ¡lo fue! Emily siempre había dicho, sin recato, que a su muerte el dinero se repartiría entre sus sobrinos. De hecho, así estaba redactado el primer testamento. Legados a los sirvientes y otras cosas por el estilo, pero el resto debía dividirse entre Theresa, Bella y Charles. ¡Dios mío! La que se armó cuando, después de su muerte, se supo que había hecho otro testamento en el que dejaba todo a la pobre la señorita Lawson.

—¿Ese testamento fue otorgado poco antes de morir?

La señorita Peabody le dirigió una mirada aguda.

—¿Cree usted que hubo influencias indebidas?

—No, me temo que no hubo nada de eso. Y no puedo creer que la pobre señorita Lawson tenga suficiente talento ni nervios para intentar una cosa así. A decir verdad, pareció sorprenderse mucho más que cualquiera, o al menos eso dijo.

Poirot sonrió ante esto último.

—El testamento fue redactado unos diez días antes de su muerte —prosiguió la mujer—. El abogado dijo que todo estaba en orden. Bueno, es posible.

—¿Qué es lo que opina usted? —preguntó Poirot, inclinándose hacia ella.

—Enredos, digo yo. Algo huele mal en algún sitio.

—¿Qué es exactamente lo que piensa usted?

—No pienso nada. ¿Cómo quiere que sepa dónde está

el enredo? No soy abogado. Pero hay algo sospechoso en todo esto. Estoy segura.

Poirot dijo despacio:

—¿Se han planteado impugnar el testamento?

—Theresa consultó a un abogado, según creo. ¡Como si le fuera a servir para algo! ¿Cuál es la opinión de un abogado nueve de cada diez veces? ¡Nada entre dos aguas! En cierta ocasión, cinco abogados me aconsejaron que no pusiera una demanda. ¿Y qué es lo que hice? Ignorarlos. Y gané el pleito. Me subieron al estrado de los testigos y un elegante y joven mequetrefe de Londres trató de que me contradijera en mi declaración, pero no lo consiguió. «Usted no puede identificar de una manera positiva estas pieles, señorita Peabody», me dijo. «No tienen ninguna etiqueta del peletero.» «Puede ser —contesté—, pero hay un zurcido en el forro, y si otra persona es capaz de hacer en estos tiempos un zurcido como este, estoy dispuesta a comerme mi paraguas.» Se derrumbó por completo.

La señorita Peabody se rio a mandíbula batiente.

—Supongo —dijo Poirot con precaución— que las relaciones entre la señorita Lawson y los miembros de la familia Arundell se enfriarían considerablemente.

—¿Y qué otra cosa esperaría usted? Ya conoce la naturaleza humana. Siempre hay preocupaciones y líos después de una muerte. Apenas se acaba de enfriar en el ataúd el cuerpo de cualquier hombre o mujer, que los demás ya se están sacando los ojos.

Poirot suspiró.

—Eso es bien cierto.

—Es la naturaleza humana —insistió la señorita Peabody con tolerancia.

Poirot cambió de tema.

—¿Es verdad que la señorita Arundell estaba interesada en el espiritismo?

La señorita Peabody clavó en él sus penetrantes ojos.

—Si cree usted que el espíritu de John Arundell volvió del otro mundo para ordenar a Emily que dejara todo su dinero a Minnie Lawson, y que Emily obedeció, permítame que le diga que está en el mayor de los errores. Emily no era tan tonta. En realidad, lo que pasaba es que a ella el espiritismo le resultaba más entretenido que jugar a las cartas. ¿Han visto a las Tripp?

—No.

—Si las ven descubrirán hasta dónde pueden llegar las tonterías. Son unas mujeres irritantes. Siempre están transmitiéndote mensajes de cualquiera de tus parientes muertos, y ninguno de ellos es congruente. Pero creen en ello a pies juntillas. Y Minnie Lawson también. De todas formas, supongo que es una manera tan buena como cualquier otra de pasar las veladas.

Poirot desvió otra vez la conversación.

—Supongo que conoce usted al joven Charles Arundell. ¿Qué clase de persona es?

—Es una mala persona. Un tipo encantador, pero siempre anda metido en líos, siempre con deudas y siempre volviendo como la moneda falsa. Sabe cómo enredar a las mujeres. —Se rio—. ¡He visto demasiados como él como para equivocarme! Bonito hijo le salió a Thomas. Con lo formal que era él. Siempre fue un modelo de rectitud. Pero, bueno, es la mala sangre. Me cae bien el tipo, pero es de esos que matarían a su abuela por un par de chelines sin alterarse lo más mínimo. No tiene ningún sentido de la moral. ¡Hay que ver la gente que parece haber nacido sin ella!

—¿Y su hermana?

—¿Theresa? —La señorita Peabody meneó la cabeza y dijo despacio—: No lo sé. Es una criatura exótica, fuera de lo corriente. Tiene relaciones con ese medicucho que tenemos ahora. ¿Han tenido ocasión de verlo?

—¿El doctor Donaldson?

—Sí. Muy entendido en su profesión, según creo. Pero fuera de ella no sirve para nada. No es la clase de hombre con el que yo soñaría ahora si fuera una muchacha. En fin, Theresa sabrá lo que hace. Ya ha tenido más de una experiencia, estoy segura.

—¿Atendía el doctor Donaldson a la señorita Arundell?

—Solía hacerlo cuando Grainger estaba de vacaciones.

—Pero no en su última enfermedad.

—No lo creo.

—Deduzco, señorita Peabody, que no le genera mucha confianza como médico.

—Yo no he dicho eso. De hecho, está usted equivocado. Es bastante entendido e inteligente a su manera, pero no a la mía. Voy a ponerle un ejemplo. En mis tiempos, cuando un chiquillo se daba un atracón de manzanas verdes, tenía un ataque de bilis y el médico lo calificaba de ataque de bilis. Este iba a su casa y le recetaba unas cuantas píldoras de su botiquín. Ahora te dicen que el niño sufre una acidosis aguda, que hay que vigilar su alimentación y te recetan la misma medicina, solo que hoy día se trata de unas preciosas pastillas blancas, preparadas en serie por un laboratorio y que cuestan tres veces más. Donaldson pertenece a esa escuela y, aunque no lo crea, muchas madres jóvenes lo prefieren. Lo que dice suena mucho mejor. Y no es que ese joven desee quedarse aquí para estar siempre curando sarampiones y ataques de bilis. Tiene puesto el ojo en Londres. Es ambicioso, quiere especializarse.

—¿En qué exactamente?

—En sueros terapéuticos. Creo que se dice así. Se trata de introducirle a uno en el cuerpo esas horribles agujas hipodérmicas, aunque esté sano, antes de que atrape cualquier dolencia. No soporto esas repugnantes inyecciones.

—¿Está experimentando el doctor Donaldson con alguna enfermedad concreta?

—No lo sé. Todo lo que sé es que la práctica de la medicina general no le atrae. Quiere establecerse en Londres. Pero para hacerlo necesita dinero y es más pobre que una rata.

Poirot murmuró:

—Es lamentable que las vocaciones se vean frustradas a menudo por la falta de dinero. Y, sin embargo, hay mucha gente que no gasta ni la cuarta parte de sus ingresos.

—Emily Arundell, por ejemplo —dijo la señorita Peabody—. El testamento que dejó fue una gran sorpresa para todos. Me refiero a la cantidad, no a la forma en que legó su dinero.

—¿Cree usted que fue una sorpresa para los miembros de su propia familia?

—Eso dicen —comentó la dama con expresión de regocijo—. Yo no quiero decir ni que sí ni que no. Uno de ellos tenía una idea bastante aproximada.

—¿Cuál de ellos?

—El joven Charles. Había hechos algunos cálculos por su cuenta. Charles no es tonto. Pero es un poco bribón. De cualquier manera, no es un melindroso —señaló la señorita Peabody con intención. Se interrumpió un momento y preguntó—: ¿Van a entrevistarse con él?

—Eso me propongo —confirmó lentamente Poirot—. Es posible que posea ciertos papeles familiares relativos a su abuelo.

—Pues yo opino que, de tenerlos, habrá hecho con ellos una buena hoguera. Ese jovenzuelo no tiene ningún respeto por sus mayores.

—Debemos explorar todas las posibilidades.

—Eso parece —contestó la mujer con sequedad.

Hubo un momentáneo destello en sus ojos azules que pareció afectar desagradablemente a Poirot.

Mi amigo se levantó.

—No debo hacerle perder más tiempo, madame. Estoy muy agradecido por todo lo que me ha contado.

—Lo he hecho lo mejor que he sabido. Pero me parece que no hemos tratado nada de la insurrección de la India, ¿no cree?

Nos estrechó la mano.

—Avíseme cuando publique el libro —añadió por último—. Me gustará mucho leerlo.

La última cosa que oímos al salir de la habitación fue aquella risa tan sonora.

11

Visitamos a las señoritas Tripp

—Ahora —dijo Poirot al entrar en el coche—, ¿qué vamos a hacer?

Advertido por la experiencia, no sugerí esta vez el regreso a Londres. Al fin y al cabo, si Poirot se estaba divirtiendo con aquello, ¿qué podía objetar yo?

Propuse que tomáramos el té.

—¿Té, Hastings? ¡Vaya una idea! Considere la hora que es.

—Ya la he considerado; quiero decir que ya la he visto. Son las cinco y media. El té está, pues, indicadísimo.

Poirot suspiró.

—¡Ustedes los ingleses siempre con el té de la tarde! No, *mon ami,* nada de té para nosotros. En un libro de etiqueta que leí el otro día se señala que no se pueden hacer visitas por la tarde después de las seis. Hacerlo se consideraría incorrecto. Tenemos, por lo tanto, media hora para conseguir lo que nos proponemos.

—¡Qué sociable está usted hoy, Poirot! ¿A qué puerta llamaremos ahora?

—A la de las señoritas Tripp.

—¿Va a escribir un libro sobre espiritismo? ¿O todavía sigue con la vida del general Arundell?

—Será algo más sencillo, amigo mío. Pero antes tenemos que averiguar dónde viven esas señoras.

Conseguimos la información con rapidez, aunque resultó algo difícil de interpretar. La residencia de las señoritas Tripp resultó ser una pintoresca casucha que parecía que iba a derrumbarse de un momento a otro.

Una chiquilla de unos catorce años nos abrió la puerta y se arrimó con dificultad a la pared, pero lo suficiente para dejarnos pasar.

En el interior abundaban las vigas de roble, había una gran chimenea y las ventanas eran tan pequeñas que resultaba difícil ver bien. Los muebles eran de una falsa sencillez —el mueble típico para la casita típica—, todos de roble. Había también gran cantidad de piezas de fruta colocadas en fruteros de madera y muchas fotografías, la mayoría de las cuales, según aprecié, eran de las mismas dos personas en diferentes poses, por lo general con ramos de flores que abrazaban contra el pecho o grandes sombreros de paja.

La niña que nos abrió la puerta murmuró algo y desapareció, pero su voz resonó con claridad en el piso superior.

—Dos caballeros desean verla, señorita.

Se oyó un gorjeo de voces femeninas y, al poco rato, con gran cantidad de crujidos y susurros, una señora bajó por la escalera y se dirigió con paso ligero hacia nosotros.

Su edad se acercaba más a los cincuenta que a los cuarenta, llevaba el cabello peinado con la raya al medio como una madona y sus ojos eran castaños y ligeramente prominentes. El vestido de muselina que lucía daba la impresión de ser un disfraz.

Poirot se adelantó e inició la conversación con los términos más floridos.

—Le ruego que me excuse por molestarla, mademoiselle, pero me encuentro en lo que podría llamarse un apuro. He venido buscando a cierta señora, pero se ha marchado de Market Basing y me han dicho que lo más seguro es que usted conozca su dirección actual.

—¿De veras? ¿Quién es?

—La señorita Lawson.

—¡Oh! Minnie Lawson. ¡Desde luego! Somos grandes amigas. Pero siéntese, señor..., ejem...

—Parotti. Mi amigo es el capitán Hastings.

La señorita Tripp dio por buena la presentación y empezó a moverse de un lado para otro.

—Siéntese aquí, ¿me hace el favor? No, si tiene la bondad..., yo prefiero las de respaldo recto. Bueno, ¿está seguro de que se encuentra cómodo en esa? ¡La querida Minnie Lawson!... ¡Oh, aquí está mi hermana!

Hubo más crujidos y susurros y apareció otra señora, vestida con una túnica verde brillante más adecuada para una muchacha de dieciséis años.

—Mi hermana Isabel. El señor... Parrot y... el capitán Hawkins. Isabel, querida, estos caballeros son amigos de Minnie Lawson.

La señorita Isabel Tripp era menos rolliza que su hermana. Más bien era enjuta. Tenía el cabello rubio, peinado con rizos bastante deshechos. Sus ademanes eran algo infantiloides y se apreciaba enseguida que era la modelo de la mayor parte de las fotografías en cuya composición entraban las flores. Juntó las manos con excitación infantil.

—¡Qué bien! ¡La querida Minnie! ¿Hace mucho que no la ven?

—Hace ya varios años —explicó Poirot—. Casi hemos perdido el contacto; yo he estado viajando. Por eso me sorprendió y me agradó tanto enterarme de la buena suerte que ha tenido mi amiga.

—Sí, desde luego. ¡Y tan merecida! Minnie tiene un espíritu tan bueno, tan sencillo, tan formal.

—¡Julia! —exclamó Isabel.

—¿Sí, Isabel?

—¡Qué cosa tan notable, la P! ¿Recuerdas cómo la tabla

güija insistía anoche en la letra P? Un visitante de allende los mares con la inicial P.

—Así es —convino Julia.

Las dos señoras miraron a Poirot agradablemente sorprendidas.

—Nunca miente —añadió Julia en voz baja—. ¿Le interesa mucho el ocultismo, señor Parrot?

—No estoy muy enterado, mademoiselle, pero como cualquiera que haya viajado bastante por Oriente estoy dispuesto a admitir que hay en todo ello mucho que uno no comprende ni se puede explicar por medios naturales.

—¡Qué gran verdad! —dijo Julia—. ¡Qué profunda verdad!

—Oriente —murmuró Isabel—. La patria del misticismo y de las ciencias ocultas.

Todos los viajes de Poirot por Oriente habían consistido, según lo que yo sabía, en un viaje por Siria e Iraq que había durado, como mucho, unas pocas semanas. Pero a juzgar por sus manifestaciones, podría jurarse que mi amigo había pasado la mayor parte de su vida en la jungla y en bazares, y en íntimo contacto con faquires, derviches y mahatmas.

Por lo que pude sacar de la conversación, las señoritas Tripp eran vegetarianas, teosofistas, israelitas británicas, adeptas a la ciencia cristiana, espiritistas y entusiastas aficionadas a la fotografía.

—A veces —dijo Julia con un suspiro—, una se da cuenta de que Market Basing es un sitio poco adecuado para vivir. No hay aquí nada hermoso, no tiene alma. Hay que tener alma, ¿no le parece, capitán Hawkins?

—Seguro —dije, algo incómodo—. ¡Oh, claro que sí!

—«Donde no hay fantasía, la gente sucumbe» —citó Isabel con otro suspiro—. A menudo he tratado de discutir diversos asuntos con el vicario, pero este tiene un criterio penosamente estrecho. ¿No cree usted, señor Parrot, que cualquier credo definido predispone a una estrechez de miras?

—Y, en realidad, es todo tan simple... —añadió su hermana—. Nosotras sabemos muy bien que todo es gozo y amor.

—Tiene usted mucha razón —convino Poirot—. Es una verdadera lástima que se promuevan incomprensiones y luchas, en especial en lo que respecta al codiciado dinero.

—¡El dinero es tan sórdido...! —suspiró Isabel.

—Tengo entendido que la difunta señorita Arundell fue una de las que se convirtió a las creencias espiritistas —comentó Poirot.

Las dos hermanas se miraron.

—Me extrañaría —dijo Isabel.

—No estuvimos nunca seguras de ello —susurró Julia—. Tan pronto parecía convencida como empezaba a decir unas cosas tan... tan irreverentes.

—Ah, pero recuerda la última manifestación —señaló Julia—. Fue algo en verdad extraño. —Se dirigió a Poirot—: Sucedió la misma noche en que la querida señorita Arundell se puso enferma. Mi hermana y yo fuimos a su casa después de cenar y organizamos una sesión, solo nosotras cuatro. Y fíjese usted, vimos..., las tres lo vimos muy claro: un halo alrededor de la cabeza de la señorita Arundell.

—*Comment?*

—Sí. Algo como una bruma luminosa. —Se volvió hacia su hermana—. ¿No es así como lo describirías, Isabel?

—Sí, eso es. Una bruma luminosa rodeó poco a poco la cabeza de la señorita Arundell. Una aureola de luz muy tenue. Era una señal, ahora nos damos cuenta. Una señal de que la pobre estaba a punto de pasar al otro lado.

—Extraordinario —dijo Poirot con un tono de voz adecuadamente impresionado—. La habitación estaba a oscuras, ¿no es eso?

—Desde luego. Siempre conseguimos mejores resultados en la oscuridad. Además, como era una noche bastante templada, la chimenea no estaba encendida.

—Nos contactó un espíritu muy interesante —dijo Isabel—. Se llamaba Fátima. Nos dijo que había muerto en tiempos de las cruzadas. Qué mensaje tan hermosísimo nos dio.

—¿Habló directamente con ustedes?

—No, no de viva voz. Golpeó la mesa. Amor. Esperanza. Vida. Hermosas palabras.

—¿Y la señorita Arundell cayó enferma en la sesión?

—No, eso fue después. Nos trajeron canapés y oporto, pero la pobre señorita Arundell no quiso tomar nada porque no se sentía muy bien. Ése fue el comienzo de su enfermedad. Por fortuna, no tuvo que sufrir mucho.

—Murió cuatro días después —apuntó Isabel.

—Ya hemos recibido varios mensajes de ella —comentó Julia con emoción—. Nos ha dicho que es muy feliz y que allí todo es hermoso. Que espera que entre sus queridos familiares tan solo haya amor y paz.

Poirot tosió.

—Me temo que eso sea un poco difícil.

—Los parientes se han portado de manera ignominiosa con la pobre Minnie —dijo Isabel, mientras su rostro se encendía debido a la indignación.

—Minnie es una de las almas más bondadosas que existen —añadió Julia.

—La gente se ha dedicado a contar las cosas más desagradables que se pueda imaginar. ¡Hasta dicen que lo planeó todo para que su señora le dejara el dinero!

—Cuando en realidad se llevó la más grande de las sorpresas...

—A duras penas pudo dar crédito a sus oídos cuando el abogado leyó el testamento.

—Ella nos lo contó. «Julia, querida —me dijo—, pellízcame para convencerme de que no sueño. Unos pocos legados para los sirvientes y luego, Littlegreen House y el resto de su fortuna para mí.» Estaba tan emocionada que apenas podía hablar. Y cuando pudo hacerlo, preguntó a cuánto ascendía la herencia, creyendo quizá que se reduciría a unos cuantos miles de libras. Pero el señor Purvis, después de carraspear, tartamudear y hablar acerca de cosas confusas como ingresos brutos y netos, dijo que el total rondaría las trescientas setenta y cinco mil libras. La pobre Minnie casi se desmayó.

—No tenía ni idea de que fuera tanto dinero —reiteró la otra hermana—. Nunca pensó que pudiera suceder una cosa así.

—¿Eso es lo que les dijo?

—¡Oh, sí! Nos lo repitió varias veces. Y por eso resulta tan malvado el proceder de la familia Arundell, dejándola de lado y tratándola como si fuera una sospechosa. Después de todo, estamos en un país libre...

—Parece que los ingleses se comportan bajo ese error... —murmuró Poirot.

—Y yo creo que cada uno puede dejar su dinero a quien le parezca. Opino que la señorita Arundell obró con mucha prudencia. No hay duda de que desconfiaba de sus propios parientes y me atrevería a decir que tenía sus razones para ello.

—¡Ah! —Poirot se inclinó con interés—. ¿De veras?

Esta atención aduladora animó a Isabel.

—Sí —dijo—, así es. El señor Charles Arundell, su sobrino, es una mala pieza. ¡Eso lo saben todos! Creo que hasta lo reclama la policía de un país extranjero. Es un personaje del todo indeseable. Y en cuanto a su hermana... Bueno, en realidad yo no he hablado nunca con ella, pero es una chica de aspecto muy excéntrico. Ultramoderna, desde luego, y siempre va tremendamente maquillada. La visión de su boca me pone enferma. Parece sangre, y sospecho que toma drogas, porque sus modales a veces son muy extraños. Está prometida con el joven y encantador doctor Donaldson, pero incluso a él se le ve disgustado. La muchacha es atractiva a su manera, aunque espero que él recobre el sentido común y se case con cualquier joven inglesa enamorada de la vida en el campo y al aire libre.

—¿Y los demás parientes?

—Pues, como le decía, también son unos indeseables. No es que yo tenga nada que decir contra la señora Tanios. Es una mujer agradable, pero completamente estúpida y dominada por su marido en todos los aspectos. Él es turco, según creo. Es espantoso que una chica inglesa se case con un turco, ¿no le parece? Demuestra una cierta falta de escrúpulos. A pesar de todo, la señora Tanios es una buena madre, aunque los niños son bastante feos, ¡pobres criaturas!

—¿Así que ustedes dos creen que la señorita Lawson era la persona más indicada para heredar la fortuna de la señorita Arundell?

Julia replicó con tono sereno:

—Minnie Lawson es una buena mujer en todos los aspectos. Y, además, despegada por completo de los devaneos mundanos. La pobre nunca pensó en ese dinero. Nunca fue ambiciosa.

—Sin embargo, tampoco ha pensado en rechazar el legado.

Isabel se echó un poco hacia atrás.

—Oh, bueno, es difícil que uno decida hacer eso.

Poirot sonrió.

—Sí, quizá sí.

—Ya comprenderá usted, señor Parrot —añadió Julia—, que ella lo consideró como un depósito, un depósito sagrado.

—Y además tiene pensado hacer algo por la señora Tanios y por sus hijos —prosiguió Isabel—, aunque su deseo es que el marido no pueda manejar el dinero.

—Hasta nos dijo que era posible que le asignara una pensión a Theresa.

—Creo que es muy generoso por su parte, considerando el desdén con el que siempre la ha tratado esa muchacha.

—De verdad, señor Parrot, Minnie es la más generosa de las criaturas. Pero qué le voy a decir yo, usted ya la conoce.

—Sí —dijo Poirot—, la conozco. Pero todavía no sé... su dirección.

—¡Claro! ¡Qué estúpida soy! ¿Quiere que se la anote?

—Yo mismo lo haré.

Poirot sacó su consabida libreta.

—Clanroyden Mansions, diecisiete. No está lejos de Whiteleys. Dele muchos recuerdos; hace tiempo que no sabemos nada de ella.

Poirot se levantó y yo lo imité.

—Se lo agradezco de corazón —dijo—, tanto su encantadora conversación como su amabilidad al proporcionarme la dirección de mi amiga.

—Me extraña que no le hayan facilitado las señas cuando estuvo en Littlegreen House —exclamó Isabel—. ¡Debe de haber sido esa Ellen! Hay que ver lo envidiosos y cortos de alcance que son los criados. Se mostraban descorteses con Minnie en muchísimas ocasiones.

Julia nos dio la mano con el estilo de una *grande dame.*

—Nos ha encantado su visita —declaró graciosamente—. Quizá...

Lanzó una mirada interrogativa a su hermana.

—Quizá quisieran ustedes... —Isabel se sonrojó un poco—. ¿Les gustaría quedarse y compartir nuestra cena? Algo ligero. Un poco de ensalada, hortalizas frescas crudas, pan integral con mantequilla y fruta.

—Me gustaría mucho —se apresuró a contestar Poirot—, pero, por desgracia, mi amigo y yo debemos volver a Londres.

Con nuevos apretones de manos y reiterados encargos de que transmitiéramos sus recuerdos a la señorita Lawson, pudimos por fin salir de allí.

12

Poirot comenta el caso

—Gracias a Dios —dije con fervor—. Se ha mostrado usted muy hábil, Poirot, para alejarnos de esas zanahorias crudas. ¡Qué mujeres más espantosas!

—*Pour nous, un bon bifteck* con patatas fritas y una buena botella de vino. ¿Qué nos hubieran dado de beber?

—Me figuro que agua —repliqué con un estremecimiento—. O sidra sin alcohol. ¡Es esa clase de casa! Apostaría a que no tienen baño ni nada parecido, a excepción de un retrete en el jardín.

—Es extraño cómo se divierten las mujeres con una vida tan poco confortable —dijo Poirot con aire pensativo—. No siempre es debido a la pobreza, aunque hacen lo posible para sacar el mejor partido de unas circunstancias adversas.

—¿Cuáles son las órdenes para el chófer? —pregunté después de girar en el último recodo del sinuoso callejón y salir a la carretera de Market Basing—. ¿A qué puerta del pueblo vamos a llamar? ¿O tenemos que volver al George para interrogar al asmático camarero una vez más?

—Le alegrará saber, Hastings, que hemos terminado con Market Basing.

—¡Espléndido!

—Pero solo de momento. ¡Volveré!

—¿A seguir la pista del asesino fracasado?

—Exacto.

—¿Ha sacado usted algo en limpio del montón de tonterías que acabamos de oír?

Poirot contestó con tono preciso:

—Hay ciertos puntos que merecen mi atención. Los diversos personajes de nuestro drama se van dibujando con más claridad. En algunos aspectos, me recuerda a los folletines de hace años. La humilde señorita de compañía despreciada por todos que de pronto ve elevada su posición gracias a la riqueza y obra como una dama generosa.

—Me parece que ese mecenazgo debe de ser un poco amargo para los que se consideran los legítimos herederos.

—Usted lo ha dicho, Hastings. Sí, eso es completamente cierto.

Callamos durante unos minutos. Habíamos dejado atrás Market Basing y estábamos otra vez en la carretera. Canturreé en voz baja la tonadilla de «Hombrecillo, has tenido un día muy ocupado».

—¿Se ha divertido, Poirot? —pregunté al cabo de un rato.

Mi amigo contestó con frialdad:

—No sé a qué se refiere con eso de si me he divertido, Hastings.

—Bueno —dije—, usted es de los que disfrutan trabajando aunque sea en día festivo.

—¿Cree usted que no me he tomado todo esto en serio?

—Oh, sí, demasiado en serio. Pero el asunto parece más bien una cuestión académica. Está usted luchando solo para su satisfacción mental. Lo que quiero decir es que no es real.

—*Au contraire*, es muy real.

—Me he expresado mal. Quería decir que, si existiera un motivo para ayudar a la anciana y protegerla contra un ataque que está por venir, bueno, entonces la cosa valdría la pena. Pero si ya está muerta, ¿por qué preocuparse?

—En ese caso, *mon ami*, nadie investigaría nunca un caso de asesinato.

—No, no, no, eso es del todo diferente. Me refiero a cuando hay un cadáver. ¡Oh, al diablo con todo!

—No se enfurezca, lo comprendo a la perfección. Usted hace la distinción entre una víctima y un simple difunto. Suponiendo, por ejemplo, que la señorita Arundell hubiera muerto fruto de una violencia repentina y alarmante, y no como consecuencia de su larga enfermedad, no se mostraría usted tan indiferente a los esfuerzos que yo hiciera por descubrir la verdad.

—Desde luego que no.

—Pero, de todos modos, alguien intentó asesinarla.

—Sí, pero no tuvo éxito. Esa es la diferencia.

—¿No le intriga quién es el que intentó matarla?

—Pues, en cierto modo, sí.

—Tenemos un círculo muy reducido —dijo Poirot pensativo—. Ese cordel...

—El cordel cuya existencia dedujo usted tan solo por el clavo que encontró en el rodapié —lo interrumpí—. ¡Vamos! Ese clavo debía de llevar años allí.

—No. El barniz parecía fresco.

—Bueno. Sigo pensando que pueden existir toda clase de explicaciones para esa circunstancia.

—Deme una.

Por un momento, no pude pensar en nada que resultara lo bastante plausible. Poirot se aprovechó de mi silencio para proseguir su disertación.

—Como decía, un círculo reducido. Ese cordel solo pudo tenderse en la parte superior de la escalera después de que todos se hubieran acostado. Por lo tanto, debemos centrarnos en los ocupantes de la casa. Es decir, el culpable está entre estas siete personas: el doctor Tanios, la señora Tanios, Theresa Arundell, Charles Arundell, la señorita Lawson, Ellen y la cocinera.

—Puede usted eliminar tranquilamente de la lista a las dos sirvientas.

—Ellas también han heredado, *mon cher ami*. Y puede haber otras razones para matar a la anciana: rencor, desavenencias, fraude. No podemos estar seguros.

—Me parece muy improbable.

—Improbable, estoy de acuerdo. Pero hay que tener en cuenta todas las posibilidades.

—En ese caso, los sospechosos ascienden a ocho personas, no siete.

—¿Quién más hay?

Presentí que me iba a apuntar un tanto a mi favor.

—Debe usted incluir también a la señorita Arundell. ¿Cómo sabe que no fue ella quien tendió el cordel en la escalera con el fin de hacer rodar por ella a alguno de los que dormían en la casa aquella noche?

Poirot se encogió de hombros.

—Es una *bêtise* que diga usted eso, amigo mío. Si la señorita Arundell tendió la trampa, habría tenido cuidado de no caer en ella. Recuerde que fue ella quien sufrió el accidente.

Me callé, alicaído.

Poirot prosiguió con voz pensativa:

—El orden de los hechos está completamente claro. La caída, la carta que me dirigió, la visita del abogado. Pero hay un punto dudoso. ¿Retuvo de manera deliberada la señorita Arundell la carta que me dirigió, dudando de si debía echarla al correo o no? ¿O una vez que la escribió creyó que había sido depositada en el correo?

—Supongo que podremos contestar a eso.

—No, tan solo podemos conjeturar. Personalmente, creo que ella estaba segura de que la carta se había enviado. Debió de extrañarse al no recibir contestación...

Mis pensamientos, entretanto, se habían centrado en otro punto.

—¿Cree usted que todas esas tonterías espiritistas tienen algo que ver en el asunto? —pregunté—. Es decir,

¿opina que, a pesar de que la señorita Arundell ridiculizara todo el asunto de la sugestión, en una de esas sesiones se le indicó que debía dejar su dinero a Lawson?

—Eso no parece encajar con la impresión general que he sacado del carácter de la señorita Arundell.

—Las Tripp dicen que la señorita Lawson se quedó desconcertada del todo cuando leyeron el testamento —dije pensativo.

—Eso es lo que les dijo, sí —convino Poirot.

—Pero usted no lo cree.

—*Mon ami*, ya conoce usted mi naturaleza, propensa a sospechar de todo. Yo no creo nada de lo que me dicen hasta que lo confirmo o corroboro.

—Vaya —dije con afecto—. ¡Qué naturaleza tan confiada!

—«Él dice», «ella dice», «ellos dicen». ¡Bah! ¿Qué significa todo eso? Absolutamente nada. Puede ser cierto o puede ser falso por completo. Yo solo tengo en cuenta los hechos.

—¿Y cuáles son los hechos?

—La señorita Arundell sufrió una caída; eso no hay nadie que lo niegue. La caída no fue natural, alguien la preparó.

—Y la prueba de ello estriba en que Hércules Poirot lo dice.

—Nada de eso. La prueba está en los hechos. En la carta que me escribió la señorita Arundell. En la circunstancia de que el perro estuviera fuera de casa toda la noche. En las palabras de la señorita Arundell sobre el jarro, el dibujo y la pelota de Bob. Todas estas cosas son hechos.

—¿Y cuál es el siguiente, por favor?

—El otro hecho es la respuesta a nuestra pregunta habitual. ¿Quién se beneficia con la muerte de la señorita Arundell? Respuesta: la señorita Lawson.

—¡La perversa señorita de compañía! Si no fuera porque los demás también creían que iban a heredar. Y cuando ocurrió el accidente de la escalera, estaban seguros de beneficiarse de ello.

—Exacto, Hastings. Por eso, todos son sospechosos. Tenemos también el pequeño detalle de que la señorita Lawson se tomó muchas molestias para impedir que su señora se enterara de que *Bob* había estado fuera de casa toda la noche.

—¿Cree usted que eso es sospechoso?

—De ningún modo. Me limito a señalarlo. Pudo haber sido tan solo fruto de la preocupación para que la señora no se sintiera intranquila. Y esa es, con mucho, la explicación más verosímil.

Miré a Poirot de reojo. Por lo general, mi amigo es muy escurridizo.

—La señorita Peabody expresó la opinión de que habría algún problema con el testamento —comenté—. Por cierto, que todo parece indicar que Emily Arundell tenía el suficiente sentido común como para no creer en idioteces como esa del espiritismo.

—¿Qué es lo que le hace decir que el espiritismo es una idiotez, Hastings?

Lo miré con asombro.

—Mi querido Poirot... Esas horribles mujeres...

Él sonrió.

—Convengo por completo en su valoración de las señoritas Tripp. Pero, en realidad, el mero hecho de que esas damas hayan adoptado con entusiasmo el vegetarianismo, la teosofía y el espiritismo no constituye una acusación reprobadora contra tales creencias. Por que una mujer tonta cuente una sarta de tonterías sobre un escarabajo falso que compró a un anticuario desaprensivo no hay que desacreditar, en términos generales, a la egiptología.

—¿Quiere usted decir que cree en el espiritismo, Poirot?

—Tengo una opinión muy amplia sobre la materia.

Nunca estudié ninguna de sus manifestaciones, pero es cosa sabida que muchos hombres de ciencia están convencidos de que hay fenómenos que no pueden explicarse. ¿Qué diremos entonces de la credulidad de las señoritas Tripp?

—Así pues, ¿cree usted en ese galimatías de la aureola de luz alrededor de la cabeza de la señorita Arundell?

Poirot levantó una mano.

—Hablaba en términos generales para rebatir su actitud de completo escepticismo. Puedo decir que, tras haberme formado una opinión de la señorita Tripp y su hermana, examinaré con todo cuidado cualquier hecho que me presenten. Las mujeres locas, *mon ami*, son mujeres locas, ya hablen de espiritismo, de política, de las relaciones entre sexos o de los dogmas de la fe budista.

—Sin embargo, escuchó con mucha atención todo lo que le dijeron.

—Esa ha sido mi tarea durante todo el día: escuchar. Oír lo que todos tienen que decir sobre esas siete personas y, principalmente, desde luego, sobre las cinco que más nos interesan. Ahora ya conocemos ciertos detalles de ellas. Tenemos, por ejemplo, a la señorita Lawson. Por las Tripp sabemos que era leal, desinteresada, nada apegada al lujo y, en conjunto, tenía buen carácter. Por la señorita Peabody nos enteramos de que era crédula, estúpida, sin el nervio o inteligencia suficientes para intentar nada criminal. Por el doctor Grainger sabemos que sufría vejaciones, que su posición era precaria y que era una pobre señora aturdida y asustada. Creo que esas fueron sus palabras.

»Por el camarero sabemos que la señorita Lawson era "una persona" y por Ellen, que el perro, *Bob*, la despreciaba. Cada uno, como se dará usted cuenta, la ve desde un punto de vista diferente. Lo mismo ocurre con los demás. Ninguna de las opiniones sobre la moral de Charles Arundell es muy favorable, pero, a pesar de ello, cada cual habla de él de forma distinta. El doctor Grainger lo califica indulgentemente de "diablillo irreverente". La señora Peabody dice que mataría a su abuela por dos chelines y añade que prefiere un bribón a un badulaque. La señorita Tripp afirma que no solamente podría cometer un crimen, sino que ya ha cometido más de uno. Todos esos detalles son muy útiles e interesantes. Nos conducen al próximo acontecimiento.

—¿A cuál?

—A verlo por nosotros mismos, amigo mío.

13

Theresa Arundell

A la mañana siguiente, nos dirigimos a las señas que nos había facilitado el doctor Donaldson.

Sugerí a Poirot que sería una buena idea hacer una visita al abogado, el señor Purvis, pero mi amigo rechazó enérgicamente la proposición.

—De ninguna manera, Hastings. ¿Qué le diríamos? ¿Qué motivos alegaríamos para conseguir información?

—Por lo general, usted inventa pronto y bien cualquier motivo, Poirot. Cualquier embuste serviría, ¿no?

—Al contrario, amigo mío, «cualquier embuste», como dice usted, no serviría para nada. Tenga presente que es un abogado. Nos pondría de patitas en la calle en menos que canta un gallo.

—Está bien —dije—. No nos arriesgaremos.

Así pues, como he dicho, nos dirigimos al piso de Theresa Arundell. Estaba situado en un edificio de Chelsea con vistas al río. El mobiliario era caro y de estilo moderno, con centelleantes cromados y tupidas alfombras con dibujos geométricos.

Esperamos durante varios minutos y, al fin, una muchacha entró en la habitación y nos miró inquisitivamente.

Theresa Arundell aparentaba tener unos veintiocho o veintinueve años. Alta y muy esbelta, daba la impresión de ser un exagerado dibujo en blanco y negro. El pelo era negro azabache y su cara, en exceso maquillada, parecía una máscara pálida. Las cejas, depiladas caprichosamente, le daban un aspecto de burlona ironía. Sus labios eran la única nota de color: un brillante trazo escarlata sobre la blancura del rostro. También transmitía la sensación, aunque no sé cómo porque sus movimientos eran cansinos e indiferentes, de tener más vitalidad que mucha gente. Como la energía latente que encierra un látigo.

Nos examinó con aire frío e interrogante.

Cansado de supercherías, Poirot había presentado su propia tarjeta. La muchacha la tenía en la mano y la hacía girar entre los dedos.

—Supongo —dijo— que es usted monsieur Poirot.

Mi amigo hizo una de sus mejores reverencias.

—Para servirla, mademoiselle. ¿Me permitirá que le haga perder unos minutos de su valioso tiempo?

Con una leve imitación de los modales de Poirot, ella contestó:

—Encantada, monsieur Poirot. Por favor, siéntese.

Poirot se sentó, con ciertas precauciones, en un sillón bajo y cuadrado. Yo escogí una silla cromada con el asiento de tela. Theresa se sentó negligentemente en una banqueta frente a la chimenea. La muchacha nos ofreció cigarrillos. Los rehusamos y ella encendió uno.

—¿Conoce quizá mi nombre, mademoiselle?

La chica asintió.

—El amiguito de Scotland Yard, ¿no es así?

Me di cuenta de que a Poirot no le gustaba mucho esta descripción. Con aires de importancia, replicó:

—Me interesan los problemas planteados por los crímenes, mademoiselle.

—¡Oh, qué espeluznante! —dijo Theresa con voz aburrida—. ¡Y pensar que he perdido mi libro de autógrafos!

—En este caso, mi interés es el siguiente —continuó Poirot—: Ayer recibí una carta de su tía.

Los ojos grandes y rasgados de Theresa se abrieron un poco. Lanzó una bocanada de humo.

—¿De mi tía, monsieur Poirot?

—Eso es lo que he dicho, mademoiselle.

La muchacha murmuró:

—Lo siento si le fastidio el juego, pero en realidad no tengo ninguna tía. Todas las que tenía murieron santamente. La última falleció hace dos meses.

—¿La señorita Emily Arundell?

—Sí, la señorita Emily Arundell. No recibirá usted cartas de los difuntos, ¿verdad, monsieur Poirot?

—A veces sí, mademoiselle.

—¡Qué macabro!

Pero ahora había un nuevo matiz en su voz, una repentina nota alerta y vigilante.

—¿Y qué le decía mi tía, monsieur Poirot?

—Por ahora, mademoiselle, no puedo contárselo. Es, como usted comprenderá... —tosió— un asunto delicado.

Guardamos silencio durante unos momentos. Theresa Arundell fumaba. Al fin dijo:

—Todo eso parece deliciosamente misterioso. Pero ¿dónde encajo yo?

—Espero, mademoiselle, que no tenga ningún inconveniente en contestar a unas preguntas.

—¿Preguntas? ¿Sobre qué?

—Preguntas sobre asuntos de familia.

Una vez más abrió los ojos como platos.

—Esto parece un poco solemne. ¿Tendría inconveniente en proporcionarme una muestra del interrogatorio?

—De ningún modo. ¿Puede decirme la dirección actual de su hermano Charles?

Esta vez entornó los párpados y su energía latente se volvió menos visible. Fue como si se recogiera en una concha.

—Me temo que no. No nos tratamos mucho. Creo que se ha marchado de Inglaterra.

—Comprendo.

Poirot calló durante un momento.

—¿Eso es todo lo que quería saber?

—No, tengo otras preguntas. Por ejemplo: ¿está usted satisfecha con la forma en que su tía legó su fortuna? Y otra: ¿hace mucho tiempo que está prometida con el doctor Donaldson?

—¿No se deja nada por preguntar?

—*Eh bien?*

—*Eh bien,* ya que hablamos en idioma extranjero, mi contestación para ambas preguntas es que nada de ello le importa a usted en absoluto. *Ça ne vous regarde pas,* monsieur Hércules Poirot.

Mi amigo la miró detenidamente. Luego, sin mostrar ninguna señal de disgusto, se levantó.

—Está bien. Bueno, quizá no debería sorprenderme. Permítame, mademoiselle, que le felicite por su francés y que le desee muy buenos días. Vamos, Hastings.

Estábamos ya en la puerta cuando la muchacha habló. El símil del látigo volvió otra vez a mi pensamiento. No se movió de donde estaba pero su voz restalló en la estancia.

—¡Vuelvan aquí! —dijo.

Poirot obedeció despacio. Se sentó de nuevo y miró con aspecto interrogante a Theresa.

—Dejemos de hacer el tonto —dijo la muchacha—. Es posible que me sea usted útil, monsieur Hércules Poirot.

—Encantado, mademoiselle. ¿En qué sentido?

Entre dos caladas al cigarrillo, Theresa dijo sin inmutarse en absoluto:

—Dígame cómo puedo anular ese testamento.

—Seguro que un abogado...

—Sí, quizá un abogado, si conociera al adecuado. Pero los únicos que conozco son personas respetables. Ya me han advertido que el testamento es completamente legal y que cualquier intento de impugnarlo sería una pérdida de dinero.

—Pero usted no cree lo que le han dicho.

—Yo creo que siempre hay un medio de conseguir lo que uno quiere si no se tienen escrúpulos y se está dispuesto a pagar. Bueno, pues yo estoy dispuesta a pagar.

—¿Y da usted por sentado que yo estoy dispuesto a no tener escrúpulos, si me paga?

—¡Sé que eso basta a la mayoría de la gente! No veo por qué habría de ser usted una excepción. Al principio todos hacen alarde de su honradez y rectitud, por supuesto.

—Exacto. Eso es parte del juego, ¿no es así? Pero suponiendo que yo esté dispuesto a no tener escrúpulos, ¿cree que le serviré?

—No lo sé. Pero usted es un hombre hábil; todos lo saben. Puede ingeniarse un buen plan.

—¿Cuál?

Theresa Arundell se encogió de hombros.

—Eso es asunto suyo. Robar el testamento y dejar una falsificación, secuestrar a la señorita Lawson y atemorizarla hasta que confiese que obligó a la tía Emily a que le dejara el dinero. Presentar otro testamento otorgado por la vieja Emily en el lecho de muerte.

—Su fértil imaginación me quita el aliento, mademoiselle.

—Bueno, ¿qué responde? He sido bastante franca. Si rehúsa, ahí está la puerta.

—No rehúso... todavía... —dijo Poirot.

Theresa soltó una carcajada. Luego me miró.

—Su amigo parece atónito —observó—. ¿Qué me dice si lo enviamos a dar una vuelta a la manzana?

Poirot se dirigió a mí en un tono algo irritado:

—Le ruego que domine sus hermosos y honrados sentimientos, Hastings. Le pido que excuse a mi amigo, mademoiselle. Como ya habrá visto, es muy íntegro. Pero también es leal. Su lealtad hacia mí es absoluta. De cualquier modo, permítame que deje clara una cosa. —La miró con dureza—. Todo lo que hagamos estará dentro de la ley.

La muchacha arqueó sutilmente las cejas.

—La ley —dijo Poirot con aspecto pensativo— es muy amplia.

—Comprendo —repuso Theresa con una leve sonrisa—. Muy bien, queda dicho. ¿Quiere usted que discutamos su parte en el botín..., si es que conseguimos alguno?

—Eso también puede quedar sobreentendido. Solamente pido lo que sobre.

—Hecho —aceptó Theresa.

Poirot se inclinó hacia delante.

—Ahora escuche, mademoiselle. Por lo general, en el noventa y nueve por ciento de los casos, estoy del lado de la ley. En el uno por ciento restante..., bueno, ese uno por ciento es diferente. En primer lugar, porque por lo general es más lucrativo. Pero hay que hacerlo todo con discreción, ¿me entiende? No puedo echar a perder mi reputación. Tengo que mostrarme cuidadoso.

Theresa asintió.

—Además, ¡debo conocer todos los hechos del caso! ¡Debo saber la verdad! Comprenderá que una vez sabida la verdad, es muy fácil determinar qué mentiras se han de contar.

—Eso me parece razonable.

—Bien. Entonces ¿en qué fecha se otorgó el testamento?

—El veintiuno de abril.

—¿Y el anterior?

—Tía Emily hizo un testamento hace cinco años.

—¿Conoce usted las disposiciones de este último?

—Salvo un legado para Ellen y otro para la cocinera que tenía entonces, todas sus propiedades debían repartirse entre los hijos de su hermano Thomas y la hija de su hermana Arabella.

—¿Dejaba el dinero en fideicomiso?

—No, nos lo legaba directamente.

—Ahora piénselo bien: ¿conocían todos ustedes los términos del testamento?

—Oh, sí. Charles y yo lo sabíamos, y Bella también. Tía Emily no lo mantuvo en secreto. En realidad, cuando alguno de nosotros le pedía dinero, solía contestar: «Cuando me muera, todo lo que tengo será vuestro. Contentaos con ello».

—¿Habría rehusado a hacerles un préstamo en el caso de una enfermedad o de una necesidad perentoria?

—No, no creo que se hubiera negado —contestó Theresa despacio.

—¿Consideraba su tía que tenían ustedes suficiente dinero para poder vivir?

—Eso creía, sí. —Había amargura en su voz.

—¿Pero ustedes no lo veían igual?

Theresa hizo una ligera pausa antes de hablar. Luego dijo:

—Mi padre nos legó treinta mil libras a cada uno. Los intereses de ese capital, invertido sólidamente, ascendían a alrededor de mil doscientas libras anuales. Los impuestos se llevaban una buena parte, pero quedaba una bonita renta con la cual una podía vivir sin preocupaciones. Pero yo... —Su voz cambió, su cuerpo delgado se enderezó y echó la cabeza hacia atrás. Toda aquella maravillosa vitalidad que yo había presentido en ella se puso de manifiesto—. Pero yo quiero conseguir algo mejor que eso de la vida. ¡Quiero lo mejor! La mejor comida, los mejores vestidos, algo con distinción y belleza, no tan solo ropa a la última moda. Quiero vivir y divertirme, bañarme en el Mediterráneo y tenderme junto al mar caliente, sentarme a una mesa y apostar montones de dinero, dar fiestas disparatadas, absurdas y extravagantes. Quiero todo lo que da de sí este mundo corrompido. Y no lo quiero para mañana. ¡Lo quiero ahora!

Su voz tenía un tono excitante. Era cálida y subyugadora.

Poirot estudiaba con atención a la muchacha.

—Y por lo que veo, lo tiene.

—Sí, Poirot, ¡lo tuve!

—Y ¿qué queda de las treinta mil libras?

La chica rio de pronto.

—Doscientas veintiuna libras, catorce chelines y siete peniques. Ese es el saldo exacto. Por lo tanto, amiguito, cobrará si consigue resultados. Si no es así, no hay honorarios.

—En este caso —dijo Poirot con un tono práctico—, habrá resultados.

—Es usted un pequeño gran hombre, Hércules. Me alegro de que nos hayamos aliado.

Poirot prosiguió, como si discutiera un negocio.

—Hay algunas cosas que es necesario que sepa. ¿Toma usted drogas?

—No, nunca.

—¿Bebe?

—Más de la cuenta, pero no porque me guste. Los de mi pandilla beben y yo los acompaño, pero si quiero puedo dejarlo mañana mismo.

—Eso es muy satisfactorio.

La muchacha rio.

—No me iré de la lengua cuando haya tomado dos copas de más, Hércules.

—¿Asuntos amorosos?

—Muchos, en el pasado.

—¿Y ahora?

—Solamente Rex.

—¿El doctor Donaldson?

—Sí.

—Parece ser contrario a la clase de vida que ha mencionado usted.

—¡Oh, lo es!

—Y, sin embargo, a usted le gusta. Por qué, me pregunto.

—¡Oh! ¿Qué significan los motivos en estos casos? ¿Por qué se enamoró Julieta de Romeo?

—Por un lado, con los debidos respetos a Shakespeare, porque Romeo fue el primer hombre al que vio.

—Rex no es el primer hombre al que yo he visto —dijo Theresa poco a poco—. En absoluto. —Luego añadió en voz baja—: Pero creo, presiento, que será el último en quien me fijaré.

—Y es un hombre pobre, mademoiselle.

Ella asintió.

—¿Él también necesita dinero?

—Desesperadamente. Aunque no por las mismas causas que yo. Él no quiere lujos, distinción, diversiones ni ninguna de estas cosas. Es capaz de llevar el mismo traje hasta que se le caiga a pedazos, comer carne congelada todos los días y bañarse en cualquier bañera agrietada. Si tuviera dinero lo gastaría todo en probetas, en un laboratorio y en cosas por el estilo. Porque es ambicioso. Su profesión lo es todo para él. Tiene más peso en su vida del que tengo yo.

—¿Sabía él que usted iba a tener dinero cuando muriera la señorita Arundell?

—Se lo conté. Después de prometernos. En realidad, no se va a casar conmigo por dinero, si es eso lo que quiere usted decir.

—¿Siguen prometidos?

—Desde luego.

Poirot no contestó. Su silencio pareció inquietarla.

—Desde luego —repitió vivamente. Luego añadió—: ¿Lo ha visto usted?

—Lo vi ayer, en Market Basing.

—¿Por qué? ¿Qué le dijo?

—No le dije nada. Le pedí la dirección de Charles.

—¿Charles? —Una vez más el tono era incisivo—. ¿Para qué necesita a Charles?

—¿Charles? ¿Quién pregunta por Charles?

Era una nueva voz, una encantadora voz masculina.

Un joven de rostro bronceado y simpática sonrisa entró en la habitación.

—¿Quien está hablando de mí? —preguntó—. He oído mi nombre desde el vestíbulo, pero no he escuchado detrás de la puerta. En Borstal eran muy estrictos con eso de escuchar detrás de las puertas. Bueno, Theresa, ¿qué pasa? Suelta el rollo.

14

Charles Arundell

Debo confesar que, desde el momento en que puse los ojos en él, albergué una secreta inclinación hacia Charles Arundell. Tenía un aire garboso y despreocupado. En sus ojos brillaba una chispa agradable y humorística, y su sonrisa era una de las más encantadoras que jamás había visto.

Atravesó la habitación y se sentó en el brazo de uno de los sillones macizos y tapizados.

—¿Qué ocurre, muchacha? —preguntó.

—Charles, te presento a monsieur Hércules Poirot. Está dispuesto a llevar a cabo cierto trabajo sucio por nuestra cuenta a cambio de una pequeña retribución.

—Protesto —exclamó Poirot—. Nada de trabajos sucios. Digamos una pequeña e inocente superchería, para que se cumpla la intención original del testador. Expliquémoslo de esta forma.

—Póngalo como quiera —dijo Charles muy cordial—. Lo que me extraña es cómo se le ha ocurrido a Theresa pensar en usted.

—No ha sido ella —replicó con rapidez Poirot—. He venido por iniciativa propia.

—¿A ofrecer sus servicios?

—No del todo. Preguntaba por usted. Su hermana ha dicho que se había ido al extranjero.

—Theresa es una hermana muy cuidadosa —dijo Charles—, difícilmente se equivoca. A decir verdad, sospecha de todo.

Él le sonrió con afecto, pero ella no le respondió. Parecía pensativa y preocupada.

—Seguro que lo hemos entendido mal —indicó Charles—. ¿Monsieur Poirot no es famoso por los éxitos que ha alcanzado siguiendo la pista de los criminales? No ha logrado su fama ayudándolos ni encubriéndolos.

—Nosotros no somos criminales —repuso Theresa con sequedad.

—Pero desearíamos serlo —señaló Charles con gesto amable—. Había pensado hacer algunas falsificaciones, algo que está más en mi línea. Me expulsaron de Oxford por un pequeño malentendido con un cheque. Aquello fue algo infantil, tan solo cuestión de añadir un cero. Después tuve otro pequeño roce con tía Emily y el banco local. Desde luego, fue una tontería por mi parte. Debí darme cuenta de que la vieja era más aguda que un alfiler. Sin embargo, todos esos incidentes fueron naderías: billetes de cinco o diez libras, eso es todo. Un testamento otorgado en el lecho de muerte no se aceptaría sin reservas. Habría que compincharse con la estirada y honesta Ellen, y sobornarla, ¿no se dice así?, para inducirla a decir que había sido testigo del mismo. Aunque me temo que eso daría demasiado que hacer. Quizá tendría que casarme con ella y así no podría declarar en mi contra. —Hizo una mueca amistosa dedicada a Poirot—. Estoy seguro de que ha instalado usted un micrófono y Scotland Yard nos escucha —dijo.

—Su problema me interesa —contestó Poirot con cierto tono de reproche en su voz—. Desde luego, no puedo consentir algo que vaya contra la ley. Pero hay muchas formas de que uno... —se interrumpió a propósito.

Charles Arundell se encogió de hombros.

—No tengo ninguna duda de que hay muchos caminos

tortuosos para escoger dentro de la ley —dijo—. Usted debe de conocerlos.

—¿Quiénes fueron los testigos del testamento? Me refiero al que se otorgó el día veintiuno de abril.

—Purvis llevó consigo a su pasante y el jardinero fue el segundo testigo.

—Entonces ¿el documento se firmó ante el señor Purvis?

—Eso es.

—Supongo que es una persona de la más alta respetabilidad.

—Purvis, Purvis, Charlesworth y otra vez Purvis es una firma tan respetable e intachable como el Banco de Inglaterra —afirmó Charles.

—No le gustó nada intervenir en ese testamento —comentó Theresa—. De una forma correctísima, creo que incluso trató de disuadir a tía Emily de que lo firmara.

—¿Eso te ha dicho, Theresa? —preguntó Charles con tono seco.

—Sí. Ayer fui a verlo otra vez.

—Eso no está bien, querida. Debes darte cuenta de que es malgastar el dinero.

Theresa se encogió de hombros.

—Les ruego que me faciliten toda la información que puedan sobre las últimas semanas de la vida de la señorita Arundell —pidió Poirot—. Para empezar, tengo entendido que tanto usted como su hermano, y también el doctor Tanios y su esposa, estuvieron en casa de su tía la Pascua pasada.

—Sí, ella nos invitó.

—¿Ocurrió alguna cosa importante durante ese fin de semana?

—Creo que no.

—Qué egoísta eres, Theresa —interrumpió Charles—. No ocurrió nada de importancia que te afectara a ti. ¡Claro, envuelta en tus sueños románticos! Permítame que le diga, monsieur Poirot, que Theresa tiene a un chico de ojos azules en Market Basing. Uno de los matasanos del pueblo. Por lo tanto, comprenderá sus fallos en el sentido de la proporción. Sepa usted que mi adorada tía se cayó de cabeza por la escalera y casi se mató. Ojalá hubiese sido así. Nos habría ahorrado todos estos líos.

—¿Cayó escaleras abajo?

—Sí, tropezó con la pelota del perro. El inteligente animalito la dejó olvidada en lo alto de la escalera y mi tía se dio un gran testarazo en plena noche.

—¿Cuándo sucedió eso?

—Déjeme recordar... El martes, la noche antes de marcharnos.

—¿Se lesionó seriamente su tía?

—Por desgracia no cayó de cabeza. Si hubiera sido así, podríamos haber alegado que había sufrido un reblandecimiento de cerebro, o como se diga científicamente. No, solo se hizo unas cuantas magulladuras.

—¡Cosa que le desilusionaría mucho! —comentó Poirot con sequedad.

—¿Cómo? Ah, ya comprendo a qué se refiere. Sí, como dice, me desilusionó mucho. Esas viejas son duras de roer.

—¿Y todos ustedes se marcharon el miércoles por la mañana?

—Exactamente.

—El miércoles día quince. ¿Cuándo volvió a ver de nuevo a su tía?

—Pues me parece que fue el siguiente fin de semana no, el otro.

—Entonces sería, déjeme ver, el veinticinco, ¿verdad?

—Sí, creo que fue por esa fecha.

—Y ¿cuándo murió su tía?

—El viernes siguiente.

—¿Se puso enferma el lunes anterior, por la tarde?

—Sí.

—¿Se marcharon el mismo lunes?

—Sí.

—¿Volvieron allí durante su enfermedad?

—No, hasta el viernes no volvimos. No imaginamos que estuviera tan grave.

—¿Llegaron a tiempo de verla con vida?

—No, murió antes de que llegáramos.

Poirot dirigió su mirada hacia Theresa Arundell.

—¿Acompañó usted a su hermano en ambas ocasiones?

—Sí.

—Y durante el segundo fin de semana, ¿no dijo ella nada sobre el nuevo testamento?

—Nada —dijo Theresa.

—¡Oh, sí! —contestó Charles al mismo tiempo—. Algo comentó. Habló a la ligera, como siempre, pero su tono era forzado, como si la ligereza fuera más artificial que de costumbre.

—¿Le dijo algo? —preguntó Poirot.

—¡Charles! —exclamó Theresa.

El muchacho parecía no querer encontrarse con la mirada de su hermana.

Se dirigió a ella sin mirarla.

—Seguramente te acordarás; te lo conté. Tía Emily quiso plantear algo parecido a un ultimátum. Estaba sentada como un juez en un estrado y me soltó un discurso. Dijo que no le gustaban en absoluto sus parientes, es decir, Theresa y yo. Concedió que contra Bella no tenía nada, pero que, por otra parte, no le gustaba su marido ni confiaba en él. «Compre productos británicos», fue siempre el lema de tía Emily. Dijo que si Bella heredaba una considerable suma de dinero, estaba convencida de que Tanios, de un modo u otro, se lo quedaría. ¡Buenos son los griegos para fiarse de ellos! «Bella está mejor así», añadió. Después manifestó que ni yo ni Theresa éramos gente a la que se pudiera dar dinero. Nos lo gastaríamos en juego y lo despilfarraríamos enseguida.

»Por tanto, terminó diciendo, había hecho un testamento nuevo en el que dejaba toda su fortuna a la señorita Lawson. "Es tonta —dijo tía Emily—, pero me es fiel. Creo de verdad que siente devoción por mí. No tiene la culpa de carecer de cerebro. He creído conveniente decírtelo, Charles, para que no te hagas ninguna ilusión de conseguir dinero con la promesa de la herencia." Fue algo muy desagradable. Justo lo que yo no esperaba.

—¿Por qué no me lo contaste, Charles? —preguntó Theresa ásperamente.

—Y ¿qué dijo usted a todo eso, señor Arundell? —inquirió Poirot.

—¿Yo? —contestó Charles con despreocupación—. ¡Oh! Me limité a reír. No convenía tomárselo a malas. No es así como se hacen las cosas. «Como guste, tía Emily —dije—. Quizá sea un golpe duro, pero después de todo el dinero es suyo y puede hacer con él lo que le dé la gana.»

—¿Cuál fue la reacción de su tía al oír eso?

—Ah, se lo tomó muy bien, muy bien. Demasiado bien. «Bueno —exclamó—, veo que sabes perder, Charles.» Y yo le contesté: «Hay que estar a las buenas y a las malas. Y ya que hablamos de ello y puesto que no tengo ninguna esperanza, ¿qué le parece si me da un billete de diez libras?». Me contestó que era un sinvergüenza, pero me dio cinco.

—Disimuló usted bien sus sentimientos.

—No me lo tomé en serio.

—¿De veras?

—No. Creí que era lo que podríamos llamar un «gesto» por parte de la vieja. Quería asustarnos. Estaba casi seguro de que, al cabo de pocas semanas o quizá meses, rompería ese testamento. Tía Emily tenía mucho apego a su familia y creo que eso es lo que habría hecho de no haber muerto tan de repente.

—¡Ah! —dijo Poirot—. Es una idea interesante. —Guardó silencio durante unos momentos y prosiguió—: ¿Pudo alguien..., la señorita Lawson, por ejemplo..., oír la conversación que sostuvo con su tía?

—Puede ser. No hablábamos en voz baja. Y lo cierto es que esa pájara de la señorita Lawson andaba revoloteando cerca de la puerta cuando salí. En mi opinión, estaba fisgoneando.

Poirot dirigió una pensativa mirada a Theresa.

—¿Y usted no sabía nada de esto?

Antes de que pudiera contestar, Charles interrumpió:

—Oye, Theresa, estoy seguro de que te lo conté... o al menos te lo insinué.

Se produjo una extraña pausa. Charles contemplaba fijamente a su hermana y había una ansiedad, un anhelo en su mirada, impropia de la importancia del asunto.

Por fin, Theresa dijo con lentitud:

—Si me lo hubieras contado, no creo que lo hubiese olvidado, ¿no le parece, monsieur Poirot? —Sus grandes ojos castaños se volvieron hacia mi amigo.

Poirot comentó:

—No, no creo que lo hubiera usted olvidado, señorita Arundell. —Luego se volvió con brusquedad hacia Charles—. Permítame que aclare bien un punto. ¿Le dijo su tía que iba a hacer un testamento nuevo o le manifestó que, en realidad, ya lo había hecho?

Charles contestó con rapidez.

—¡Oh! No hubo lugar a dudas. De hecho, me lo enseñó.

Poirot se echó hacia delante.

—Eso es muy importante. ¿Dice usted que su tía le mostró el testamento?

Charles soltó una risita de colegial. La gravedad de Poirot le hacía sentirse incómodo.

—Sí —dijo—. Me lo mostró.

—¿Puede usted jurarlo?

—Desde luego. —Charles miró nerviosamente a mi amigo—. No comprendo qué importancia puede tener eso.

Theresa se levantó repentinamente y se acercó a la repisa de la chimenea, donde encendió otro cigarrillo.

—¿Y usted, mademoiselle? —Poirot se volvió de pronto hacia ella—. ¿Le dijo algo importante su tía durante aquel fin de semana?

—No lo recuerdo. Fue muy amable; es decir, tan amable como podía serlo. Me sermoneó un poco sobre mi modo de vivir y cosas por el estilo. Pero eso lo hacía siempre. Parecía, quizá, un poco más excitada que de costumbre.

—Supongo, mademoiselle —dijo Poirot sonriendo—, que estaría usted bastante ocupada con su novio.

—No estaba allí —contestó Theresa con seguridad—. Se fue a un congreso de medicina.

—Entonces ¿no lo ha visto desde Pascua? ¿Fue esa la última vez que estuvo con él?

—Sí, la noche antes de marcharnos cenó con nosotros.

—¿Tuvo usted..., disculpe, alguna desavenencia con su novio?

—Claro que no.

—Solo pensaba que al no estar él en la segunda visita que hizo usted...

Charles lo interrumpió.

—Bueno, debe saber que esa visita fue algo imprevista. Fuimos allí por el imperativo de las circunstancias.

—¿De veras?

—Deje que le diga la verdad —intervino Theresa con tono hastiado—. Bella y su marido estuvieron en casa de tía Emily el fin de semana anterior, enredando con la excusa del accidente. Pensamos que quizá trataran de ganarnos por la mano...

—Creímos —dijo Charles con una sonrisa— que sería preferible demostrar también un poco de interés por la salud de tía Emily, aunque en realidad la vieja era demasiado suspicaz para dejarse engañar por unas atenciones tan dudosas. Ella sabía muy bien a qué venía todo aquello. Tía Emily no se chupaba el dedo.

Theresa rio súbitamente.

—Es un bonito cuento, ¿no le parece? Todos nosotros con la lengua fuera, detrás del dinero.

—¿Les pasa lo mismo a su prima y a su marido?

—Sí. Bella está siempre sin un céntimo. Es patético ver cómo quiere copiar mis vestidos por la cuarta parte del precio. Tanios especuló con el dinero de ella, según creo, y ahora están bastante apurados. Tienen dos hijos y quieren educarlos en Inglaterra.

—¿Podría darme su dirección? —dijo Poirot.

—Se alojan en el hotel Durham, en Bloomsbury.

—¿Cómo es su prima?

—¿Bella? Pues es una mujer aburrida, ¿verdad, Charles?

—¡Oh! Mucho. Es una mujer pesadísima, algo así como una oca. Y una madre amantísima, aunque me parece que las ocas también lo son.

—¿Y su marido?

—¿Tanios? Tiene una pinta bastante rara, pero en realidad es un buen tipo. Simpático, divertido y todo un caballero.

—¿Está usted de acuerdo, mademoiselle?

—Debo confesar que lo prefiero a Bella. Es un médico muy listo, según dicen. Pero tanto da, no me fiaría mucho de él.

—Theresa no confía en nadie —dijo Charles, pasándole un brazo por los hombros—. No se fía ni de mí —añadió.

—El que se fíe de ti, cariño, está mal de la cabeza —contestó Theresa con amabilidad.

Los dos hermanos se separaron y miraron a Poirot.

Mi amigo hizo una reverencia y se dirigió hacia la puerta.

—Voy a ponerme manos a la obra, como dicen ustedes.

Es difícil, pero mademoiselle tiene razón. Siempre hay un medio. Y a propósito, ¿esa señorita Lawson es de las que podrían derrumbarse en un interrogatorio ante un jurado?

Charles y Theresa intercambiaron una mirada.

—Le puedo asegurar —replicó el muchacho— que un buen abogado le haría decir que lo blanco es negro.

—Eso puede sernos muy útil —comentó Poirot.

Salió con rapidez de la habitación y yo lo seguí. En el vestíbulo cogió el sombrero, fue hacia la puerta, la abrió y volvió a cerrarla de golpe. Luego se dirigió de puntillas hasta la puerta del salón y, sin ruborizarse lo más mínimo, aplicó la oreja a la rendija. Cualquiera que fuera el colegio en que se había educado Poirot, seguro que no enseñaban que no se debía espiar detrás de las puertas. Hice varias señas a mi amigo, pero él no me hizo caso.

Y entonces, con claridad, la voz profunda y vibrante de Theresa Arundell llegó hasta nosotros.

—¡Eres un imbécil! —exclamó.

Se oyeron pasos en el corredor y Poirot me cogió apresuradamente del brazo, volvió a abrir la puerta del piso, salimos y la cerró sin hacer ruido.

15

La señorita Lawson

—Poirot —dije—. ¿Es que ahora vamos a dedicarnos a escuchar detrás de las puertas?

—Cálmese, amigo mío. He sido yo quien ha escuchado; no fue usted quien acercó la oreja a la rendija de la puerta. Al contrario, se quedó rígido como un soldado.

—Pero yo también lo oí todo.

—Es verdad. Mademoiselle no habló en voz baja.

—Porque creyó que nos habíamos ido.

—Sí, llevamos a cabo una pequeña treta.

—No me gustan esas cosas.

—¡Su actitud moral es irreprochable! Pero no nos repitamos. Ya hemos sostenido esta conversación en otras ocasiones. Está usted a punto de decir que no he jugado limpio y mi respuesta es que el asesinato no es ningún juego.

—No estamos ante ningún asesinato.

—No esté tan seguro.

—La intención... sí, quizá. Pero después de todo, el asesinato y el intento de asesinato no son lo mismo.

—Moralmente sí viene a ser lo mismo. Lo que quiero decir es: ¿está usted seguro de que es tan solo un intento de asesinato lo que ocupa nuestra atención?

Lo miré fijamente.

—Pero la señorita Arundell murió por causas naturales.

—Vuelvo a repetir..., ¿está usted seguro?

—Eso dicen todos.

—¿Todos? *Oh, là là!*

—El médico lo aseguró —dije—. Y el doctor Grainger debe saberlo.

—Sí, él debería saberlo. —La voz de Poirot no mostraba convicción alguna—. Pero recuerde, Hastings, que con mucha frecuencia se exhuman cadáveres y en cada caso existe un certificado de defunción firmado con toda su buena fe por el médico que atendió al enfermo.

—Sí, pero en este caso la señorita Arundell murió a causa de una enfermedad que había padecido durante largo tiempo.

—Eso parece, sí.

La voz de Poirot reflejaba todavía un tono insatisfecho. Lo miré con atención.

—Poirot —dije—. Voy a empezar una frase con la pregunta: «¿Está usted seguro?». ¿Está usted seguro de que no se deja llevar por el celo profesional? Usted quiere que sea un asesinato y, por lo tanto, cree que debe serlo.

Su rostro adoptó una expresión sombría. Asintió con la cabeza.

—Tiene usted mucha razón, Hastings. Ha puesto el dedo en la llaga. El asesinato es mi ocupación. Soy como un gran cirujano que se especializa, por ejemplo, en apendicitis o en una operación rara. Si un paciente acude a él, lo observará desde el punto de vista de su especialidad. ¿Existe alguna razón para creer que este hombre sufre de esto o de aquello? A mí me ocurre lo mismo. Siempre me pregunto: ¿es posible que me halle ante un asesinato? Y ya ve usted, amigo mío, casi siempre hay una posibilidad.

—Yo diría que en este caso no existen muchas posibilidades —observé.

—Pero la anciana murió. No puede usted olvidar este hecho. ¡Murió!

—Estaba enferma. Tenía más de setenta años. Me parece perfectamente natural.

—¿Y le parece también natural que Theresa Arundell califique a su hermano de imbécil con tal intensidad?

—¿Qué tiene eso que ver?

—Mucho. Dígame, ¿qué piensa usted de lo que ha dicho el señor Charles Arundell de que su tía le había enseñado el testamento?

Miré a Poirot cautelosamente.

—¿Qué quiere decir? —planteé.

¿Por qué debía ser siempre Poirot el que preguntara?

—A mí me resulta muy interesante, interesantísimo —dijo mi amigo—. También lo fue la reacción de la señorita Theresa Arundell. Su enfado fue significativo.

—¡Hum! —refunfuñé.

—Esto nos ofrece dos líneas distintas de investigación.

—A mí me parecen un bonito par de bribones —observé—. Dispuestos a cualquier cosa. La chica es muy guapa y, en lo que se refiere al joven Charles, desde luego es un truhan atractivo.

Mientras tanto, Poirot detuvo un taxi. El coche frenó junto a nosotros y mi amigo dio una dirección al conductor.

—Clanroyden Mansions, diecisiete, en Bayswater.

—Así que ahora le toca a la señorita Lawson —comenté—. ¿Y después a los Tanios?

—Ha acertado usted, Hastings.

—¿Qué papel va a adoptar ahora? —pregunté al tiempo que el taxi paraba en Clanroyden Mansions—. ¿El biógrafo del general Arundell, el posible comprador de Littlegreen House o algo más sutil todavía?

—Me presentaré simplemente como Hércules Poirot.

—¡Qué desilusión! —lamenté.

Poirot se limitó a dirigirme una mirada y pagó al taxista.

El apartamento diecisiete se hallaba en el segundo piso. Una criada de aire desenvuelto nos condujo a una habitación que contrastaba ridículamente con la que acabábamos de dejar un poco antes.

El piso de Theresa Arundell era espartano. En cambio, el de la señorita Lawson estaba tan atestado de muebles y cachivaches que daba la impresión de que si uno se movía iba a romper algo.

Se abrió la puerta y apareció una mujer rolliza de mediana edad. La señorita Lawson era tal y como yo me la había imaginado. Tenía una expresión algo vacua y necia, el pelo grisáceo y desaliñado, y unas gafas algo ladeadas sobre la nariz. Hablaba como a trompicones.

—Buenos días. No creo...

—¿La señorita Wilhelmina Lawson?

—Sí, sí, así me llamo.

—Mi nombre es Poirot, Hércules Poirot. Ayer estuve viendo Littlegreen House.

—¿Ah, sí?

La señorita Lawson abrió la boca un poco más mientras que con la mano se daba unos infelices toques al revuelto cabello.

—¿Quieren pasar? —prosiguió—. Siéntense aquí, ¿les parece bien? Oh, me temo que esa mesa les estorbará. La casa está un poquito atestada. ¡Es tan difícil! ¡Estos pisos! ¡Los hacen tan pequeños! ¡Pero es tan céntrico! Me gusta vivir en el centro, ¿y a ustedes?

Se sentó en una incómoda silla de estilo victoriano y, con las gafas torcidas, se inclinó hacia delante, casi sin aliento, mirando esperanzada a Poirot.

—Me presenté en Littlegreen House en calidad de comprador —dijo mi amigo—. Pero ahora me gustaría decirle, en la más estricta reserva...

—¿Sí? —exclamó la señorita Lawson con una excitación entusiasta.

—... la más estricta reserva —continuó Poirot—, que fui allí con otro objeto. Puede que esté usted enterada de que, poco antes de morir, la señorita Arundell me escribió. —Hizo una pausa y luego prosiguió—: Soy un detective privado bastante conocido.

Una variedad de expresiones se reflejó en la cara ligeramente sonrojada de la señorita Lawson. Me pregunté cuál de ellas juzgaría Poirot interesante. Alarma, excitación, asombro, confusión...

—¡Ah! —dijo la mujer. Y al cabo de un momento repitió—: ¡Ah!

Entonces, inesperadamente, preguntó:

—¿Es por el dinero?

Poirot pareció cogido por sorpresa. Se aventuró:

—¿Se refiere usted al dinero que...? —dijo con amabilidad.

—Sí, sí. Al dinero que desapareció del cajón.

Poirot continuó sin alterarse.

—¿No le dijo la señorita Arundell que me había escrito sobre el asunto del dinero?

—No, no me dijo nada. No tengo ni idea... Bueno, en realidad debo confesar que estoy muy sorprendida...

—¿Creía usted que no diría nada a nadie sobre esa cuestión?

—En realidad no. Verá usted, ella tenía una idea bastante aproximada...

La mujer se detuvo. Poirot añadió con rapidez:

—Tenía una idea bastante aproximada de quién lo cogió. Eso es lo que quiere usted decir, ¿verdad?

La señorita Lawson asintió y se apresuró a añadir:

—No creo que ella hubiera querido..., bueno, quiero decir que ella dijo..., es decir, que parecía opinar...

Poirot interrumpió de nuevo todas aquellas incoherencias.

—¿Que era un asunto de familia?

—Exacto.

—Pues yo —dijo mi amigo— estoy especializado en esos asuntos. Sepa usted que soy discreto en extremo.

—Oh, desde luego, eso es diferente. No es lo mismo que la policía.

—No, no. Yo no soy como la policía. No sería conveniente.

—¡Oh, no! La pobre señorita Arundell era una mujer muy orgullosa. Por supuesto, ya había tenido antes algunos disgustos con Charles, pero siempre se mantuvieron en secreto. Una vez, según creo, él tuvo que marcharse a Australia.

—Eso es —dijo Poirot—. Entonces los hechos ocurrieron así: la señorita Arundell tenía cierta cantidad de dinero en un cajón...

Hizo una pausa. La mujer se apresuró a confirmar la aseveración.

—Sí, lo sacó del banco. Para los sueldos y las cuentas pendientes, ¿sabe usted?

—¿Y cuánto fue, exactamente, lo que le desapareció?

—Cuatro billetes de una libra. No, no, me equivoco: tres de una libra y dos de diez chelines. Una debe ser exacta, muy exacta, en estos casos.

La señorita Lawson miró con seriedad a mi amigo y luego se ajustó maquinalmente las gafas, dejándolas todavía más ladeadas. Los prominentes ojos de la mujer parecían querer saltar hacia Poirot.

—Muchas gracias, señorita Lawson. Ya veo que tiene usted un excelente sentido de los negocios.

La mujer se irguió un poco y lanzó una risa lastimera.

—La señorita Arundell sospechaba, y no sin razón, que su sobrino Charles era el autor de dicho robo —prosiguió Poirot.

—Sí.

—Aunque, en realidad, no había ninguna prueba que demostrara quién cogió el dinero.

—¡Oh, tuvo que ser Charles! La señora Tanios no hubiera hecho semejante cosa y su marido es extranjero y no podía saber dónde se guardaba. No pudo ser ninguno de los dos. Y no creo que a Theresa Arundell se le ocurriera hacer algo así. Tiene mucho dinero y va siempre tan bien vestida...

—Pudo ser alguna de las criadas —sugirió mi amigo.

La señorita Lawson pareció horrorizarse ante dicha idea.

—¡Oh, no, de ningún modo! Ni Ellen ni Annie hubieran soñado hacerlo. Ambas son mujeres de una gran integridad y absolutamente honradas. Estoy segura.

Poirot esperó unos momentos y luego dijo:

—Me preguntaba si podría usted facilitarme algunos detalles, aunque estoy seguro de que es así, pues si alguien tenía la confianza de la señorita Arundell sin duda es usted.

La señorita Lawson pareció confundida.

—¡Oh! No estoy segura de ello.

Pero sin duda se sentía halagada.

—Presiento que me ayudará usted.

—Desde luego, si hay algo que yo pueda hacer...

—Esto es confidencial —prosiguió Poirot.

Una expresión petulante apareció en la cara de la mujer. La palabra mágica, «confidencial», obró como un «ábrete, sésamo».

—¿Tiene usted idea de cuál fue la razón por la que la señorita Arundell alteró su testamento?

—¿Su testamento? ¡Ah, su testamento!

La señorita Lawson pareció sorprenderse.

Poirot añadió, mientras la miraba fijo:

—¿No es verdad que, poco antes de morir, hizo otro testamento en el que le dejaba a usted toda su fortuna?

—Sí, pero no sé nada acerca de ello. ¡Absolutamente nada! —gritó la mujer con tono de protesta—. ¡Fue para mí la más grande de las sorpresas! ¡Una sorpresa maravillosa, desde luego! Fue un gesto muy hermoso por parte de la señorita Arundell. Pero ella nunca me lo insinuó. ¡No hizo ni la más mínima alusión al respecto! Quedé tan sorprendida cuando el señor Purvis leyó el testamento que no sabía dónde mirar, o si reír o llorar. Le aseguro, monsieur Poirot, que fue una conmoción, una gran conmoción, como comprenderá usted. Qué bondad..., qué maravillosa bondad la de la señorita Arundell. Yo solamente esperaba que me dejara alguna cosilla, un pequeño legado. Aunque, en realidad, no había razón alguna para que me dejara nada. No hacía mucho tiempo que estaba a su servicio. Fue como un cuento de hadas. Aún ahora no puedo creerlo por completo. Usted ya sabe a qué me refiero. Y algunas veces..., bueno, de vez en cuando no me siento a gusto con ello. Quiero decir..., bueno, quiero decir... —Se quitó las gafas de un manotazo, jugueteó con ellas y prosiguió, con todavía más incoherencia:

»Algunas veces pienso que... que la carne y la sangre no se pueden negar, y no me parece bien que la señorita Arundell no dejara el dinero a su familia. Quiero decir que no me parece justo, ¿no cree? De ninguna manera. ¡Y además una fortuna tan grande! ¡Nadie tenía ni idea! El caso es que eso hace que no me sienta tranquila. Y, como usted sabe, luego todos empiezan a hablar, y puede estar seguro de que nunca fui una mujer de malas inclinaciones. Me refiero a que nunca hubiera pensado en influenciar de ninguna forma a la señorita Arundell. Antes al contrario. A decir verdad, siempre tuve miedo de ella. Era tan dura, tan inclinada a censurar. ¡Y siempre con un carácter tan brusco! "¡No seas tan rematadamente tonta!", solía exclamar. Y al fin y al cabo una tiene sus sentimientos y, en algunas ocasiones, me disgustaba, para luego darme cuenta de que durante todo ese tiempo ella me apreciaba. En fin, fue maravilloso, ¿no cree? Aunque ya le digo, ha habido demasiados chismorreos malvados y, claro, una siente que en cierto modo... quiero decir... bueno, me parece un poco duro para algunos.

—¿Quiere dar a entender que hubiera preferido renunciar al dinero? —preguntó Poirot.

Por un fugaz momento vislumbré una especie de vacilación, una expresión diferente por completo que cruzaba los insípidos ojos azules de la señorita Lawson. Por un instante, me figuré que tenía delante a una mujer astuta e inteligente, en lugar de la alelada y amable de antes.

—Desde luego, ese es el otro aspecto de la cuestión —dijo con una risita—. Me refiero a que en todas las cuestiones hay dos caras. Está claro que la señorita Arundell quería dejarme el dinero. Entendí que, si no lo aceptaba, iría contra sus deseos. Y eso no hubiera estado bien, ¿no?

—Es un dilema muy difícil —dijo Poirot, moviendo dubitativamente la cabeza.

—Sí, lo es. Le he dado muchas vueltas. La señora Tanios, Bella, es una mujer excelente. Y esos preciosos chiquillos... Estoy segura de que la señorita Arundell no hubiera querido que ella... Me parece que la pobre señorita Arundell deseaba que yo fuera discreta. No quiso dejar sin dinero abiertamente a Bella, pues temía que ese hombre le echara mano.

—¿Qué hombre?

—Su marido. Sepa usted, monsieur Poirot, que la pobre muchacha está dominada del todo por él. Hace todo lo que le ordena. ¡Hasta me atrevería a decir que Bella sería capaz de matar a alguien si él se lo mandara! Le tiene miedo; estoy absolutamente convencida. En varias ocasiones, he visto en sus ojos una mirada de terror. Y no hay derecho.

Mi amigo no contestó.

—¿Qué clase de hombre es el señor Tanios? —preguntó luego.

—Pues... —dijo la señorita Lawson, titubeando— es un hombre muy agradable.

Se detuvo, dubitativa.

—¿A usted no le inspira confianza?

—Pues no, no me la inspira. No sé por qué... —prosiguió la mujer—. ¡No me fío de ningún hombre! ¡Se oyen unas cosas tan terribles!... ¡Cuántas cosas tienen que sufrir las pobres mujeres casadas! ¡Es en realidad terrible! Desde luego, el doctor Tanios finge estar muy enamorado de su esposa y se porta muy bien con ella a la vista de todos. Tiene unos modales verdaderamente encantadores. Pero no me fío de los extranjeros. ¡Son tan falsos!... ¡Por eso estoy segura de que la señorita Arundell no quería que el dinero cayera en sus manos!

—También es muy duro para la señorita Theresa y el señor Charles verse privados de la herencia —sugirió Hércules Poirot.

Una mancha de color se extendió por el rostro de la mujer.

—¡Creo que Theresa tiene mucho más dinero del que le conviene! —exclamó con aspereza—. Solamente en ropa gasta cientos de libras. Y su ropa interior... ¡es indecente! Cuando una piensa en tantas chicas bonitas y hacendosas que tienen que ganarse la vida...

Poirot, cortés, completó la frase:

—Cree usted que a Theresa no le vendría mal ganarse también la vida durante una temporada.

La señorita Lawson lo miró con expresión solemne.

—Le haría mucho bien —dijo—. La haría volver en sí. La adversidad nos enseña muchas cosas.

Poirot asintió. La observaba con atención.

—¿Y Charles?

—Charles no se merece ni un penique —dijo ella secamente—. Si la señorita Arundell lo eliminó de su testamento, fue por muy buenas razones después de sus perversas amenazas.

—¿Amenazas? —Poirot arqueó las cejas.

—Sí, amenazas.

—¿Qué clase de amenazas? ¿Cuándo la amenazó?

—Déjeme recordar. Fue... Sí, desde luego, fue por Pascua. El mismo domingo de Pascua, ¡lo que todavía es peor!

—¿Qué le dijo él?

—¡Le pidió dinero y ella se negó a dárselo! Y luego él le dijo que aquello no era prudente. Que si adoptaba aquella actitud..., ¿cuál fue la frase que usó? Ah, sí, una expresión muy vulgar. Que se la cargaría.

—¿Amenazó con «cargársela»?

—Sí.

—¿Y qué dijo la señorita Arundell?

—Dijo: «Creo, Charles, que llegarás a darte cuenta de que sé cuidar de mí misma».

—¿Estaba usted en la misma habitación cuando ocurrió todo eso?

—Justo en la misma habitación, no —repuso la mujer, después de una ligera pausa.

—¡Vaya, vaya! —se apresuró a decir Poirot—. ¿Y qué replicó Charles?

—Dijo: «No esté tan segura».

—¿La señorita Arundell se tomó en serio esa amenaza?

—Pues no lo sé, no me dijo nada al respecto. Claro que tampoco era algo que me hubiera contado.

Mi amigo continuó sin alterarse:

—Usted sabía, desde luego, que la señora había hecho un testamento nuevo, ¿verdad?

—No, no. Ya le he dicho que para mí fue una gran sorpresa. Nunca supuse...

Poirot la interrumpió:

—Usted no conocía el contenido del testamento, pero sabía que se había hecho uno nuevo, ¿no es verdad?

—Lo sospeché cuando vi que llamaba al abogado mientras guardaba cama.

—Exacto. Eso fue después de que se cayera por la escalera, ¿verdad?

—Sí. *Bob*, así se llama el perro, dejó la pelota en lo alto de la escalera y ella resbaló y se cayó.

—Un desagradable accidente.

—¡Oh, sí! Pudo haberse roto un brazo o una pierna. Eso dijo el médico.

—Podría haberse matado, ¿no es así?

—Sí, desde luego.

La respuesta parecía completamente natural y franca.

Poirot dijo sonriendo:

—Vi a *Bob* en Littlegreen House.

—¡Oh, sí! Claro que tuvo que verlo. Es un perrito muy mono.

Nada me fastidia más que oír cómo llaman «perrito mono» a un terrier de caza. No era extraño, pensé, que *Bob* despreciase a la señorita Lawson y no hiciese nada de lo que ella le mandaba.

—¿Es muy inteligente? —continuó Poirot.

—Sí, mucho.

—Se hubiera llevado un buen disgusto si llega a saber que por culpa suya su ama casi se mata.

La señorita Lawson no contestó. Se limitó a mover la cabeza y a suspirar.

—¿Cree usted que aquella caída influyó en el hecho de que la señorita Arundell cambiara el testamento? —preguntó Poirot.

Pensé que nos estábamos acercando peligrosamente al hueso, pero la mujer pareció encontrar aquella pregunta muy natural.

—Sepa usted —comentó— que no me extrañaría que hubiera algo de cierto en eso. La caída le produjo una gran impresión, estoy convencida. A las personas ancianas no les gusta pensar que pueden morir. Pero un accidente como aquel te hace pensar. O quizá creyó que era un aviso de que su muerte no estaba lejos.

—Disfrutaba de buena salud, ¿verdad? —dijo Poirot al azar.

—¡Oh, sí! Muy buena.

—Entonces la enfermedad le sobrevino de repente, ¿no es así?

—Sí, fue una sorpresa. Aquella tarde nos visitaron unas amigas... —La señorita Lawson se interrumpió.

—Sus amigas, las señoritas Tripp. Tuve el gusto de conocerlas. Son encantadoras.

La cara de la mujer resplandeció de satisfacción.

—Sí, ¿verdad? ¡Qué mujeres tan educadas! ¡Se interesan por todo! ¡Y son tan espirituales! ¿Le contaron, quizá, algo sobre nuestras sesiones? Supongo que usted será un escéptico, pero ojalá pudiera describirle la inmensa alegría que se siente cuando uno se pone en comunicación con los que ya han muerto.

—Estoy seguro de ello. Estoy seguro.

—Sepa usted, monsieur Poirot, que mi madre ha hablado conmigo más de una vez. Se siente mucha alegría al saber que los que se fueron piensan y velan por nosotros desde el más allá.

—Sí, sí. Lo comprendo a la perfección —indicó Poirot con mucha gentileza—. ¿La señorita Arundell también era creyente?

La cara de la mujer se ensombreció un poco.

—Quería convencerse —dijo—. Pero no creo que llegara a pensar en ello con la disposición de ánimo adecuada. Era escéptica e incrédula... y en una o dos ocasiones su actitud atrajo a un tipo de espíritu indeseable de verdad. Hubo algunos mensajes muy impúdicos... debido, estoy convencida, a dicha actitud de decidido escepticismo.

—Convengo con usted en que la señora tuvo la culpa de ello —asintió Poirot.

—Pero aquella noche...—continuó la señora Lawson—. Quizá Isabel y Julia se lo han contado. Se produjo un fenómeno curioso, el principio de una materialización. El ectoplasma, ¿sabe qué es el ectoplasma?

—Sí, sí. Sé perfectamente de qué se trata.

—Sale de la boca del médium en forma de cinta y se convierte en una figura. Ahora estoy convencida, monsieur Poirot, de que sin saberlo la señorita Arundell era una médium. Esa noche vi con claridad cómo una cinta luminosa salía de su boca y su cabeza quedaba envuelta por una niebla luminosa.

—¡Muy interesante!

—Pero, por desgracia, la señorita Arundell se puso enferma de repente y tuvimos que suspender la sesión.

—¿Cuándo llamaron al médico?

—A primera hora de la mañana siguiente.

—¿Pensó él que la cosa era grave?

—Mandó a una enfermera la noche siguiente, pero creo que el médico confiaba en que la señora saldría de aquella crisis.

—Y ellos..., perdóneme, ¿avisaron a los parientes?

La señorita Lawson se sonrojó.

—Los avisamos tan pronto como fue posible, es decir, cuando el médico dijo que la señora estaba grave.

—¿Cuál fue la causa de la enfermedad? ¿Algo que comió, tal vez?

—No, supongo que no fue nada en concreto. El médico dijo que no había sido muy cuidadosa con el régimen que debía seguir. Y añadió que el ataque se produjo, con toda seguridad, a causa de un enfriamiento. El tiempo fue muy variable durante aquellos días.

—Theresa y Charles Arundell estuvieron allí aquel fin de semana, ¿verdad?

La señorita Lawson apretó los labios.

—Sí, vinieron.

—La visita no tuvo mucho éxito —sugirió Poirot, sin dejar de vigilarla atentamente.

—No, no lo tuvo. —La mujer añadió rencorosa—: ¡La señora sabía a lo que habían venido!

—¿De qué se trataba?

—¡Dinero! —exclamó—. No lo consiguieron.

—¿No? —dijo Poirot.

—Y creo que el doctor Tanios vino después por la misma razón —prosiguió ella.

—¿El doctor Tanios? ¿Estuvo allí durante el mismo fin de semana?

—Sí, vino el domingo. Su visita duró cerca de una hora.

—Parece que todos perseguían el dinero de la pobre la señorita Arundell —aventuró Poirot.

—Lo sé. No es un pensamiento agradable, ¿verdad?

—No, desde luego —dijo mi amigo—. Tuvo que ser una fuerte impresión para Charles y Theresa enterarse de que su tía los había desheredado por completo.

La señorita Lawson lo miró un tanto asombrada.

—¿No fue así? ¿No los informó en concreto de ello? —continuó Poirot.

—Tanto como eso no lo podría asegurar. No oí nada al respecto. Que yo sepa, no se hizo ningún comentario. Ambos hermanos parecían bastante animados cuando se marcharon.

—¡Ah! Posiblemente me han informado mal. Con toda seguridad, la señorita Arundell guardaría el testamento en su casa, ¿verdad?

La señorita Lawson dejó caer las gafas y se inclinó para recogerlas.

—No se lo puedo asegurar. No, creo que se lo llevó el señor Purvis.

—¿Quién fue el albacea?

—El propio señor Purvis.

—¿Se pasó por allí después del fallecimiento y revisó todos los papeles de la señorita Arundell?

—Sí, eso hizo.

Poirot la miró fijo y formuló una pregunta inesperada:

—¿Le cae bien a usted el señor Purvis?

—¿Que si me cae bien el señor Purvis? Pues, en realidad, es una pregunta difícil de contestar, ¿no cree? Quiero decir que estoy convencida de que es muy listo, un abogado muy bueno. ¡Pero tiene unos modales demasiado bruscos! Me refiero a que no es muy agradable que le hablen a una como si..., bueno, la verdad es que no puedo explicarlo. Es muy cortés, pero al mismo tiempo algo brusco. Eso es lo que quería decir.

—Una situación difícil para usted —dijo Poirot comprensivo.

—Sí, desde luego.

La señorita Lawson suspiró hondo y movió la cabeza.

Mi amigo se levantó.

—Muchísimas gracias, mademoiselle, por su amabilidad y por la ayuda que me ha prestado.

La mujer se levantó también. Parecía estar algo confundida.

—Creo que no tiene por qué darme las gracias. ¡Nada de eso! Me alegraré si le he sido útil. Si hay alguna cosa más que yo pueda hacer...

Poirot se dirigía ya hacia la puerta cuando se detuvo para manifestar en voz baja:

—Creo, señorita Lawson, que hay algo que debe saber. Charles y Theresa esperan poder impugnar el testamento.

Las mejillas de ella se tiñeron de rojo.

—No pueden hacerlo —dijo secamente—. Mi abogado me lo aseguró.

—¡Ah! —exclamó Poirot—. Entonces ¿ha consultado usted a un abogado?

—Claro que sí. ¿Por qué no había de hacerlo?

—No hay ninguna razón para que no lo hiciera. Ha sido un paso muy prudente. Buenos días, mademoiselle.

Una vez que salimos de Clanroyden Mansions y nos encontramos en la calle, Poirot exhaló un profundo suspiro.

—Hastings, *mon ami*, o esa mujer es justo lo que parece o es muy buena actriz.

—Por lo visto, no cree que la muerte de la señorita Arundell se deba a otra cosa más que a causas naturales. Ya se habrá dado cuenta —indiqué.

Poirot no contestó. Hay momentos en que sabe hacerse muy bien el sordo. Detuvo un taxi.

—Al hotel Durham, en Bloomsbury —ordenó al taxista.

16

La señora Tanios

—Unos caballeros desean verla, señora.

La mujer, que estaba escribiendo en una de las mesas del salón del hotel Durham, volvió la cabeza y luego se levantó para encaminarse hacia nosotros con aire de incertidumbre.

La señora Tanios podía tener cualquier edad por encima de los treinta años. Era delgada y alta, con el cabello oscuro y los ojos un poco saltones en un rostro de expresión angustiada. Llevaba un bonito sombrero, colocado sin gracia, y un vestido de algodón que pedía a gritos un buen planchado.

—No creo... —empezó en tono vago.

Poirot hizo una reverencia.

—Venimos de ver a su prima, la señorita Theresa Arundell.

—¡Ah! ¿A Theresa? ¿Sí?

—¿Podría hablar con usted en privado?

La señora Tanios miró a su alrededor con aire distraído. Poirot sugirió un sofá que había en uno de los extremos del salón.

Mientras nos dirigíamos hacia allí, una voz aguda chilló:

—¿Adónde vas, mamá?

—Estaré en aquel sofá. Sigue escribiendo la carta, querida.

La chiquilla delgada y de aspecto enfermizo, que aparentaba tener unos siete años, volvió a sentarse y reanudó lo que, evidentemente, era para ella una difícil tarea. La lengua, que asomaba entre sus labios entreabiertos, daba a entender los esfuerzos que hacía al redactar.

El rincón estaba desierto. La señora Tanios tomó asiento y nosotros la imitamos. La mujer miró interrogativamente a Poirot.

Mi amigo empezó a hablar:

—Es respecto a la muerte de su tía, la difunta la señorita Arundell.

¿Estaba viendo visiones o, de repente, sorprendí una mirada de alarma en aquellos pálidos y prominentes ojos?

—¿Sí?

—La señorita Arundell —dijo Poirot— modificó su testamento muy poco antes de su muerte. Como consecuencia del último que otorgó, la señorita Lawson heredó toda su fortuna. Lo que quiero saber, señora Tanios, es si desea usted unirse a sus primos, la señorita Theresa y el señor Charles Arundell, para intentar que ese testamento sea declarado nulo.

—¡Oh! —La mujer lanzó un profundo suspiro—. No creo que eso sea posible, ¿no le parece? Mi marido consultó a un abogado, que le aconsejó que sería mejor no intentar nada.

—Los abogados, madame, son gente muy precavida. Su consejo, por regla general, es evitar los pleitos a cualquier precio, y no hay duda de que tienen razón. Pero a veces vale la pena correr el riesgo. Yo no soy abogado y, por lo tanto, veo el asunto de una manera distinta. La señorita Arundell, Theresa Arundell, está dispuesta a intentarlo. ¿Y usted? ¿Lo haría?

—Yo... ¡Oh! En realidad, no lo sé. —Entrelazó nerviosamente los dedos de las dos manos—. Tendré que consultarlo con mi marido.

—Por supuesto, debe usted consultar con su marido antes de emprender cualquier acción. Pero ¿cuál es su opinión particular sobre el asunto?

—A decir verdad, no lo sé. —La señora Tanios parecía más angustiada de lo que era de esperar—. Todo depende de lo que diga mi marido.

—Pero usted, personalmente, ¿qué opina?

La mujer frunció el ceño y luego dijo con lentitud:

—Creo que no me gusta mucho la idea. Me parece... me parece indecente, ¿no?

—¿Lo es, madame?

—Sí. Después de todo, si tía Emily prefirió no legar nada a su familia, supongo que debemos aceptarlo.

—Entonces ¿no se siente usted defraudada?

—¡Oh, sí! —Un leve rubor se extendió por sus mejillas—. ¡Creo que ha sido una injusticia! ¡Una gran injusticia! Y, además, muy inesperada. Parece mentira que tía Emily pudiera hacer algo así. Por otra parte, se ha ocasionado un perjuicio a los niños.

—¿Cree usted que todo ello ha sido impropio de su tía?

—¡Diría que ha sido una cosa de lo más extraordinaria por su parte!

—Entonces ¿es posible que no actuara por su libre voluntad? ¿Cree usted que, quizá, estuviera sometida a influencias indebidas?

La señora Tanios frunció el ceño otra vez. Luego dijo, casi de mala gana:

—Lo difícil del caso es que no puedo imaginarme a nadie que pudiera ejercer influencia sobre tía Emily. Era una mujer muy decidida.

Poirot asintió.

—Sí, es verdad. Y a la señorita Lawson difícilmente se la puede describir como un carácter dominante.

—No, la pobre es buena persona. Quizá algo tonta, pero muy amable. Por eso sobre todo es por lo que me figuro que...

—¿Qué, madame? —preguntó Poirot, viendo que ella se detenía.

La señora Tanios volvió a entrelazar sus dedos mientras contestaba:

—Pues que sería ruin tratar de invalidar el testamento. Estoy segura de que bajo ningún concepto la señorita Lawson pudo hacer nada que... Estoy completamente segura de que ella es incapaz de planear una cosa así ni de intrigar.

—Una vez más estoy de acuerdo con usted, madame.

—Y por eso creo que recurrir a la ley sería indigno y vengativo. Además, costaría mucho dinero, ¿no?

—Sí, sería caro.

—Y con toda probabilidad inútil. Aunque debe usted hablar con mi marido. Tiene mucho mejor cerebro que yo para los negocios.

Poirot calló un momento y luego preguntó:

—A su juicio, ¿qué razón se esconde detrás del hecho de que su tía hiciera otro testamento?

Un repentino rubor cubrió el rostro de la señora Tanios, al mismo tiempo que murmuraba:

—No tengo ni la menor idea.

—Madame, le he dicho que no soy abogado. Pero usted no me ha preguntado cuál es mi profesión.

Ella lo miró con curiosidad.

—Soy detective. Y poco antes de morir, la señorita Emily Arundell me escribió una carta.

La señora Tanios se inclinó hacia delante con las manos entrelazadas con fuerza.

—¿Una carta? —preguntó de pronto—. ¿Sobre mi marido?

Poirot la observó durante unos instantes y dijo despacio:

—Me temo que por ahora no puedo contestar a esa pregunta.

—Entonces fue sobre mi marido —replicó ella levantando un poco la voz—. ¿Qué le decía mi tía? Le aseguro, señor... No sé su nombre...

—Me llamo Poirot, Hércules Poirot.

—Le aseguro, monsieur Poirot, que cualquier cosa que le dijera en esa carta sobre mi marido es por completo falsa. ¡Sé también quién inspiró esa carta! Y esa es otra de las razones por las cuales no quiero tomar parte en ninguna acción que emprendan Theresa y Charles. A Theresa nunca le gustó mi marido. ¡Ha dicho muchas cosas! ¡Sé que las ha dicho! Tía Emily tenía prejuicios contra él porque no era inglés y, por lo tanto, pudo haberse creído todo lo que le contara mi prima sobre él. Pero nada de eso es verdad, monsieur Poirot, le doy mi palabra de honor.

—Mamá, ya he terminado la carta.

La señora Tanios se volvió con ligereza. Sonriendo afectuosamente, tomó la carta que le tendía la niña.

—Está muy bien, cielo, es muy bonita. ¡Ah! Y el dibujo de Mickey Mouse es precioso.

—¿Qué hago ahora, mamá?

—¿Quieres comprar una postal con una vista de Londres? Toma el dinero. Ve adonde está señor que está en el vestíbulo y escoge una. Luego se la puedes enviar a Selim.

La chiquilla se fue. Recordé lo que había dicho Charles Arundell: la señora Tanios era, desde luego, una madre muy cariñosa. Era también, como había observado él, algo parecida a una mamá ganso.

—¿Es su única hija, madame?

—No, tengo también un hijo. Ha salido con su padre.

—¿Los llevaba a Littlegreen House cuando visitaba usted a su tía?

—Sí, a veces. Pero como comprenderá, mi tía era ya mayor y los niños la molestaban, aunque era muy amable y siempre les enviaba regalos muy bonitos por Navidad.

—Por favor, dígame: ¿cuándo vio usted por última vez a la señorita Emily Arundell?

—Creo que fue diez días antes de su fallecimiento.

—Su marido, sus dos primos y usted estuvieron en la casa, ¿no es verdad?

—¡Oh, no! Eso fue el fin de semana anterior. Por Pascua.

—¿Y usted y su marido volvieron otra vez a la semana siguiente?

—Sí.

—¿Y la señorita Arundell gozaba en ese momento de buena salud?

—Sí, parecía estar mejor que de costumbre.

—¿No estaba enferma en cama?

—Había guardado cama por una caída que sufrió, pero cuando estuvimos allí por última vez, había vuelto a hacer vida normal.

—¿Les dijo algo referente a que había cambiado el testamento?

—No, no nos dijo nada.

—¿Los trató de la misma forma que siempre?

Hubo una larga pausa, hasta que ella confirmó:

—Sí.

En aquel momento, estuve seguro de que tanto Poirot como yo teníamos la misma convicción. ¡La señora Tanios estaba mintiendo!

Poirot esperó unos instantes y luego prosiguió:

—Quizá me he expresado mal al preguntarle si la señorita Arundell los trató igual que siempre. Quería decir si la trató a usted en concreto como de costumbre.

La mujer respondió enseguida:

—¡Ah! Ya comprendo. Tía Emily fue muy amable conmigo. Me regaló un pequeño broche de perlas y diamantes, y me dio diez chelines para cada uno de los chicos.

No había ya reserva en sus ademanes. Las palabras fluían como un torrente.

—Y respecto a su marido, ¿no cambió la señorita Arundell su actitud con él?

La reserva se apoderó otra vez de nuestra interlocutora. Rehuyó la mirada de Poirot cuando contestó:

—No, desde luego que no. ¿Por qué había de hacerlo?

—Desde el momento en que usted ha sugerido que su prima Theresa intentó envenenar los sentimientos de su tía...

—¡Lo hizo! ¡Estoy segura de que lo hizo! —La mujer se adelantó con anhelo—. Tiene usted razón. ¡Hubo un cambio! Mi tía se mostró de pronto muy distante con él y se comportó de una forma extraña. Mi marido le recomendó un compuesto digestivo especial, incluso se tomó la molestia de ir él mismo a la farmacia a recogerlo. Ella le dio las gracias de una manera algo seca y, después, yo misma vi cómo vaciaba en el lavabo el frasco de la medicina.

Su imaginación era vehemente.

Poirot parpadeó.

—Una conducta muy extraña —apuntó mi amigo con voz deliberadamente calmada.

—Creo que fue una gran ingratitud —añadió con calor la esposa del doctor Tanios.

—Como usted bien dice, las señoras ancianas a menudo no se fían de los extranjeros —señaló Poirot—. Estoy seguro de que todas consideran a los médicos ingleses como los únicos del mundo. La insularidad influye mucho en eso.

—Sí, supongo que debe de ser así —replicó la mujer, más calmada.

—¿Cuándo regresa a Esmirna, madame?

—Dentro de unas semanas. Mi marido... ¡Ah! Aquí vienen mi marido y Edward.

17

El doctor Tanios

Debo confesar que la primera vez que vi al doctor Tanios me llevé una sorpresa. Le había imaginado con toda clase de atributos siniestros. Me lo había figurado como un extranjero barbudo y moreno de aspecto malévolo.

En su lugar, vi a un hombre fornido, alegre, de cabellos y ojos castaños. Y aunque en realidad llevaba barba, era un modesto añadido que le daba cierto aspecto de artista. Hablaba inglés con corrección y su voz tenía un agradable timbre que se correspondía con el jovial buen humor que reflejaba en su cara.

—Ya estamos aquí —dijo sonriendo a su esposa—. Edward se ha emocionado mucho con su primer viaje en metro. Hasta ahora solo había viajado en autobús.

Edward se parecía mucho a su padre, pero tanto él como su hermanita tenían decididamente aspecto extranjero. Comprendí lo que la señorita Peabody había querido decir cuando los describió como unos niños de apariencia enfermiza.

La presencia del marido hizo que la señora Tanios se pusiera nerviosa. Tartamudeando un poco, le presentó a Poirot. A mí me omitió.

El doctor Tanios reconoció de inmediato el nombre.

—¿Poirot? ¿Monsieur Hércules Poirot? Conozco muy bien su nombre. ¿Y qué es lo que desea de nosotros, monsieur Poirot?

—Se trata de un asunto relacionado con una señora que

falleció hace poco: la señorita Emily Arundell —replicó mi amigo.

—¿La tía de mi esposa? ¿Qué pasa con ella?

Poirot habló con lentitud:

—Han surgido ciertos aspectos relacionados con su muerte...

La señora Tanios lo interrumpió de pronto:

—Es debido al testamento, Jacob. Monsieur Poirot ha hablado con Theresa y Charles.

La actitud del doctor Tanios se relajó un poco. Se dejó caer en una silla.

—¡Ah! El testamento. ¡Un testamento injusto! Pero, al fin y al cabo, supongo que no es asunto mío.

Poirot describió en términos generales su entrevista con los dos hermanos Arundell —debo señalar que sus palabras estaban lejos de la verdad— y, con cautela, apuntó la posibilidad de invalidar el testamento.

—Me interesa mucho, monsieur Poirot. Incluso diría que comparto su opinión: algo tiene que poder hacerse. Por mi parte he consultado a un abogado, aunque sus consejos no fueron muy alentadores. Por lo tanto... —Se encogió de hombros.

—Los abogados, como ya le he dicho a su esposa, son gente muy precavida. No les gusta correr riesgos. ¡Pero yo soy diferente! ¿Y usted?

El doctor Tanios soltó una risa franca y juguetona.

—¡Oh! Estoy dispuesto a correrlos. Lo he hecho a menudo, ¿no es verdad, Bella?

Le dirigió una sonrisa que ella le devolvió, según me pareció, de una manera mecánica.

El doctor centró de nuevo su atención en Poirot.

—Yo no soy abogado —aclaró mi amigo—, pero, en mi opinión, está perfectamente claro que el testamento se cambió cuando la anciana no era responsable de sus actos. La señorita Lawson es lista y astuta.

La señora Tanios se agitó nerviosamente. Poirot la miró de pronto.

—¿No está usted de acuerdo, madame?

Ella contestó con voz débil:

—Siempre fue muy amable. Yo no la llamaría astuta.

—Era amable contigo —dijo el doctor Tanios— porque no tenía nada que temer de ti, querida Bella. ¡Eres muy crédula!

Habló con su buen humor, pero su esposa se sonrojó.

—Respecto a mí, la cosa cambia —prosiguió él—. Yo no le gustaba. ¡Y no trataba de ocultarlo! Le contaré un detalle. La tía de mi esposa se cayó por la escalera mientras estábamos allí. Yo insistí en volver el siguiente fin de semana para ver cómo seguía y la señorita Lawson hizo todo lo que pudo para impedir nuestro propósito. No tuvo éxito, pero se molestó mucho. La razón era clara: quería a la anciana para ella sola.

Poirot se volvió otra vez hacia la mujer.

—¿Está de acuerdo, madame?

El marido no le dio tiempo a contestar.

—Bella tiene un corazón demasiado sensible —dijo—. No conseguirá usted que atribuya malos sentimientos a nadie, pero estoy seguro del todo de que tengo razón. Le diré otra cosa, monsieur Poirot: ¡el secreto del poder de la señorita Lawson sobre la tía de mi esposa era el espiritismo! Así es como lo hizo todo, estoy convencido.

—¿Lo cree usted así?

—Completamente, mi querido amigo. He visto gran cantidad de casos como este. La gente es fácil de embaucar. ¡Se sorprendería usted! En especial alguien de la edad de la señorita Arundell. Estoy dispuesto a apostar algo a que la sugestionó de esa forma. Un espíritu, con toda seguridad el de su difunto padre, le ordenó que alterara el testamento y le dejara el dinero a la señorita Lawson. Tenía poca salud, era crédula.

La señora Tanios hizo un ligero movimiento. Poirot se dirigió a ella.

—¿Cree usted que es posible?... ¿Sí?

—Habla, Bella —dijo su marido—. Danos tu opinión.

La miró, como animándola. Pero el rápido vistazo que ella le dirigió fue algo extraño. Dudó un momento y luego indicó:

—No sé casi nada de esas cosas, aunque diría que tienes razón, Jacob.

—Estoy convencido de ello. ¿Y usted, monsieur Poirot?

Poirot asintió.

—Puede ser, sí. ¿Estuvieron ustedes en Market Basing el fin de semana antes de que muriera la señorita Arundell?

—Estuvimos allí por Pascua y volvimos el fin de semana siguiente, eso es.

—No, no. Me refiero al fin de semana después de ese: el día veintiséis. Tengo entendido que estuvo usted allí el domingo.

—Oh, Jacob, ¿fuiste a verla?

La señora Tanios miró a su marido asombrada. Él se volvió con rapidez.

—Sí, ¿no te acuerdas? Me marché por la tarde. Te lo comenté.

Mi amigo y yo nos quedamos contemplándola. La mujer, nerviosa, se echó el sombrero todavía más hacia atrás.

—Seguro que te acordarás, Bella —continuó su marido—. ¡Qué memoria tan terrible tienes!

—Desde luego —se excusó ella con una ligera sonrisa—. Es verdad, tengo muy mala memoria. Y, al fin y al cabo, no hace aún ni dos meses que ocurrió.

—La señorita Theresa Arundell y el señor Charles Arundell estaban allí también, ¿no es así? —dijo Poirot.

—Puede ser —contestó Tanios sin inmutarse—. Yo no los vi.

—Entonces ¿estuvo usted allí poco tiempo?

—Oh, sí, una media hora más o menos.

La inquisitiva mirada de Poirot pareció hacerlo sentirse incómodo.

—Será mejor que lo diga —declaró con un guiño—. Esperaba conseguir un préstamo, pero no tuve éxito. Me temo que la tía de mi esposa no me apreciaba mucho. Era una lástima, porque a mí me resultaba simpática. Era una señora muy agradable.

—¿Puedo preguntarle algo con toda franqueza, doctor Tanios?

¿Hubo o no una expresión de alarma en los ojos del médico?

—Claro que sí, monsieur Poirot.

—¿Cuál es su opinión sobre Charles y Theresa Arundell?

El médico pareció un poco aliviado.

—¿Charles y Theresa? —Miró a su esposa con afecto—. Bella, querida, supongo que no te importará que me exprese con franqueza sobre tu familia.

Ella negó con la cabeza al tiempo que esbozaba una sonrisa.

—Entonces, mi opinión es que tanto el uno como la otra están completamente corrompidos. Aunque resulte curioso, prefiero a Charles. Es un bribón, pero un bribón agradable. No tiene idea de lo que es la moral, pero no puede hacer nada por remediarlo. Hay mucha gente que nace así.

—¿Y Theresa?

El médico dudó un momento.

—No sé qué decirle. Es una joven extraordinariamente atractiva, pero diría que es despiadada. Mataría a cualquiera con la mayor sangre fría, si ello le reportara un beneficio en su cuenta corriente. Esa es mi impresión, por lo menos. No sé si sabe usted que a su madre la juzgaron por asesinato.

—Y fue absuelta —dijo Poirot.

—Eso es: absuelta —prosiguió Tanios con presteza—. Pero, de todas formas, es algo que da que pensar.

—¿Conoce usted al joven con quien está prometida?

—¿Donaldson? Sí, cenó con nosotros una noche.

—¿Qué opinión le merece?

—Es un muchacho muy listo. Creo que llegará lejos si le dan la oportunidad. Le hace falta dinero para especializarse.

—¿Quiere usted decir que destaca en su profesión?

—Sí, eso es lo que he querido dar a entender. Es un cerebro de primera clase —sonrió—. Todavía no es un astro que brille en sociedad: resulta un poco pedante y relamido en sus maneras. Theresa y él forman una pareja muy cómica. La atracción de los polos opuestos. Ella es una mariposa mundana y él, un ermitaño.

Mientras, los dos niños importunaban a la madre.

—Mamá, ¿cuándo comeremos? Tengo mucha hambre. Ya es tarde.

Poirot miró el reloj y lanzó una exclamación.

—¡Mil perdones! Les estoy haciendo retrasar la hora de la comida.

La señora Tanios miró a su marido y dijo con tono vacilante:

—Quizá podríamos ofrecerles...

Poirot replicó con rapidez:

—Es usted muy amable, madame, pero tengo un compromiso y ya llego tarde.

Estrechó la mano al matrimonio y a los niños. Yo hice lo mismo. Nos detuvimos unos minutos en el vestíbulo, pues Poirot quería telefonear. Lo esperé junto al mostrador del conserje.

Mientras tanto, vi salir a la señora Tanios y buscar a alguien con la mirada. Parecía como si la persiguieran o acosaran. Al final me vio y se dirigió velozmente hacia donde yo estaba.

—¿Su amigo monsieur Poirot se ha ido?

—No, está en la cabina.

—¡Ah!

—¿Quiere usted hablar con él?

Asintió mientras su nerviosismo aumentaba.

Poirot salió en aquel momento de la cabina y nos vio. Vino hacia nosotros con paso rápido.

—Monsieur Poirot —dijo la mujer con voz apremiante—, hay algo que me gustaría decirle, que debo decirle...

—¿Sí, madame?

—Es importante... Muy importante. Verá...

Se interrumpió. El doctor Tanios y los dos niños salían en ese instante del salón y se acercaron a nosotros.

—¿Qué, despidiéndote de monsieur Poirot, Bella?

Su tono denotaba buen humor, y una sonrisa de satisfacción distendía su rostro.

—Sí... —La mujer dudó un momento y luego prosiguió—: Bueno, en realidad, eso es todo, monsieur Poirot. Solo quería rogarle que dijera a Theresa que estaremos a su lado en cualquier acción que decida emprender. Opino que la familia debe estar unida.

Se despidió más animada. Se cogió del brazo de su marido y se dirigió hacia el comedor.

Puse una mano sobre el hombro de Poirot.

—¡Eso no es lo que ella había empezado a decir!

Mi amigo meneó la cabeza, mientras observaba a la pareja que se alejaba.

—Cambió de idea —continué.

—Sí, *mon ami*, cambió de idea.

—¿Por qué?

—Eso me gustaría saber —murmuró.

—Nos lo dirá en otra ocasión —dije yo, confiado.

—Me extrañaría. Más bien me temo que no nos lo dirá.

18

Hay gato encerrado

Comimos en un pequeño restaurante, no lejos del hotel. Yo estaba ansioso por saber qué deducciones había sacado mi amigo de su conversación con los distintos miembros de la familia Arundell.

—¿Y bien, Poirot? —pregunté con impaciencia.

Mi amigo me lanzó una mirada desaprobadora y volvió a dedicar toda su atención a la carta. Después de escoger y pedir la comida, se recostó en la silla, partió un panecillo en dos y dijo con entonación ligeramente burlona:

—¿Y bien, Hastings?

—¿Qué piensa usted de ellos, ahora que ha hablado con todos?

Poirot replicó con lentitud:

—*Ma foi*, creo que es un grupo muy interesante. De verdad, ¡este caso supone una investigación muy agradable! Es, como dicen ustedes, una caja de sorpresas. Fíjese que cada vez que comento: «Recibí una carta que me escribió la señorita Arundell antes de morir», algo sale a relucir. Por la señorita Lawson me enteré del dinero robado. La señora Tanios dijo enseguida: «¿Sobre mi marido?». ¿Por qué sobre su marido? ¿Qué podría haberme escrito la señorita Arundell a mí, Hércules Poirot, sobre el doctor Tanios?

—Esa mujer sabe algo —repliqué.

—Sí, sabe algo. Pero ¿qué? La señorita Peabody nos dijo que Charles Arundell sería capaz de matar a su abuela por dos chelines. La señorita Lawson dice que la señora Tanios mataría a cualquiera si su marido se lo ordenara. El doctor Tanios asegura que Charles y Theresa están corrompidos hasta la médula e insinúa que su madre estuvo acusada de asesinato, y añade, sin darle importancia al parecer, que Theresa es capaz de asesinar a sangre fría.

»Cada uno tiene formada una bonita opinión de los demás. ¡Todos sin excepción! El doctor Tanios cree, o dice creer, que hubo influencias indebidas respecto al testamento. Su mujer, antes de que él llegara, no parecía pensar tal cosa. Al principio, ella no quería hacer nada para impugnarlo. Luego cambió de opinión. Dese cuenta, Hastings, es como un estofado que hierve y borbotea y, de vez en cuando, sale a la superficie algo muy significativo que podemos ver. Hay algo en el fondo de todo esto. Sí, ¡hay algo! ¡Lo juro, como que me llamo Hércules Poirot!

A mi pesar, quedé impresionado por su fervor.

Al cabo de unos momentos, dije:

—Quizá tenga usted razón. Pero todo parece tan vago, tan nebuloso.

—Pero ¿me concede usted que hay algo?

—¡Sí! —proferí, desorientado e indeciso—. Creo que sí.

Poirot se inclinó sobre la mesa. Sus penetrantes ojos se clavaron en mí.

—Sí, ha cambiado usted. Ya no se muestra divertido ni bromista ni parece indulgente con mis divagaciones académicas. Pero ¿qué es lo que lo ha convencido? No ha sido mi excelente modo de razonar..., *non, ce n'est pas ça!* Sino que ha sido algo... algo independiente por completo lo que le ha producido este efecto. Dígame, amigo mío, ¿qué es lo que le ha inducido, tan de repente, a tomarse en serio este asunto?

—Creo —respondí con lentitud— que ha sido la señora Tanios. Parece... parecía asustada.

—¿Asustada de mí?

—No, de usted no. Es otra cosa. Al principio hablaba de manera muy sosegada; sentía un resentimiento natural contra los términos del testamento, pero, por lo demás, parecía resignada y dispuesta a dejar las cosas como están. Era la actitud natural de una mujer bien educada aunque apática. Y luego ese cambio brusco, la rapidez con que ha apoyado el punto de vista del doctor Tanios. La forma en que ha salido al vestíbulo buscándonos casi de un modo furtivo.

Poirot asintió como si me animara a proseguir.

—Y otro pequeño detalle del cual, posiblemente, no se habrá percatado usted.

—¡Me he dado cuenta de todo!

—Me refiero al detalle de la visita que hizo su marido a Littlegreen House el último domingo antes de que falleciera la señorita Arundell. Juraría que ella no sabía nada sobre esa visita, que ha sido una sorpresa, pero le ha seguido el juego y ha confirmado que él se lo dijo. No me gusta, Poirot.

—Tiene usted mucha razón, Hastings, eso es muy significativo.

—Me ha transmitido que tenía mucho miedo.

Poirot volvió a asentir despacio.

—¿Ha sentido usted lo mismo? —pregunté.

—Sí. Podía palparse en el aire. —Tras un momento de silencio, prosiguió—: Y, no obstante, a usted le gusta Tanios, ¿verdad? Se ha encontrado con que es un hombre agradable, sincero, afable, cordial. Es atractivo, a pesar del prejuicio de ustedes los insulares contra los argentinos, los portugueses y los griegos. En fin, una persona simpática de verdad.

—Sí —admití—, lo es.

Durante el silencio que siguió, observé a Poirot. De pronto, pregunté:

—¿En qué está usted pensando, Poirot?

—Me estoy acordando de varias personas. El joven y elegante Norman Gale; el fanfarrón y entusiasta Evelyn Howard; el encantador doctor Sheppard; el apacible y leal Knigthon...

Por un momento, no comprendí estas referencias a gente que se había visto implicada en algunos de sus casos del pasado.

—¿Qué sucede con ellos? —indagué.

—Todos eran personas encantadoras.

—¡Dios mío, Poirot! ¿Cree usted que en realidad Tanios...?

—No, no. No se precipite en sus conclusiones, Hastings. Solo señalo que las impresiones personales de cada uno ante la gente son guías especialmente inseguras. No debe uno dejarse llevar por sus sentimientos, sino por los hechos.

—¡Hum! —refunfuñé—. Los hechos no son nuestro fuerte. No, no, por favor, ¡no volvamos otra vez sobre lo mismo, Poirot!

—Seré breve, amigo mío, no tema. Para empezar, tenemos un caso absolutamente cierto de intento de asesinato. Lo admite, ¿verdad?

—Sí —convine—, lo admito.

Hasta entonces yo había sido un poco escéptico respecto a lo que creía una reconstrucción más bien caprichosa de lo ocurrido en la noche del martes de Pascua. Sin embargo, me vi obligado a admitir que sus deducciones resultaban ahora perfectamente lógicas.

—*Très bien.* Está claro que no puede haber intento de asesinato sin asesino. Uno de los presentes aquella noche en Littlegreen House era un asesino en potencia, si no de hecho.

—Concedido.

—Entonces, este es nuestro punto de partida: un asesino. Hemos hecho algunas indagaciones, hemos removido el fango, como diría usted, ¿y qué hemos conseguido? Varias e interesantísimas acusaciones formuladas, al parecer de forma casual, en el curso de las conversaciones.

—¿Cree usted que no fueron casuales?

—Eso no es posible afirmarlo, por el momento. La despreocupada manera con que la señorita Lawson sacó a relucir el hecho de que Charles amenazó a su tía puede haber sido inocente o puede no haberlo sido. Las observaciones del doctor Tanios sobre Theresa Arundell puede que no tengan, en absoluto, ninguna malicia escondida, sino que sean tan solo la conclusión natural de un médico. Es probable que la señorita Peabody, por otra parte, sea franca en su opinión sobre las tendencias de Charles Arundell. Pero esto, al fin y al cabo, no deja de ser una opinión. Y así de forma sucesiva. Hay un dicho que se refiere a «un gato encerrado», ¿verdad? *Eh bien*, esto es justo lo que hemos descubierto. Aquí no hay un gato, sino un asesino encerrado.

—Me gustaría saber qué es lo que en realidad piensa usted, Poirot.

—Hastings, querido Hastings, yo no me permito «pensar». Es decir, en el sentido en que ha empleado usted la palabra. Por el momento, solo hago algunas reflexiones.

—¿Tales como...?

—Consideremos la cuestión del móvil. ¿Cuáles son los motivos más probables para desear la muerte de la señorita Arundell? El más evidente de ellos es el beneficio económico. ¿Quién habría ganado algo con su muerte si ésta hubiera sucedido el martes de Pascua?

—Todos a excepción de la señorita Lawson.

—Precisamente.

—Bueno, en ese caso, una persona queda eliminada de manera automática.

—Sí —replicó Poirot con aspecto pensativo—. Eso parece. Pero lo interesante es que la persona que no hubiera ganado nada si la muerte hubiera ocurrido el martes de Pascua, lo gana todo al ocurrir el fallecimiento dos semanas después.

—¿Qué es lo que pretende deducir, Poirot? —dije algo confundido.

—Causa y efecto, amigo mío, causa y efecto.

Lo miré con aire de duda.

—¡Piense con lógica! —prosiguió él—. ¿Qué ocurrió justo después de la caída?

Detesto a Poirot cuando se pone así. Cualquier cosa que uno diga puede estar equivocada. Así es que procedí con mucha precaución.

—La señorita Arundell estuvo en cama.

—Eso es. Y tuvo mucho tiempo para pensar. ¿Y luego?

—Le escribió una carta a usted.

—Sí, me escribió. Y la carta no fue echada al correo. Eso fue una grandísima lástima.

—¿Sospecha usted que hay algo raro en el hecho de que esa carta no se enviara?

Mi amigo frunció el entrecejo.

—Eso, Hastings, he de confesar que no lo sé. Creo, y en vista de lo ocurrido estoy casi seguro de ello, que la carta en realidad se extravió. Creo, además, pero no estoy seguro, que nadie supo que ella había escrito esa carta. Continúe, ¿qué ocurrió después?

Reflexioné.

—La visita del abogado —sugerí.

—Sí, ella lo mandó llamar y él acudió.

—Y la anciana redactó otro testamento —añadí.

—Precisamente. Hizo un testamento nuevo y completamente inesperado. Ahora, teniendo en cuenta este hecho, debemos considerar con mucho cuidado una declaración que nos hizo Ellen. Nos dijo, como usted recordará, que la señorita Lawson se preocupó mucho por conseguir que la noticia relativa a la ausencia de *Bob* durante la noche no llegara a oídos de su señora.

—Pero... Ah, ya me doy cuenta. No, no lo veo. ¿O comienzo a percatarme de lo que usted insinúa?...

—¡Lo dudo! —exclamó Poirot—. Pero si lo hace, espero que se dé cuenta de la suprema importancia de esta afirmación.

Me dirigió una mirada feroz.

—Desde luego, desde luego.

—Y después —continuó— sucedieron otras varias cosas. Charles y Theresa estuvieron allí el siguiente fin de semana y la señorita Arundell enseñó el testamento a Charles; al menos eso dice él.

—¿No lo cree usted?

—Yo solo creo en declaraciones que hayan sido comprobadas. La señorita Arundell no se lo enseñó a Theresa.

—Porque creyó que Charles se lo diría.

—Pero no fue así. ¿Por qué no lo hizo?

—Si hacemos caso de las manifestaciones de Charles, sí se lo dijo.

—Theresa recalcó que él no lo hizo. Una interesantísima y sugerente discrepancia. Y luego, cuando nos marchábamos, lo llamó imbécil.

—Me estoy quedando a oscuras, Poirot —dije en tono quejumbroso.

—Volvamos al curso de los hechos. El doctor Tanios volvió allí el domingo siguiente, con toda posibilidad sin que su esposa se enterara.

—Yo diría que con seguridad.

—Dejémoslo en probablemente. ¡Prosigamos! Charles y Theresa se fueron el lunes. La señorita Arundell gozaba entonces de buena salud, tanto espiritual como física. Cenó de forma espléndida y luego tuvo una sesión de espiritismo con las Tripp y la señorita Lawson. Hacia el final de la sesión, se sintió enferma. Se acostó y murió cuatro días después. La señorita Lawson heredó todo el dinero. ¡Y el capitán Hastings afirma que murió de muerte natural!

—¡Mientras que Hércules Poirot sostiene que se le suministró un veneno en la cena, sin que exista ninguna prueba de ello!

—Tenemos alguna prueba, Hastings. Recapacite sobre la conversación que sostuvimos con las hermanas Tripp. Y también sobre una declaración que puede entresacarse de la deshilvanada charla de la señorita Lawson.

—¿Se refiere usted a que tomó curry en la cena? Esa salsa puede ocultar con facilidad el gusto de una droga. ¿Es eso lo que quiere usted decir?

Poirot contestó con lentitud:

—Sí, quizá el curry tenga cierta significación.

—Pero si lo que usted supone, desafiando toda prueba médica, es verdad, solo la señorita Lawson o una de las criadas pudo envenenarla.

—Me extrañaría.

—¿Las hermanas Tripp? Tonterías. No puedo creerlo. Toda esa gente es inocente, sin duda alguna.

Poirot se encogió de hombros.

—Recuerde esto, Hastings. En casos como este, la estupidez y hasta la tontería pueden ir de la mano con la más grande de las argucias. Y no olvide el primer intento de asesinato. No fue la obra de un cerebro muy hábil o complejo. Fue un intento de asesinato muy sencillo, sugerido por *Bob* y su costumbre de dejar la pelota en lo alto de la escalera. La idea de tender un hilo de lado a lado en el primer peldaño fue simple y fácil. ¡Hasta un niño pudo haber pensado en ello!

Fruncí el ceño.

—Quiere usted decir...

—Quiero decir que lo que pretendemos encontrar es, justamente, una cosa: el deseo de matar. Nada más que eso.

—Pero el veneno tuvo que ser de los que no dejan ningún rastro, algo que le resultaría muy difícil de conseguir a una persona normal. ¡Oh, maldito sea este caso, Poirot! No puedo creer absolutamente nada de lo que dice. Todo es pura fantasía.

—Está usted equivocado, amigo mío. A resultas de las diversas entrevistas que hemos sostenido esta mañana, tengo ahora algo definido entre manos para resolver este asunto. Ciertas indicaciones, leves pero inequívocas. Lo único que pasa es que estoy asustado.

—¿Asustado? ¿De qué?

—De molestar al perro que duerme —indicó con gravedad—. Ese es uno de sus proverbios, ¿no es cierto? ¡Dejar tranquilo al perro dormido! Eso es lo que nuestro asesino hace ahora: duerme muy feliz al sol. Tanto usted como yo sabemos cuán a menudo un asesino que pierde la confianza vuelve a matar por segunda... ¡y hasta por tercera vez!

—¿Teme usted que ocurra eso?

—Sí, en el caso de que haya un asesino escondido, y yo creo que lo hay, Hastings. Sí, lo creo.

19

VISITAMOS AL SEÑOR PURVIS

Poirot pidió la cuenta y abonó su importe.

—¿Qué hacemos ahora? —pregunté.

—Lo que usted ha sugerido esta mañana. Iremos a Harchester y nos entrevistaremos con el señor Purvis. Por eso telefoneé desde el hotel Durham.

—¿Habló con el señor Purvis?

—¡No! Con Theresa Arundell. Le rogué que me facilitara una carta de presentación. Si queremos tener éxito, debemos estar avalados por la familia. Me prometió que la enviaría a mi piso con un recadero. Debe de estar allí, esperándonos.

Cuando llegamos, encontramos no solo la carta, sino también a Charles Arundell, que la había traído en persona.

—Tiene usted un piso muy bonito, monsieur Poirot —observó, mientras su mirada recorría el salón.

En ese momento, me di cuenta de que uno de los cajones del escritorio no estaba bien cerrado. Una pequeña tira de papel impedía que se cerrara por completo.

Si había alguna cosa absolutamente increíble, era que Poirot cerrase un cajón de esa forma. Miré a Charles con detenimiento. Había permanecido solo en la habitación mientras nos esperaba. Estaba claro que había pasado el rato husmeando entre los papeles de Poirot. ¡Menudo sinvergüenza! Noté cómo me ruborizaba por la indignación.

Charles, entretanto, mostraba el más jovial de los ánimos.

—Aquí la tiene —dijo, y sacó una carta de su bolsillo—. Todo conforme y correcto. Espero que tenga más suerte que nosotros con el viejo Purvis.

—Según deduzco, les dio muy pocas esperanzas.

—Fue del todo descorazonador. En su opinión, esa lagarta de la Lawson tenía todas las de ganar.

—¿Usted y su hermana no han considerado apelar a los buenos sentimientos de esa señorita?

Charles sonrió.

—Sí, ya lo consideré, pero parece que no hay nada que hacer. Mi elocuencia no sirvió de nada. El patético cuadro de la oveja negra descarriada, que por supuesto me esforcé en sugerir que no es tan negra como la pintan, no tuvo ningún éxito con esa mujer. ¡No le gusto en absoluto! No sé por qué. —El joven rio—. La mayoría de las viejas se prendan de mí con facilidad. Creen que nunca me ha comprendido nadie y que jamás me han dado una ocasión para demostrar lo que valgo.

—Un punto de vista muy provechoso.

—Resultó provechoso en otras ocasiones. Pero, como le he dicho, con la señorita Lawson fue una pérdida de tiempo. Me figuro que odia al género masculino. Es muy probable que fuera de las que se subían a las farolas ondeando una bandera feminista en los buenos tiempos de antes de la guerra.

—Bueno —dijo Poirot, que meneó la cabeza—. Cuando fallan los métodos más simples...

—Debemos pensar en el crimen —terminó Charles con jovialidad.

—Eso es —asintió Poirot—. Y ahora que hablamos de crímenes, dígame, joven, ¿es cierto que amenazó a su tía diciéndole que se la «cargaría» o algo por el estilo?

Charles tomó asiento en una silla, estiró las piernas y miró fijo a mi amigo.

—¿Quién ha dicho eso?

—No importa quién. ¿Es verdad?

—Algo hay de verdad en ello.

—Vamos, vamos. Cuénteme toda la historia; la verdadera, quiero decir.

—¡No faltaba más, señor! No hubo nada melodramático en lo que pasó. Quería darle un toque de atención, si es que comprende a lo que me refiero.

—Lo entiendo a la perfección.

—Bueno, la cosa no salió de acuerdo con el plan previsto. Tía Emily insinuó que cualquier esfuerzo por separarla de su dinero sería por completo inútil. No me enfadé, no perdí el buen humor por ello, pero se lo advertí con claridad. «Oiga, tía Emily —le dije—, sepa usted que con ese modo de hacer las cosas solo conseguirá que se la carguen.» Ella me preguntó con desdén qué era lo que quería decir. «Solo esto —le contesté—. Aquí tiene a sus amigos y parientes rodeándola con la boca abierta, más pobres que las ratas, esperando. ¿Y qué hace usted? Se aferra al dinero y se niega a repartir nada. Ese es el mejor motivo para que asesinen a cualquiera. Créame, si se la cargan, solo usted tendrá la culpa.»

»Entonces me miró por encima de las gafas, como de costumbre. Su mirada fue casi despectiva. "¡Oh! —dijo con voz bastante seca—. ¿Eso es lo que opinas del asunto?" "Ni más ni menos —contesté—. Afloje un poco los cordones de la bolsa, ese es mi consejo." "Gracias, Charles, por tu prudente consejo —contestó ella—, pero creo que llegarás a convencerte de que soy muy capaz de cuidar de mí misma." "Como guste, tía Emily", repliqué. Entretanto, yo sonreía de oreja a oreja y creo que ella no estaba tan enfadada como parecía. "No diga luego que no la avisé", añadí. "Lo recordaré", respondió ella. —El joven hizo una pausa.

»Y eso fue todo.

—Y, por lo tanto —dijo Poirot—, se contentó usted con unos pocos billetes que encontró en un cajón.

Charles se quedó mirando a mi amigo y luego lanzó una risotada.

—Me descubro ante usted —contestó—. ¡Es un buen sabueso! ¿Cómo se ha enterado?

—Entonces, ¿es verdad?

—¡Ah, por supuesto! Estaba sin un penique y necesitaba conseguir dinero como fuera. Encontré un bonito fajo de billetes en un cajón y me quedé con unos pocos. Fui muy modesto y no creí que nadie advirtiera mi pequeña sustracción. Si lo descubrían, probablemente pensarían que habían sido las criadas.

Poirot comentó con un tono seco:

—Habría sido muy desagradable para el servicio que esa sospecha se tomara en consideración.

Charles se encogió de hombros.

—Que cada cual se las arregle como pueda.

—Y que *le diable* cargue con el más tonto —dijo Poirot—. Ese es su lema, ¿verdad?

Charles lo miró con curiosidad.

—No sabía que la vieja lo hubiera descubierto. ¿Cómo llegó usted a saberlo y cómo se enteró de la conversación en la que le hablé a mi tía de su posible eliminación?

—Me lo dijo la señorita Lawson.

—¡Esa vieja bruja! —Me pareció que estaba un poco preocupado—. Nunca le gusté ni tampoco apreciaba a Theresa —añadió—. ¿Cree usted que guarda algo oculto en la manga?

—¿Qué podría ser?

—Oh, no lo sé. Es solo que me parece una vieja endemoniada. —Hizo una pausa—. Aborrece a Theresa.

—¿Sabe usted, señor Arundell, que el doctor Tanios visitó a su tía el domingo antes de que esta muriera?

—¿Qué...? ¿El domingo que nosotros estuvimos allí?

—Sí. ¿No lo vieron?

—No. Por la tarde salimos a dar un paseo. Supongo que

él llegaría entonces. Es curioso que tía Emily no nos dijera nada acerca de esta visita. ¿Quién se lo contó a usted?

—La señorita Lawson.

—¿La señorita Lawson otra vez? Parece ser una mina de información. —Calló durante un momento y luego prosiguió—: Ya sabe usted que Tanios es un buen tipo. Me gusta. Está siempre alegre y sonriente.

—Sí, tiene una personalidad muy atractiva —comentó Poirot.

Charles se levantó.

—Yo, en su lugar, hace años que hubiera asesinado a esa pesada de Bella. ¿No le ha dado la impresión de ser una de esas mujeres que el destino ha señalado como víctimas? Le aseguro que no me sorprendería si la encontrasen descuartizada en un baúl en Margate o en cualquier otro sitio.

—No son muy agradables las intenciones que atribuye al buen doctor —apuntó Poirot con severidad.

—No —contestó Charles meditabundo—. Y no creo, en realidad, que Tanios sea capaz de matar una mosca. Es demasiado buenazo.

—¿Y usted? ¿Sería capaz de cometer un asesinato si valiera la pena?

Charles soltó una risa franca y abierta.

—¿Piensa en el chantaje, monsieur Poirot? Nada de eso. Le puedo asegurar que no fui yo quien puso... —Se calló de repente y luego continuó—: Estricnina en la sopa de tía Emily.

Hizo un negligente ademán con la mano y se marchó.

—¿Intentaba asustarlo, Poirot? —pregunté—. Si es así, me temo que no ha tenido éxito. No ha mostrado ninguna reacción culpable.

—¿No?

—No. Parecía estar de lo más tranquilo.

—La pausa que ha hecho ha sido curiosa —observó Poirot.

—¿Una pausa?

—Sí, antes de la palabra «estricnina». Como si hubiera querido decir otra cosa y se hubiera arrepentido.

Me encogí de hombros.

—Con seguridad, estaba pensando en un veneno cuyo nombre sonara lo más tóxico posible.

—Puede ser. Pero dejemos esto. Me figuro que tendremos que pasar la noche en el George de Market Basing.

Diez minutos después estábamos cruzando Londres y nos dirigíamos otra vez hacia el campo.

Llegamos a Harchester alrededor de las cuatro de la tarde y nos encaminamos directos a las oficinas de Purvis, Purvis, Charlesworth & Purvis.

El señor Purvis era un hombre alto y robusto, de cabello blanco y cutis sonrosado. Tenía cierto aspecto de caballero rural. Sus modales eran corteses pero reservados.

Leyó la carta que le entregó Poirot y luego nos miró desde el otro lado de la mesa. Fue una mirada astuta y penetrante.

—Lo conozco a usted de nombre, desde luego, monsieur Poirot —dijo con cortesía—. La señorita Arundell y su hermano, por lo que veo, han contratado sus servicios en este asunto, aunque no acabo de comprender de qué manera se propone servirlos.

—Digamos, señor Purvis, que se trata de una investigación completa de todas las circunstancias que concurren en este caso.

El abogado replicó con sequedad:

—La señorita Arundell y su hermano ya conocen mi opinión, desde el punto de vista legal. Las circunstancias fueron perfectamente claras y no se prestaban a tergiversación.

—De acuerdo, de acuerdo —se apresuró a decir Poirot—. Pero estoy seguro de que usted no tendrá inconveniente en repetírmelas para que yo pueda hacerme cargo totalmente de la situación.

El abogado inclinó la cabeza.

—Estoy a su disposición.

Poirot empezó:

—La señorita Emily Arundell le escribió, con fecha de diecisiete de abril, dándole instrucciones, ¿no es así?

El señor Purvis consultó algunos papeles que tenía sobre la mesa.

—Sí, eso es.

—¿Puede explicarme qué le decía en su carta?

—Me rogaba que extendiera un testamento. En resumen, debía contener legados para las dos sirvientas y tres o cuatro para obras de caridad. El resto de toda su fortuna lo dejaba a Wilhelmina Lawson.

—Le ruego que me disculpe, señor Purvis, pero ¿no se sorprendió usted?

—Sí, lo admito..., me sorprendí.

—¿Tenía hecho la señorita Arundell un testamento anterior?

—Sí, redactó uno hace cinco años.

—En ese testamento, aparte de ciertos legados, dejaba su fortuna a su sobrino y a sus sobrinas, ¿verdad?

—El total de sus propiedades debía repartirse a partes iguales entre los hijos de su hermano Thomas y la hija de Arabella Biggs, su hermana.

—¿Qué hizo con ese testamento?

—A petición de la señorita Arundell, lo llevé conmigo cuando fui a visitar Littlegreen House el día veintiuno de abril.

—Le quedaría muy reconocido, señor Purvis, si me facilitara una descripción completa de todo lo que ocurrió ese día.

El abogado reflexionó durante unos instantes. Después, dijo con precisión:

—Llegué a Littlegreen House a las tres de la tarde. Me acompañaba uno de mis pasantes. La señorita Arundell me recibió en el salón.

—¿Qué aspecto tenía la señorita Arundell?

—Parecía gozar de buena salud, a pesar de que se apoyaba en un bastón para andar. Eso se debía, según tengo entendido, a una caída que había sufrido hacía poco. Su salud, como ya le he dicho, parecía buena. Me chocó que estuviera algo nerviosa y que sus ademanes fuesen bruscos.

—¿Estaba la señorita Lawson con ella?

—Cuando llegamos, sí. Pero nos dejó solos enseguida.

—Y luego, ¿qué pasó?

—La señorita Arundell me preguntó si había hecho lo que me había pedido y si había traído conmigo el testamento ya listo para que ella lo firmara. Le dije que sí. Yo... ejem... —Titubeó un momento y después continuó con rigidez—: Debo aclarar que, en la medida en que pude, expuse mis objeciones a la señorita Arundell. Le indiqué que dicho testamento sería considerado como una gran ingratitud e injusticia hacia su familia, la cual, al fin y al cabo, llevaba su propia sangre.

—¿Y qué contestó ella?

—Me preguntó si el dinero era o no suyo para poder hacer con él lo que quisiera. Le repliqué que, en realidad, así era. «Entonces, ya está», dijo. Le recordé que hacía muy poco tiempo que conocía a la señorita Lawson y le pregunté si estaba del todo segura de que la injusticia que iba a cometer respecto a su familia tenía justificación. Su respuesta fue: «Estimado amigo, sé perfectamente lo que estoy haciendo».

—¿Ha dicho usted que parecía excitada?

—La verdad, puedo decirle que sí. Pero compréndame, monsieur Poirot, estaba en plena posesión de sus facultades. Gozaba, en toda la extensión de la palabra, de la competencia para ocuparse de sus asuntos. Aunque mis simpatías están por completo de parte de la familia de la señorita Arundell, estoy obligado a mantener lo que he dicho ante cualquier tribunal.

—En eso estamos enteramente de acuerdo. Prosiga, se lo ruego.

—La señorita Arundell leyó de arriba abajo el testamento anterior. Luego extendió la mano y cogió el que me había ordenado redactar. Confieso que hubiera preferido presentar primero un borrador, pero ella había insistido en que le llevara el documento dispuesto ya para la firma. Eso no ofrecía ninguna dificultad, porque las disposiciones eran muy sencillas. Lo leyó todo, asintió con la cabeza y dijo que deseaba firmarlo enseguida. Creí que mi deber era formular una última protesta. Me escuchó con paciencia, pero me dijo que estaba segura de lo que hacía. Llamé a mi pasante. El jardinero y él testimoniaron la firma del documento. Las sirvientas, como es natural, no podían hacerlo porque eran beneficiarias.

—Y después, ¿le confió a usted el documento para que lo guardara?

—No, lo guardó en un cajón de su escritorio y lo cerró con llave.

—¿Qué hizo con el testamento anterior? ¿Lo destruyó?

—No, lo guardó junto con el otro.

—¿Dónde encontraron dicho testamento después de fallecer la señorita Arundell?

—En el mismo cajón. Como albacea, yo tenía las llaves e hice una investigación entre los papeles y documentos.

—¿Estaban ambos testamentos en el cajón?

—Sí, tal y como ella los había dejado.

—¿Le formuló usted a la señorita Arundell alguna pregunta sobre esa decisión tan sorprendente?

—Sí, pero no obtuve una respuesta satisfactoria. Se limitó a asegurarme que sabía lo que estaba haciendo.

—No obstante, ¿le sorprendió a usted ese proceder?

—Mucho. La señorita Arundell siempre había mostrado un gran respeto por los vínculos familiares.

Poirot calló durante un minuto y luego añadió:

—Supongo que no sostendría usted ninguna conversación sobre este asunto con la señorita Lawson.

El señor Purvis pareció escandalizado ante la insinuación.

—Claro que no. Esa manera de obrar habría sido de lo más improcedente.

—¿Dio a entender la señorita Arundell que su señorita de compañía sabía algo sobre el testamento que otorgó a su favor?

—Al contrario. Le pregunté si la señorita Lawson sabía algo al respecto y me contestó tajante que no sabía nada. Era aconsejable, opiné, que no supiera nada de lo que había ocurrido. Me esforcé en indicárselo y la señorita Arundell pareció ser de la misma opinión.

—¿Por qué insistió usted sobre este punto, señor Purvis?

El anciano caballero lo miró con dignidad.

—Esas cosas, a mi modo de ver, no deben divulgarse. Pueden muy bien conducir a futuros disgustos.

—¡Ah! —Poirot lanzó un profundo suspiro—. Por lo que ha dicho antes, creyó que era probable que la señorita Arundell cambiara de idea más adelante.

El abogado asintió.

—Así es. Supuse que había tenido un violento altercado con su familia. Con seguridad, cuando recapacitase, se arrepentiría de una acción tan irreflexiva.

—En cuyo caso... ¿qué habría hecho?

—Me hubiera dado orden de preparar otro testamento.

—¿Podía simplemente destruir el último que había hecho y, en ese caso, el anterior habría sido válido?

—Ese es un punto discutible. Todos los testamentos anteriores, como comprenderá, se habían revocado de forma expresa por el testador.

—Pero la señorita Arundell no tenía los suficientes conocimientos legales como para apreciar ese punto. Pudo pensar que rompiendo el último testamento el primero seguía teniendo validez.

—Es muy posible.

—De hecho, si hubiera muerto sin hacer testamento, el dinero lo habrían heredado los miembros de la familia, ¿no es cierto?

—Sí. La mitad para la señora Tanios y la otra mitad dividida entre Charles y Theresa Arundell. Sin embargo, subsiste el hecho de que no cambió de idea. Murió sin modificar su decisión.

—Pues ahí es donde entro yo —indicó Hércules Poirot.

El abogado lo miró inquisitivamente.

Mi amigo se inclinó hacia delante.

—Supongamos —dijo— que la señorita Arundell, en su lecho de muerte, deseara destruir el último testamento. Supongamos que creyera haberlo roto, pero que en realidad hubiera destruido el primero.

El señor Purvis hizo un ademán negativo.

—No, ambos estaban intactos.

—Entonces, supongamos que rompió un documento falso con la certeza de que destruía el verdadero. Estaba muy enferma, recuérdelo. Pudo ser muy fácil engañarla.

—Eso tendrá que demostrarlo con pruebas.

—Oh, sin duda, sin duda.

—¿Puedo preguntar si hay alguna razón para creer que sucedió algo así?

Poirot se recostó un poco en la silla.

—No me gustaría decir nada por ahora.

—Claro, claro —asintió el señor Purvis, que dio por buena una frase que le resultaba familiar.

—Aunque debo confesar, en estricta confianza, que hay algunas circunstancias muy curiosas en este caso.

—¿De veras? ¿Puede usted contármelas?

El señor Purvis juntó las manos con una especie de satisfacción anticipada.

—Lo que necesitaba de usted y lo que he conseguido —continuó Poirot— es su opinión sobre si la señorita

Arundell, antes o después, habría cambiado de parecer, compadeciéndose de su familia.

—Eso es solo mi punto de vista personal, desde luego —indicó el abogado.

—Mi apreciado señor, lo comprendo a la perfección. Supongo que no representará usted a la señorita Lawson.

—Le aconsejé que consultara a otro abogado —dijo el señor Purvis.

Poirot le estrechó la mano y le dio las gracias por su amabilidad y por la información que nos había proporcionado.

20

Segunda visita a Littlegreen House

En el trayecto de Harchester a Market Basing, de unos quince kilómetros, discutimos la situación.

—¿Tiene usted algún motivo, Poirot, para formular la pregunta que ha hecho?

—¿Se refiere usted a que la señorita Arundell pudo creer que había roto el último testamento? No, *mon ami...*, con franqueza, no. Pero tengo la obligación, como se habrá dado cuenta, de hacer alguna sugerencia. El señor Purvis es un hombre muy astuto. Si no mencionaba un indicio, se habría preguntado qué pinto yo en este asunto.

—¿Sabe a quién me recuerda usted, Poirot?

—No, *mon ami*.

—A un malabarista jugando con varias pelotas de diferentes colores. Están todas en el aire al mismo tiempo.

—Las pelotas de diferentes colores son las distintas mentiras que he dicho, ¿no es cierto?

—Algo por el estilo.

—Y se imagina usted que algún día sobrevendrá el gran desastre.

—No puede usted continuar así eternamente —advertí.

—Es verdad. Llegará el gran momento en que recogeré las pelotas, una a una, haré mi reverencia y saldré del escenario.

—Seguido por los atronadores aplausos del público.

Poirot me miró con suspicacia.

—Sí, podría muy bien ocurrir eso.

—El señor Purvis no nos ha dicho gran cosa —observé, para eludir aquel punto peligroso de la conversación.

—No. Solo nos ha confirmado la declaración de la señorita Lawson sobre su desconocimiento del testamento hasta después del fallecimiento de la anciana.

—No creo que eso confirme nada. Purvis aconsejó a la señorita Arundell que no le dijera nada y ella le replicó que no tenía intención de hacer tal cosa.

—Sí, todo eso es muy bonito y está muy claro. Pero hay ojos en las cerraduras y llaves que abren cajones cerrados.

—¿Cree usted de verdad que la señorita Lawson estuvo escuchando detrás de la puerta y que luego se dedicó a hurgar y registrar los cajones? —pregunté un poco sorprendido.

Poirot sonrió.

—La señorita Lawson no es de las que han tenido muy buena escuela, *mon cher*. Sabemos que escuchó una conversación que se suponía que no debía oír. Me refiero a la que sostuvo Charles con su tía, en la que habló de la posible eliminación de la anciana por parte de los parientes pobres.

Admití que eso era cierto.

—Así pues, como comprenderá, pudo oír sin problemas la conversación que tuvo lugar entre el señor Purvis y la señorita Arundell. Él tiene una voz muy potente. Y con respecto al fisgoneo y lo de registrar los cajones —prosiguió Poirot—, lo hace mucha más gente de la que usted supone. Los tímidos y fácilmente asustadizos, como la señorita Lawson, adquieren a menudo ciertos hábitos no muy honrados, en los cuales encuentran una gran diversión y entretenimiento.

—¡De verdad, Poirot!... —protesté.

Asintió con la cabeza varias veces.

—Pues sí. Es así, es así.

Llegamos al George y reservamos un par de habitaciones. Después nos dirigimos a Littlegreen House.

Al llamar al timbre, *Bob* contestó de inmediato a la llamada. Atravesó el vestíbulo, ladrando con furia, y se abalanzó contra la puerta de entrada.

«¡Os voy a comer el hígado! —refunfuñó—. ¡Os voy a hacer pedazos! ¡Os desafío a que intentéis entrar en esta casa! ¡Esperad a que os pueda hincar el diente!»

Un murmullo tranquilizador vino a unirse al alboroto.

—Aquí, *Bob*. Ven aquí y sé buen chico. ¡Ven aquí!

Bob, cogido por el collar, fue arrastrado hasta el saloncito muy en contra de su voluntad.

«Siempre estropeándome el juego —gruñó—. Era la primera ocasión que tenía de dar un buen susto desde hace tiempo. ¡Con las ganas que tengo de hincar el diente en una pernera de pantalón! Ten cuidado, pues no voy a estar presente para defenderte.»

La puerta del saloncito se cerró tras él, a pesar de sus protestas, y Ellen, tras descorrer los cerrojos y quitar barras, abrió la puerta de la calle.

—¡Oh, es usted, señor! —exclamó, y abrió del todo la puerta. Una expresión de agradable sorpresa se dibujó en su cara—. Pase, por favor.

Entramos en el vestíbulo. Por debajo de la puerta, situada a nuestra izquierda, se oían fuertes resoplidos mezclados con sordos gruñidos. *Bob* se estaba esforzando en «identificarnos».

—Puede dejarle salir —sugerí.

—Desde luego, señor. En realidad no hace nada, pero mete tanto ruido y se abalanza de tal forma sobre la gente que asusta a todo el mundo. Es un magnífico perro guardián.

Abrió la puerta del saloncito y *Bob* salió disparado como una bala de cañón.

«¿Quiénes son? ¿Dónde están? Ah, aquí estáis. Vaya, dejadme que os recuerde.»

Un olfateo..., otro y otro. Al final, un resoplido.

«¡Desde luego! ¡Ya nos conocemos!»

—¡Hola, chico! —dije—. ¿Cómo va eso?

Bob meneó la cabeza con negligencia.

«Muy bien, gracias. Déjame ver —reanudó sus investigaciones—. ¿De modo que has hablado hace poco con un perro de aguas? Creo que son unos perros muy tontos. ¿Qué es esto? ¿Un gato? Muy interesante. Desearía que estuviera aquí. Íbamos a divertirnos. ¡Hum!... No está mal este bull terrier.»

Después de haber diagnosticado, sin equivocarse, las diversas visitas que recientemente había hecho yo a varios amigos que tenían animales, *Bob* dedicó su atención a Poirot. Pero al inhalar una vaharada de olor a gasolina se alejó con aspecto de reproche.

—*Bob* —lo llamé.

Me lanzó una mirada por encima del hombro.

«Está bien. Ya sé lo que hago. Vuelvo dentro de un minuto.»

—Tenemos toda la casa cerrada. Espero que perdonará...

Ellen entró en el saloncito y empezó a abrir las persianas.

—Excelente, aquí estaremos bien —afirmó Poirot mientras se sentaba.

En el momento en que me disponía a seguirlo, *Bob* volvió de alguna misteriosa región con la pelota en la boca. Trepó por la escalera y se tendió en el último peldaño, con la pelota entre las patas. Entretanto, movía la cola con lentitud.

«Vamos —dijo—. Vamos, juguemos un poco.»

Mi interés por el asunto que nos llevaba allí se eclipsó por un momento y me entretuve unos minutos con el perro. Después, con un sentimiento de culpa, entré en el saloncito.

Poirot y Ellen parecían enfrascados en una conversación sobre enfermedades y medicinas.

—Unas píldoras blancas, eso era todo lo que tomaba. Dos o tres después de cada comida. Así se lo indicó el doctor Grainger. Sí, le sentaban muy bien. Eran unas píldoras muy chiquitinas. También había un producto en el que la señorita Lawson confiaba mucho. Eran unas cápsulas: Cápsulas hepáticas del doctor Loughbarrow. Puede usted verlas anunciadas en cualquier farmacia.

—¿También las tomaba?

—Sí, la señorita Lawson se las proporcionó para que las probara y a ella le pareció que la aliviaban.

—¿Lo sabía el doctor Grainger?

—Sí, aunque no le dio ninguna importancia. «Tómelas si cree que le sientan bien», le dijo a la señora. Y ella contestó: «Bueno, puede usted reírse, pero me alivian mucho. Mucho más que cualquiera de los potingues que receta usted». El doctor Grainger se rio y dijo que la fe es el mejor fármaco que se ha inventado.

—¿Tomaba algo más?

—No. El marido de la señorita Bella, el doctor extranjero, le trajo un día un frasco de algo, y aunque la señora se lo agradeció muy cortésmente, tiró el contenido. ¡Y sé muy bien por qué! Creo que estuvo muy acertada. Nunca se sabe qué te puede pasar si tomas productos extranjeros.

—La señora Tanios vio cómo su tía tiraba la medicina, ¿verdad?

—Sí, y me temo que se sintió ofendida por ello, pobre señora. Lo lamento, porque no hay duda de que el doctor Tanios lo hizo con buena intención.

—Sin duda, sin duda. Supongo que las medicinas que quedaban se tiraron después de la muerte de la señorita Arundell, ¿es así?

Ellen pareció sorprendida por la pregunta.

—Pues sí, señor. La enfermera tiró algunas y la señorita Lawson se deshizo de las que había en el botiquín del cuarto de baño.

—¿Era ahí donde guardaba las cápsulas hepáticas del doctor Loughbarrow?

—No, se guardaban en el armario que hay en uno de los rincones del comedor, para tenerlas a mano después de las comidas.

—¿Qué enfermera cuidó de la señorita Arundell? ¿Puede darme su nombre y sus señas?

Ellen se los proporcionó de inmediato.

Poirot continuó formulando preguntas sobre la última enfermedad de la señorita Arundell.

Ellen le dio los detalles con minuciosidad, describiendo las náuseas, el dolor, el ataque de ictericia y el delirio final. No sé si Poirot extrajo alguna pista de todo aquel catálogo. Escuchó con paciencia y, de vez en cuando, intercaló alguna pregunta, por lo general sobre la señorita Lawson y el tiempo que pasaba en la habitación de la enferma. También se interesó muchísimo en la dieta de la mujer enferma, comparándola con la seguida por un difunto (e inexistente) pariente suyo.

Viendo que ambos se estaban divirtiendo mucho con aquella charla, salí otra vez al vestíbulo. *Bob* dormía en el descansillo de la escalera, con la pelota bajo la quijada.

Silbé y se levantó en el acto, alerta. Sin embargo, para mostrar su dignidad ofendida, se entretuvo un rato haciendo como si fuera a lanzarme la pelota, pero reteniéndola en el último instante.

«Fastidia, ¿eh? —parecía decir—. Bueno, dejaré que la cojas otra vez.»

Cuando volví al saloncito, Poirot hablaba del doctor Tanios y de su inesperada visita el domingo antes de que muriera la señorita Arundell.

—Sí, señor. El joven Charles y la señorita Theresa salieron a dar un paseo. Estoy segura de que no esperaban al doctor Tanios. La señora estaba descansando y se sorprendió cuando le anuncié quién había venido. «¿El doctor Tanios?», dijo. «¿Ha venido su señora con él?» Le contesté que el caballero había acudido solo. Después, me ordenó que le dijera que bajaría en un momento.

—¿Estuvo aquí mucho tiempo?

—No llegó a una hora, señor. No parecía muy contento cuando se marchó.

—¿Tiene usted alguna idea sobre el motivo de su visita?

—No sabría decirle, señor.

—¿No oyó usted nada?

Ellen enrojeció de repente.

—No, no oí nada, señor. No me gusta escuchar detrás de las puertas... y no me importa lo que hagan algunos. ¡Gente más sabia que yo!

—¡Oh, no me he explicado bien! —se disculpó Poirot con vehemencia—. Solo quería decir que quizá sirvió usted el té mientras el caballero estuvo aquí y, de ser así, difícilmente habría podido evitar oír de qué hablaban su señora y él.

Ellen se relajó.

—Lo siento, señor. No lo había entendido. No, el doctor Tanios no se quedó a tomar el té.

—Y si deseara saber por qué vino ese día, bueno, ¿sería posible que la señorita Lawson lo supiera? ¿Qué le parece?

—Si no lo sabe ella, no lo sabe nadie —rezongó Ellen con un resoplido.

—Déjeme pensar. —Poirot frunció el ceño como si tratara de recordar—. ¿La habitación de la señorita Lawson está al lado de la que ocupaba la señorita Arundell?

—No, señor. El cuarto de la señorita Lawson está justo en lo alto de la escalera. Se lo puedo enseñar si quiere.

Poirot aceptó el ofrecimiento. Al subir se arrimó a la pared y, cuando llegamos arriba, lanzó una exclamación y se inclinó, palpándose la pernera del pantalón.

—Vaya, me he hecho un desgarrón. Ah, sí, aquí hay un clavo en el rodapié.

—Sí, así es, señor. Creo que se aflojó. El vestido se me ha quedado enganchado en él una o dos veces.

—¿Hace mucho tiempo que está así?

—Me parece que ya hace tiempo, señor. Me di cuenta por primera vez cuando la señora estuvo en cama después del accidente. Intenté quitarlo, pero no pude.

—Me parece que tenía un hilo atado.

—Eso es, señor. Tenía un lacito de cordel, lo recuerdo. Nunca comprendí su propósito.

No había tono de sospecha en la voz de Ellen. Para ella era uno de esos incidentes que pasan en las casas y respecto a los cuales no vale la pena perder el tiempo buscando una explicación.

Poirot entró en la habitación que le interesaba. Era de un tamaño mediano y tenía dos ventanas frente a la puerta de entrada. Había un tocador en un rincón y, entre las ventanas, un armario con un gran espejo. La cama estaba a la derecha, detrás de la puerta y de cara a las ventanas. Adosada a la pared de la izquierda se veía una magnífica cómoda de caoba y un lavabo con la tapa de mármol.

Poirot echó una ojeada a la habitación con aspecto pensativo y luego salió otra vez al rellano. Avanzó por el pasillo, pasó delante de dos dormitorios y entró en la espaciosa habitación que había pertenecido a Emily Arundell.

—La enfermera ocupaba el cuartito contiguo —explicó Ellen.

Poirot asintió.

Mientras bajábamos por la escalera, preguntó si podíamos dar una vuelta por el jardín.

—Sí, señor, no faltaría más. Está muy bonito ahora.

—¿El jardinero todavía trabaja aquí?

—¿Angus? Sí, señor. Angus sigue aquí. La señorita Lawson quiere que todo se conserve en buenas condiciones, porque así se venderá con más facilidad.

—Me parece muy acertado. No es muy prudente dejar que se estropee un lugar así.

El jardín era un lugar apacible y hermoso. Los anchos parterres estaban atestados de lupinos, adelfas y grandes amapolas encarnadas. Las peonías estaban en flor. Deambulamos por los senderos y llegamos a un cobertizo lleno de macetas, donde estaba trabajando un anciano robusto y tosco. Nos saludó respetuosamente y Poirot empezó a charlar con él.

La mención de que habíamos visto a Charles aquel mismo día rompió el hielo y el viejo se volvió más locuaz.

—¡Siempre ha sido una buena pieza, sí, señor! Venía corriendo a refugiarse aquí con medio pastel de grosella mientras la cocinera lo perseguía dando unos gritos terribles, y, cuando volvía a la casa, ponía tal cara de inocencia que todos pensaban que había sido el gato, aunque nunca he oído decir que a los gatos les gusten las tartas de grosella. ¡Es una buena pieza, el joven Charles!

—Estuvo aquí el pasado mes de abril, ¿no es cierto?

—Sí, vino en dos ocasiones. Poco antes de que muriera la señora.

—¿Lo vio mucho?

—Un poco, desde luego. Aquí no hay muchas diversiones para un joven. Iba al George a tomar unas copas y luego venía aquí y me hacía preguntas sobre numerosas cosas.

—¿Sobre las flores?

—Sí, las flores, y también las malas hierbas. —El viejo soltó una risita.

—¿Las malas hierbas?

En la voz de Poirot apareció una repentina nota de atención. Volvió la cabeza y buscó con la mirada en los estantes. Se detuvo al llegar a un bote de hojalata.

—¿Tal vez le preguntó cómo las extermina?

—Eso es.

—Supongo que usa este producto.

Poirot dio la vuelta al bote y leyó la etiqueta.

—Ese mismo —contestó Angus—. Es muy útil.

—¿Es peligroso?

—No, si se emplea con cuidado. Es arsénico, desde luego. El joven Charles y yo nos reímos un día con una broma acerca de esto. Dijo que, cuando se casara, si no le gustaba su mujer, vendría aquí a que le diera un poco de este polvo para deshacerse de ella. «Es posible —le dije— que sea ella la que quiera deshacerse de usted.» Eso le hizo reír mucho.

Todos reímos la ocurrencia. Poirot levantó la tapa del bote.

—Está casi vacío —murmuró.

El viejo miró a su vez.

—Sí, queda menos del que yo creía. No sabía que hubiera gastado tanto. Tendré que comprar más.

—Sí —dijo sonriendo Poirot—. Me temo que no habrá suficiente para que me preste un poco para mi mujer.

Reímos con el nuevo chiste.

—Usted no está casado, ¿verdad, señor?

—No.

—¡Ah! Los solteros son los únicos que se permiten gastar bromas sobre este asunto. ¡No saben lo que es bueno!

—Me figuro que su esposa... —Poirot se calló con delicadeza.

—Vive todavía, sí, señor. Está muy viva.

Angus parecía un poco deprimido por ello.

Lo felicitamos por el bien cuidado jardín y nos despedimos.

21

El farmacéutico, la enfermera y el doctor

El bote de insecticida había dado un nuevo rumbo a mis pensamientos. Era la primera de las circunstancias definitivamente sospechosas con que me encontraba. El interés de Charles por él, la evidente sorpresa del viejo jardinero cuando se dio cuenta de que el bote estaba medio vacío: todo parecía apuntar en la dirección adecuada.

Poirot estaba muy callado, como solía hacer cuando yo me excitaba.

—Aunque hayan sustraído un poco de insecticida, todavía no tiene ninguna prueba de que fuera Charles quien lo cogió, Hastings.

—¡Pero habló de ello con el jardinero!

—No habría sido una conducta muy prudente si pensaba hacerse con un poco de arsénico. —Y añadió—: ¿Cuál es el primero y más simple de los venenos que le vendría a la cabeza si, de repente, le piden que nombre uno?

—Arsénico, supongo.

—Sí. Ahora comprenderá el motivo de la marcada pausa que hizo Charles antes de la palabra «estricnina», cuando habló con nosotros esta tarde.

—¿Quiere usted decir que...?

—Que iba a decir «arsénico en la sopa» y se interrumpió.

—¡Ah! —exclamé—. Y ¿por qué?

—Exacto. ¿Por qué? Puedo decir, Hastings, que para encontrar una respuesta a ese porqué he salido al jardín buscando una probable pista acerca del insecticida.

—¿Y la ha encontrado?

—Sí, la he encontrado.

Meneé la cabeza.

—El asunto empieza a ponerse feo para el joven Charles. Ha tenido usted una larga conversación con Ellen sobre la enfermedad de la anciana. ¿Recordaban sus síntomas a los del envenenamiento por arsénico?

Poirot se frotó la nariz.

—Eso es difícil de asegurar. Tuvo dolores intestinales, náuseas...

—Desde luego, está claro.

—¡Hum!... No estoy tan seguro.

—¿Qué veneno podría ser, entonces?

—*Eh bien*, amigo mío, todo parece indicar que no se trató de un veneno, sino de una dolencia del hígado que le causó la muerte.

—¡Oh, Poirot! —exclamé—. ¡No pudo ser una muerte natural! ¡Tuvo que ser un asesinato!

—*Oh, là, là*, parece que hemos cambiado de postura.

Poirot entró de improviso en una farmacia. Después de una larga discusión sobre los desarreglos internos que sufría, compró una cajita de píldoras para la digestión. Luego, una vez envuelta la compra y cuando estaba a punto de salir a la calle, llamó su atención un atractivo paquete de las cápsulas hepáticas del doctor Loughbarrow.

—Sí, señor. Es un preparado muy bueno —dijo el farmacéutico, un hombre de mediana edad con gran predisposición a la charla—. Si lo prueba, se dará cuenta de su eficacia.

—Según creo recordar, la señorita Arundell, Emily Arundell, las tomaba.

—Sí, señor. La señorita Arundell, de Littlegreen House. Una señora muy fina, chapada a la antigua. Era clienta mía.

—¿Tomaba muchas medicinas?

—En realidad, no, señor. No tantas como otras ancianas que podría nombrarle. La señorita Lawson, por ejemplo, su señorita de compañía, la que se ha quedado con todo el dinero.

Poirot asintió.

—Le gustaba todo: pastillas, píldoras, tabletas para la dispepsia, jarabes digestivos, preparados para la sangre. Se lo pasaba bien entre tantos frascos y cajitas. —Sonrió con añoranza—. Ojalá hubiera muchos como ella. Hoy día la gente no toma tantas medicinas como antes. Pero, en cambio, vendo más cosméticos.

—¿Tomaba la señorita Arundell esas píldoras con regularidad?

—Sí, las tomó durante tres meses antes de morir, según creo recordar.

—Un pariente de ella, un tal doctor Tanios, pidió que le prepararan una receta, ¿verdad?

—Sí, desde luego. El caballero griego que se casó con la sobrina de la señorita Arundell. Sí, era un preparado muy interesante. Nunca había visto otro igual. —El hombre habló del preparado como de un raro trofeo—. Causa impresión encontrarse con algo nuevo, señor. Recuerdo que era una combinación muy interesante de sustancias. Desde luego, el caballero es médico. Es muy agradable y simpático.

—¿Compró aquí algo su esposa?

—¿Ella? No recuerdo. ¡Ah, sí! Vino a comprar un somnífero. Creo que era cloral. La receta era de doble dosis. Siempre tenemos dificultades con las drogas hipnóticas. Como usted sabe, muchos médicos no recetan grandes cantidades de una sola vez.

—¿De quién era la receta?

—De su marido, creo. Como es natural, todo estaba en regla. Pero ya sabe usted que debemos tener mucho cuidado. Quizá no esté enterado, pero si su médico comete un error al extender una receta que nosotros confeccionamos con toda buena fe y luego algo sale mal, somos nosotros quienes cargamos con la culpa, no el médico.

—¡Eso me parece muy injusto!

—Es para preocupar a cualquiera, lo admito. Pero yo no me puedo quejar. Nunca me he tropezado con ninguna dificultad. Toco madera. —Golpeó secamente el mostrador con los nudillos.

Poirot decidió comprar un paquete de cápsulas hepáticas del doctor Loughbarrow.

—Muchas gracias, señor. ¿De cuántas: veinticinco, cincuenta o cien?

—Supongo que el más grande resultará más económico... No obstante...

—Quédese con el de cincuenta, señor. Es el que usaba la señorita Arundell. Son ocho chelines y seis peniques.

Poirot asintió, pagó lo que le pedía y cogió el paquete. Después salimos de la farmacia.

—Así que la señora Tanios compró un somnífero —recalqué cuando estuvimos en la calle—. Una sobredosis podría matar a cualquiera, ¿verdad?

—Con la mayor facilidad.

—¿Cree usted que la señorita Arundell...?

Estaba recordando las palabras de la señorita Lawson: «Bella sería capaz de matar a alguien si él se lo mandara».

Poirot movió la cabeza con gesto dubitativo.

—El cloral es un narcótico y un hipnótico. Se usa para aliviar el dolor y como somnífero. También puede generar adicción.

—¿Cree que a la señora Tanios le pasó?

Mi amigo negó con la cabeza, perplejo.

—No, no lo creo, pero es curioso. Se me ocurre una explicación. Sin embargo, eso representaría... —Se interrumpió y miró el reloj—. Vamos a ver si podemos encontrar a esa enfermera Carruthers que atendió a la señorita Arundell en su última enfermedad.

La enfermera resultó ser una mujer de mediana edad y aspecto juicioso.

Poirot se presentó representando un nuevo papel y sacó a relucir a otro pariente ficticio. Esta vez tenía una madre muy anciana para quien deseaba encontrar una buena enfermera.

—Usted ya me comprende... Se lo diré con toda franqueza: mi madre es muy difícil de manejar. Hemos tenido varias enfermeras excelentes, mujeres jóvenes y competentes, pero el mero hecho de su juventud las perjudicaba. A mi madre no le gustan las jóvenes: las insulta, es brusca, reacia a cualquier orden, y es contraria a las ventanas abiertas y a la higiene moderna. Es una mujer difícil.

Suspiró apenado.

—Me hago cargo —dijo la enfermera Carruthers, comprensiva—. A veces resulta agotador. Hay que tener mucho tacto. No sirve de nada intranquilizar al paciente; es mejor darle la razón hasta cierto punto. Cuando se dan cuenta de que no se los quiere forzar, a menudo se ablandan y se vuelven mansos como corderos.

—Ya veo que sería usted ideal. Entiende a las señoras ancianas.

—He tenido que cuidar a unas cuantas —dijo la enfermera riendo—. Se consigue mucho con paciencia y buen humor.

—Me parece muy acertado. Según creo, cuidó usted a la señorita Arundell. No creo que fuese una señora fácil de llevar.

—No lo sé. Tenía un carácter fuerte, pero no la encontré difícil. Desde luego, no estuve con ella mucho tiempo. Murió a los cuatro días.

—Justo ayer estuve hablando con su sobrina, la señorita Theresa Arundell.

—¿De veras? ¡Qué casualidad! Lo que yo siempre digo: el mundo es un pañuelo.

—Por lo que veo, la conoce usted.

—Vino al pueblo después de morir su tía y estuvo en el funeral. Además, solía verla cuando venía a pasar aquí unos días. Es una muchacha muy guapa.

—Sí, es cierto, aunque demasiado delgada. En realidad, muy delgada.

La enfermera Carruthers, consciente de su propia corpulencia, se irguió un tanto ufana.

—Desde luego —opinó—, no es bueno ser tan delgada.

—¡Pobre chica! —continuó Poirot—. Lo siento por ella. *Entre nous* —se echó adelante en un gesto confidencial—, el testamento de su tía fue un golpe tremendo.

—Supongo que sí —contestó la enfermera—. Lo sé porque dio mucho que hablar.

—No puedo imaginarme qué indujo a la señorita Arundell a desheredar a su familia. Parece muy extraño.

—De lo más extraño. Tiene usted razón. Y, desde luego, la gente dice que debe de haber algo detrás.

—¿Tiene usted alguna idea sobre el motivo de esa decisión? ¿Dijo algo la señorita Arundell?

—No. Al menos a mí, no.

—¿Y a otra persona?

—Pues creo que le mencionó algo a la señorita Lawson, porque al día siguiente oí que esta decía: «Sí, querida, pero ya sabe usted que lo tiene el abogado». Y la señorita Arundell contestó: «Estoy segura de que está en el cajón del escritorio». A lo que la señorita Lawson replicó: «No. Lo envió usted al señor Purvis, ¿no lo recuerda?». Luego mi paciente tuvo otro acceso de náuseas y la señorita Lawson se marchó mientras yo atendía a la enferma. A menudo me he preguntado si estarían hablando del testamento.

—Parece probable.

La enfermera Carruthers prosiguió:

—Si es así, supongo que la señorita Arundell estaría

preocupada y quizá quisiera cambiar el testamento. Pero la pobrecilla estaba tan mal que ya no podía pensar en nada.

—¿La señorita Lawson la ayudó a usted a cuidarla? —preguntó Poirot.

—¡Oh, Dios mío, no! ¡No servía para eso! Era demasiado inquieta. Solamente conseguía irritar a la paciente.

—Entonces ¿la cuidó usted sola? *C'est formidable ça.*

—La criada, ¿cómo se llamaba...?, Ellen, ella me ayudó. Era muy buena; sabía cómo cuidar a un enfermo. Nos las arreglamos muy bien entre las dos. Por cierto, el doctor Grainger iba a enviar a una enfermera nocturna aquel viernes, pero la señorita Arundell murió antes de que llegara.

—¿Quizá la señorita Lawson ayudó a preparar la comida de la enferma?

—No, en absoluto. Además, no había nada que preparar. Yo tenía todo lo necesario: el coñac, la glucosa y todo lo demás. Lo que hacía la señorita Lawson era ir de aquí para allá por la casa, llorando y tropezando con todos.

La enfermera dijo esto con cierta acritud.

—Veo —dijo Poirot con una sonrisa— que no tiene una opinión muy favorable sobre la utilidad de la señorita Lawson.

—Las señoritas de compañía, por lo general, son unas inútiles. No están formadas para hacer nada; tan solo son aficionadas. Son mujeres que no sirven absolutamente para nada más.

—¿Cree usted que la señorita Lawson estaba muy unida a la señora?

—Parecía estarlo. Se impresionó mucho y tuvo un disgusto terrible cuando la señora murió. En mi opinión, lo sintió más que la propia familia.

La enfermera Carruthers, al decir eso, parecía expresar su censura.

—Entonces —añadió Poirot inclinando algo la cabeza—, quizá la señorita Arundell sabía lo que hacía cuando le legó su dinero.

—Era una anciana muy lista —convino la enfermera—. Había muy pocas cosas que se le pasaran por alto.

—¿Mencionó alguna vez a *Bob*, el perro?

—¡Es curioso que diga usted eso! Habló mucho de él mientras deliraba. Algo sobre una pelota y una caída que ella sufrió. *Bob* es un perro muy simpático. A mí me gustan mucho los perros. Pobre, se quedó muy triste cuando ella murió. Son maravillosos, ¿verdad? Casi humanos.

Después de este comentario sobre la humanidad de los perros, nos despedimos de la enfermera.

—Esta es de las que no sospechan de nadie —observó Poirot una vez en la calle.

Parecía ligeramente descorazonado.

En el George cenamos muy mal. Poirot refunfuñó cuanto le vino en gana, sobre todo por la sopa.

—¡Y es tan fácil, Hastings, hacer una buena sopa! *Le pot au feu...*

Eludí con alguna dificultad una discusión sobre temas culinarios.

Después de cenar tuvimos una sorpresa. Estábamos sentados en el salón y nos encontrábamos solos. Durante la cena había otro comensal, un viajante de comercio a juzgar por su aspecto, pero había salido. Yo estaba repasando las hojas de un número atrasado de la *Gaceta de los ganaderos*, cuando de pronto oí que pronunciaban el nombre de Poirot.

La voz sonaba en algún lugar fuera del salón.

—¿Dónde está? ¿Ahí? Perfecto..., lo encontraré.

La puerta se abrió con violencia y el doctor Grainger entró en el salón con la cara enrojecida y las cejas fruncidas por la irritación. Se detuvo para cerrar la puerta y luego vino hacia nosotros con aire decidido.

—¡Oh, está usted aquí! Vamos a ver, monsieur Hércules

Poirot, ¿qué diablos pretende usted viniendo a mi casa para contarme un montón de mentiras?

—Una de las pelotas del malabarista —musité con malicia.

Poirot contestó untuosamente:

—Mi apreciado doctor, debe usted dejar que me explique.

—¿Dejarle? ¿Dejarle? Maldita sea, ¡lo obligaré a que se explique! Usted es un detective, ¡eso es lo que es usted! ¡Un detective fisgón y entrometido! Viene a buscarme y me larga una sarta de mentiras sobre la biografía del general Arundell. El tonto he sido yo por creerme semejante cuento chino.

—¿Quién le ha descubierto mi identidad? —preguntó Poirot.

—¿Quién? La señorita Peabody. Enseguida se dio cuenta de quién era usted.

—La señorita Peabody... sí —murmuró Poirot—. Pensaba...

El doctor Grainger lo interrumpió, furioso:

—¡Vamos, señor, estoy esperando sus explicaciones!

—¡Claro que sí! Mi explicación es muy simple: intento de asesinato.

—¿Qué? ¿Qué dice?

Poirot contestó con calma:

—La señorita Arundell sufrió una caída, ¿verdad? Una caída por la escalera, poco antes de su muerte.

—Sí. ¿Qué tiene que ver eso? Tropezó con la maldita pelota del perro.

Poirot meneó la cabeza.

—No, doctor, no tropezó. Había un cordel tendido en lo alto de la escalera con el fin de que ella tropezara.

El doctor Grainger miró fijamente a mi amigo.

—Entonces ¿por qué no me lo dijo ella? —preguntó—. Jamás me habló al respecto.

—Es comprensible, si fue un miembro de su propia familia el que tendió el cordel.

—¡Hum, ya comprendo!

Grainger lanzó una penetrante mirada a Poirot y luego tomó asiento en una silla.

—Bueno —dijo—. ¿Cómo se vio usted mezclado en este asunto?

—La señorita Arundell me escribió, rogándome el mayor de los secretos. Por desgracia, la carta se retrasó.

Poirot procedió a proporcionarle determinados detalles, escogidos con cuidado, y explicó el hallazgo del clavo en el rodapié.

El médico escuchó con expresión grave. Su enfado había desaparecido por completo.

—Entenderá que mi posición era muy difícil —terminó Poirot—. Mis servicios habían sido contratados por una mujer que había muerto. Pero no por eso consideraba menos imperativa mi obligación.

El doctor Grainger tenía el ceño fruncido.

—¿Y no tiene usted idea de quién tendió ese cordel en lo alto de la escalera? —preguntó.

—No tengo ninguna prueba de quién lo hizo. Pero eso no quiere decir que no tenga una idea.

—Es una historia repugnante —afirmó el médico con expresión severa.

—Sí. Como comprenderá, al principio no estaba seguro de si el asunto había tenido o no continuación.

—¿Eh? ¿Qué quiere usted decir?

—Según todas las apariencias, la señorita Arundell murió por causas naturales, pero ¿podemos estar seguros? Ya se había atentado contra su vida. ¿Cómo podría estar yo convencido de que el intento no se había repetido? ¡Y esta vez con pleno éxito!

Grainger asintió con aspecto pensativo.

—Supongo que estará usted seguro, doctor Grainger, y por favor, no se enfade, de que la muerte de la señorita Arundell se debió a causas naturales. Hoy he encontrado cierta prueba...

Detalló la conversación sostenida con el viejo Angus, el interés de Charles Arundell por el insecticida y, por último, la sorpresa del jardinero al descubrir el bote de arsénico casi vacío.

Grainger escuchó con gran atención. Cuando Poirot terminó, dijo con lentitud:

—Entiendo su punto de vista. Más de un caso de envenenamiento por arsénico ha sido diagnosticado como gastroenteritis aguda y se ha certificado la defunción por esa causa, en especial cuando no hay circunstancias sospechosas. De todos modos, el envenenamiento con arsénico presenta ciertas dificultades, pues sus síntomas son muy diversos. Puede ser agudo, subagudo, crónico o neurológico. Puede haber vómitos y dolores abdominales o pueden no presentarse estos síntomas. El envenenado puede desplomarse de repente y expirar poco después, o puede haber narcotismo y parálisis.

—*Eh bien* —preguntó Poirot—. Teniendo en cuenta todo esto, ¿cuál es su opinión?

El doctor Grainger calló un momento y luego dijo:

—Tomándolo todo en consideración y sin ninguna predisposición, opino que ninguno de los síntomas de la señorita Arundell presentaba las formas de envenenamiento por arsénico. Estoy completamente convencido de que murió a causa de una atrofia hepática. Como usted ya sabe, la atendí durante muchos años y, a lo largo de ese tiempo, sufrió otros ataques similares al que le causó la muerte. Esta es mi opinión, monsieur Poirot.

Y allí, por fuerza, acabó la cuestión.

Pareció un contrasentido cuando, con aire de disculpa, Poirot sacó de su bolsillo la caja de cápsulas hepáticas que había comprado en la farmacia.

—Según creo, la señorita Arundell tomaba esto —dijo—. Supongo que no serán perjudiciales.

—¿Este producto? No contiene nada nocivo. Aloe, podofilina, todo leve e inofensivo —replicó Grainger—. Le gustaban y yo no puse ningún reparo a que las tomara.

El médico se levantó.

—¿Le recetó algunas medicinas? —preguntó Poirot.

—Sí, unas píldoras para tomar después de las comidas. —Le brillaron los ojos—. Podría haber tomado una caja entera de una vez sin que le hiciera daño. No intento envenenar a mis pacientes, monsieur Poirot.

Luego, sonriendo, nos estrechó la mano y se fue.

Poirot abrió la caja del medicamento. La medicina consistía en unas cápsulas transparentes, llenas en sus tres cuartas partes de un polvo de color castaño oscuro.

—Se parece a un remedio contra el mareo que tomé una vez —observé.

Poirot abrió una cápsula, examinó su contenido y, con la lengua, lo probó con cautela. Hizo una mueca.

—Bueno —dije retrepándome en la silla y bostezando—, todo resulta bastante inofensivo. Tanto las especialidades del doctor Loughbarrow como las píldoras del doctor Grainger. Y este parece que descarta del todo la teoría del arsénico. ¿Está usted convencido por fin, mi tozudo Poirot?

—Es verdad que soy un cabezota... ¿Es así como lo dice usted? Sí, definitivamente, tengo la cabeza muy dura —replicó mi amigo con aspecto meditabundo.

—Entonces, a pesar de tener en contra al farmacéutico, a la enfermera y al médico, ¿todavía cree que la señorita Arundell fue asesinada?

Poirot contestó con más calma:

—Eso es lo que creo. No..., más que creer, estoy seguro de ello, Hastings.

—Supongo que hay una forma de probarlo: la exhumación.

Poirot asintió.

—¿Es ese el próximo paso?

—Amigo mío, debo ir con mucho cuidado.

—¿Por qué?

—Porque —bajó la voz— temo una segunda tragedia.

—¿Quiere usted decir que...?

—Tengo miedo, Hastings, tengo miedo. Dejémoslo así.

22

La mujer en la escalera

A la mañana siguiente, nos entregaron una nota. Estaba escrita con letra insegura y renglones irregulares.

> *Querido monsieur Poirot:*
>
> *Me ha dicho Ellen que estuvo usted ayer en Littlegreen House. Le estaría muy agradecida si pudiera venir a verme hoy, a cualquier hora.*
>
> *Atentamente,*
>
> *Wilhelmina Lawson*

—De modo que está aquí —observé.

—Sí.

—¿A qué habrá venido?

Poirot sonrió.

—Es de suponer que no será por una razón siniestra. Al fin y al cabo, la casa es suya.

—Sí, es verdad, desde luego. Ya sabe, Poirot, que lo peor de nuestro juego es justo esto. Cualquier cosa sin importancia que hagamos nos lleva a las más innobles deducciones.

—En realidad, he sido yo quien le he imbuido el lema: «Todos son sospechosos».

—¿Sigue usted pensando eso?

—No, la cosa se ha reducido. Sospecho de una persona en particular.

—¿Quién es?

—Puesto que, por el momento, es solo una sospecha y no tenemos una prueba cierta, creo que debo dejarle a usted hacer sus propias deducciones, Hastings. Y no menosprecie la psicología, es importante. Las características del asesinato, que implican cierto temperamento en el asesino, son una pista esencial para la aclaración de cualquier crimen.

—No puedo considerar el carácter de un asesino si no sé quién es.

—No, no. No ha prestado usted atención a lo que he dicho. Si reflexiona lo suficiente sobre las características del asesinato, se dará cuenta de quién es el asesino.

—¿Lo sabe usted de verdad, Poirot? —pregunté con curiosidad.

—No puedo decir que lo sé, porque no tengo pruebas. Por eso no quiero decir nada más por ahora. Pero estoy completamente seguro. Sí, amigo mío, estoy completamente seguro.

—Bueno —repuse riendo—. ¡Tenga cuidado de que no se entere el asesino! ¡Sería una tragedia!

Poirot se estremeció un poco. No lo interpretó como una broma. En cambio, murmuró:

—Tiene usted razón. Debo ser cuidadoso, en extremo cuidadoso.

—Debería usar una cota de malla —comenté con ironía—. Y emplear un catador para prevenirse de los venenos. De hecho, sería conveniente que tuviera una banda de pistoleros para protegerlo.

—*Merci,* Hastings. Confío en mi propio ingenio.

A continuación, escribió una nota para la señorita Lawson, en la que le decía que estaría en Littlegreen House a las once. Después tomamos el desayuno y salimos a la plaza. Eran cerca de las diez y cuarto de una mañana calurosa y somnolienta.

Me detuve a mirar en el escaparate de una tienda de antigüedades un juego muy bonito de sillas Hepplewhite y, de pronto, recibí una dolorosa estocada en las costillas, mientras una voz aguda y penetrante exclamaba:

—¡Eh!

Me di la vuelta indignado, para encontrarme frente a la señorita Peabody. Llevaba en la mano el instrumento con que me había atacado: un enorme paraguas de punta afilada.

Indiferente al dolor que me había producido, observó con voz satisfecha:

—¡Ah! Sabía que era usted. No suelo equivocarme.

—Buenos días —contesté con cierta frialdad—. ¿Puedo servirla en algo?

—Puede informarme de cómo va el libro de su amigo... *La vida del general Arundell*, ¿verdad?

—Todavía no lo ha empezado —repliqué.

La señorita Peabody se rio, estremeciéndose como un flan. Luego, superado el ataque de risa, dijo:

—No, supongo que no lo empezará.

—¿De modo que descubrió nuestra pequeña treta? —dije con una sonrisa.

—¿Por quién me tomaron?, ¿por una tonta? —preguntó la señorita Peabody—. ¡Me di cuenta enseguida de lo que buscaba su relamido amigo! ¡Quería que yo hablara! Al fin y al cabo, yo no tenía ningún inconveniente. Me gusta hablar. Es difícil encontrar a alguien que quiera escuchar. Me divertí mucho aquella tarde.

Me observó con astucia.

—¿De qué se trata? ¿De qué se trata?

Estaba dudando sobre lo que le diría cuando Poirot vino hacia nosotros. Hizo una afectada reverencia a la señorita Peabody.

—Buenos días, mademoiselle. Encantado de volver a verla.

—Buenos días —contestó la mujer—. ¿Quién es usted esta mañana, Parotti o Poirot?

—Fue usted muy lista desenmascarándome tan pronto —indicó Poirot sonriendo.

—No era nada difícil. No hay muchos como usted, ¿no? No sé si eso le gustará o no. No podría asegurarlo.

—Yo prefiero ser único, mademoiselle.

—Creo que lo ha conseguido —opinó la señorita Peabody con sequedad—. Pues bien, monsieur Poirot, el otro día le proporcioné todos los chismorreos que usted quiso. Ahora me toca a mí hacer preguntas. De qué se trata, ¿eh? ¿De qué se trata?

—¿No estará usted haciendo una pregunta cuya respuesta ya conoce?

—Puede ser. —Lanzó una aguda mirada a mi amigo—. ¿Algo huele mal en ese testamento? ¿O se trata de otra cosa? ¿Van a exhumar a Emily? ¿Es eso?

Poirot no contestó.

La mujer asintió, despacio y pensativa, como si hubiera recibido una contestación.

—A veces me he planteado —dijo, al fin— cómo me sentaría si leyera en el periódico... ¿Sabe usted?, me preguntaba si alguna vez desenterrarían a alguien en Market. Basing, pero nunca pensé que sería a Emily Arundell... —Volvió a dirigir una repentina y escrutadora mirada a Poirot—. A ella no le habría gustado, ¿sabe? Supongo que habrá pensado en ello, ¿verdad?

—Sí, lo he pensado.

—Me figuré que lo haría... ¡Usted no es tonto! Ni tampoco creo que sea un entrometido.

Poirot hizo otra reverencia.

—Muchas gracias, mademoiselle.

—Y esto es más de lo que diría mucha gente... viendo su extraño bigote. ¿Por qué lleva un bigote como ese? ¿Le gusta?

Me volví para que mi amigo no me viera reír.

—En Inglaterra, el culto al bigote está lamentablemente descuidado —dijo Poirot.

Se acarició de forma furtiva el áspero adorno.

—¡Oh, ya me doy cuenta! ¡Es divertido! —comentó la señorita Peabody—. Conocí a una mujer que tenía bocio y estaba orgullosa. ¡No lo creerá, pero es cierto! En fin, cada cual debería contentarse con lo que Dios le da. Aunque, por lo general, nunca ocurre así. —Movió la cabeza y suspiró—. Nunca pensé que en este rincón del mundo se cometería un asesinato.

De nuevo, miró inquisitivamente a Poirot.

—¿Quién de ellos lo hizo?

—¿Tengo que decírselo a gritos, en medio de la calle?

—Eso debe de significar que no lo sabe. ¿O lo sabe? Bueno, es la mala sangre. Me gustaría saber si la Warley envenenó o no a su marido. Eso cambiaría las cosas.

—¿Cree usted en la ley de la herencia?

—Yo creo que fue Tanios. ¡Un extranjero! —exclamó la señorita Peabody de pronto—. Pero una cosa son los deseos y otra los hechos. En fin, tengo que irme. Ya veo que no va a decirme nada. A propósito, ¿para quién trabaja usted?

—Trabajo por cuenta de la difunta, mademoiselle —replicó Poirot con gravedad.

Siento decir que la señorita Peabody recibió esta afirmación con un repentino ataque de risa, aunque se repuso con rapidez de su regocijo.

—Perdóneme. Al decir eso me he acordado de Isabel Tripp. ¡Qué mujer tan horrible! Y creo que Julia es peor. ¡Con ese lamentable aspecto infantil!... Es como si un carnero quisiera vestirse de cordero. En fin, buenos días. ¿Ha visto al doctor Grainger?

—Tengo que regañarla, mademoiselle, por traicionar mi secreto.

La señorita Peabody lanzó su peculiar cloqueo gutural.

—¡Los hombres son tontos! Se tragó todo el absurdo montón de mentiras que le contó usted. Casi se vuelve loco cuando se lo dije, ¡se marchó resoplando de rabia! Lo está buscando.

—Me encontró ayer por la noche.

—¡Vaya! Me habría gustado estar presente.

—A mí también —repuso Poirot con galantería.

La mujer rio y se dispuso a marcharse pero, antes de hacerlo, me habló por encima del hombro.

—Adiós, joven. No compre esas sillas. Son falsificaciones.

Se alejó cloqueando.

—Esta sí que es una mujer lista —comentó Poirot.

—¿Aunque no admire su bigote?

—El gusto es una cosa y la inteligencia, otra —repuso con frialdad.

Entramos en la tienda y malgastamos veinte agradables minutos fisgoneando. Después, salimos sin ninguna merma de nuestros bolsillos y nos dirigimos a Littlegreen House.

Ellen, más sonrojada que de costumbre, nos recibió y acompañó hasta el salón. Al momento, se oyeron unos pasos en la escalera y entró la señorita Lawson. Parecía un tanto sofocada y aturdida. Llevaba el pelo cubierto con un pañuelo de seda.

—Espero que me perdone por presentarme así, monsieur Poirot. He estado revolviendo varios armarios. Hay tantas cosas... Los viejos tienen afición a guardarlo todo y me temo que la pobre señorita Arundell no era una excepción. Y todo el polvo se queda en el pelo. Es asombroso, ¿sabe?, las cosas que la gente guarda. Créame, dos docenas de alfileteros, nada menos que dos docenas de alfileteros. ¿Qué le parece?

—¿Quiere usted decir que la señorita Arundell compró dos docenas de alfileteros?

—Sí, los guardó y se olvidó de ellos. Ahora, por supuesto, los alfileres están todos oxidados. Una lástima. Acostumbraba a regalárselos a las criadas como presente de Navidad.

—Tenía muy mala memoria, ¿verdad?

—Sí, muy mala. Especialmente cuando guardaba las cosas. Como un perro cuando esconde un hueso, ¿sabe? Así lo llamábamos entre nosotras. «Ahora no vaya a hacer como el perro con el hueso», le decía yo muchas veces.

La mujer rio y luego, sacando un pañuelo de un bolsillo, empezó a lloriquear.

—¡Ay, pobre de mí! —dijo con voz lacrimosa—. ¡Me parece tan terrible reírme de esto!

—Es usted muy sensible —comentó Poirot—. Se impresiona demasiado por las cosas.

—Eso es lo que mi madre me decía siempre, monsieur Poirot. «Te tomas demasiado en serio las cosas, Minnie», me advertía. Es un gran inconveniente ser sensible, monsieur Poirot, en especial cuando una tiene que ganarse la vida.

—¡Ah, sí! Desde luego. Pero eso pertenece al pasado. Ahora es usted su propia señora. Puede divertirse, viajar. No tiene preocupaciones ni ansiedades.

—Supongo que así será —dijo la mujer algo dudosa.

—Así es, seguro. Y ahora, hablando de la mala memoria de la señorita Arundell, me doy cuenta de por qué tardó tanto en llegar a mi poder la carta que me escribió.

A continuación, explicó cómo habían encontrado la carta. Una mancha encarnada se extendió por las mejillas de la mujer.

—¡Ellen debería habérmelo dicho! —exclamó—. ¡Fue una gran impertinencia enviarle la carta sin decir una palabra a nadie! Debió haber consultado conmigo primero.

¡Una gran impertinencia! Eso es. No sabía nada al respecto. ¡Vergonzoso!

—Estoy seguro de que lo hizo de buena fe.

—Bueno, aun así, creo que es muy peculiar. ¡Muy peculiar! Los sirvientes hacen cosas muy raras. Ellen debió recordar que ahora yo soy la dueña de la casa.

Irguió el cuerpo para darse importancia.

—Ellen estaba muy entregada a su señora, ¿no es así? —comentó Poirot.

—Sí, es cierto. Pero eso no implica nada. ¡Me lo tenía que haber dicho!

—Lo importante es que yo recibí la carta —observó mi amigo.

—Convengo en que no conduce a nada discutir sobre cosas que ya han sucedido, pero pese a todo creo que debo advertir a Ellen de que antes de hacer nada tiene que decírmelo.

Se detuvo con las mejillas arreboladas.

Poirot se quedó callado un instante y luego preguntó:

—¿Quería usted verme? ¿En qué puedo servirla?

El enfado de la señorita Lawson se esfumó con la misma rapidez con la que había aparecido. Recuperó la turbación y la incoherencia de antes.

—Bien, en realidad, ¿sabe?, me preguntaba... Bueno, si he de decirle la verdad, monsieur Poirot, llegué ayer y, como es natural, Ellen me dijo que había estado usted aquí y me extrañé de que... en fin, de que no me hubiera comentado que iba a venir. Me pareció extraño y no logré comprender...

—No pudo imaginar qué es lo que yo hacía aquí. —Poirot terminó la frase por ella.

—Yo... bueno, sí. Eso es exactamente. No lo llegué a entender.

Miró a mi amigo, sonrojada pero con ojos inquisitivos.

—Debo hacerle una pequeña confesión —dijo Poirot—. He permitido que permaneciera usted en un error. Usted supuso que la carta que me escribió la señorita Arundell se refería a la cuestión de la insignificante cantidad de dinero sustraída según todas las apariencias por el señor Charles Arundell.

La señorita Lawson asintió.

—Pues, como verá, no era este el caso. En realidad, me enteré de dicha sustracción cuando me lo contó usted. La señorita Arundell me escribió sobre el accidente.

—¿El accidente?

—Sí, sufrió una caída por la escalera, según tengo entendido.

—¡Oh! Desde luego, es verdad —replicó la mujer, cada vez más aturdida. Miró vagamente a Poirot—. Pero, lo siento, sé que es estúpido por mi parte..., pero ¿por qué le escribió a usted? Creo que, en realidad, usted dijo que... que es un detective. ¿También es médico? ¿Un curandero, quizá?

—¡No, no soy médico ni curandero! Pero al igual que los médicos, muchas veces me ocupo de las llamadas «muertes por accidente».

—¿Muertes por accidente?

—Muertes por accidente, eso he dicho. Es verdad que la señorita Arundell no murió entonces... pero pudo haber muerto.

—¡Ay, pobre de mí! Sí, el médico lo dijo. Pero no entiendo...

La señorita Lawson seguía con su aturdimiento.

—Todos supusieron que la causa del accidente fue la pelota del pequeño *Bob*, ¿no es cierto?

—Sí, sí, así es. Fue la pelota de *Bob*.

—No, no fue la pelota de *Bob*.

—Pero, perdone, monsieur Poirot, yo misma la vi cuando bajamos todos.

—No digo que no la viera, pero no fue la causa del accidente. Porque dicha causa, señorita Lawson, fue un cordel oscuro colocado a treinta centímetros de altura sobre el primer peldaño de la escalera.

—Pero un perro no puede...

—Exacto —replicó Poirot con rapidez—. Un perro no puede hacerlo, no tiene suficiente inteligencia o, si quiere usted, no es lo bastante malvado. Fue un ser humano quien puso allí el cordel.

La cara de la señorita Lawson estaba mortalmente pálida. Levantó una trémula mano hacia su rostro.

—¡Oh, monsieur Poirot! No lo puedo creer, no querrá usted decir... Pero eso es horrible..., de verdad, horrible. ¿Quiere usted decir que lo hicieron a propósito?

—Sí, lo hicieron a propósito.

—Pero eso es espantoso. Es casi como... como matar a una persona.

—¡Una persona hubiera muerto de haber salido bien la cosa! En otras palabras, habría sido un crimen.

La señorita Lawson lanzó un pequeño grito agudo.

Poirot prosiguió con el mismo tono de gravedad:

—Pusieron un clavo en el rodapié para poder atar el cordel. El clavo estaba barnizado para que no se distinguiera. Dígame, ¿recuerda usted haber percibido alguna vez un olor de barniz sin saber de dónde provenía?

La mujer volvió a lanzar un grito.

—¡Oh, qué extraordinario! ¿Quién iba a pensarlo? ¿Por qué, digo yo? Y nunca creí... Nunca imaginé... Pero entonces, ¿cómo podía yo...? Y, sin embargo, ya me pareció extraño.

Poirot se inclinó hacia delante.

—Entonces ¿puede usted ayudarnos, mademoiselle? Creo que puede ayudarnos una vez más. *C'est épatant!*

—¡Pensar que fue eso! Bueno, todo encaja a la perfección.

—Dígame, se lo ruego. ¿Percibió usted olor a barniz?

—Sí, desde luego. No sabía qué era. Me pregunté, pobre

de mí, ¿es pintura? Pero no, se parecía más a la cera del suelo. En ese momento creí que debían de ser fantasías mías.

—¿Cuándo fue eso?

—Déjeme recordar... ¿Cuándo fue?

—¿Fue durante el fin de semana de Pascua, cuando la casa estaba llena de huéspedes?

—Sí, fue por entonces... Pero estoy tratando de recordar el día concreto... Vamos a ver, no fue el domingo. Ni tampoco el martes: esa noche vino a cenar el doctor Donaldson. Y el miércoles se habían ido todos. No, desde luego, fue el lunes de Pascua. Estaba en la cama sin poder dormir, algo preocupada. Siempre he creído que el lunes de Pascua es un día lleno de preocupaciones. Los filetes de ternera habían quedado muy justos para la cena y temía que la señorita Arundell se molestara al saberlo. Fui yo quien compró la carne el sábado anterior y, en realidad, debería haber adquirido tres kilos y medio, pero pensé que con dos y medio bastaría. La señorita Arundell se enfadaba siempre que llegaba a faltar algo. Era muy hospitalaria. —La señorita Lawson se detuvo para tomar aliento y luego continuó:

»Así que no podía dormir, preguntándome si me diría algo al día siguiente y, con unas cosas y otras, estuve un buen rato dando vueltas en la cama. Y luego, cuando estaba a punto de dormirme, algo me desveló, algo que sonó como un golpe seco. Me senté en la cama y olfateé. Siempre he tenido mucho miedo al fuego; algunas noches me figuro que huelo a quemado dos o tres veces. Sería terrible quedar atrapada por el fuego. Percibí un olor especial y aspiré con fuerza, pero no era olor a humo ni nada parecido. Me dije que era pintura o cera, aunque es raro oler una cosa así en plena noche. El olor era muy intenso y permanecí sentada en la cama olfateando y... entonces, la vi en el espejo.

—¿La vio? ¿A quién vio?

—El espejo es muy conveniente. Yo dejaba la puerta un poco entreabierta para oír a la señorita Arundell si me llamaba y para poder verla si bajaba o subía la escalera. En el pasillo, siempre dejábamos encendida una pequeña bombilla: de esta forma fue cómo pude verla arrodillada en la escalera; me refiero a Theresa. Estaba en el tercer peldaño, con la cabeza inclinada sobre algo, y yo pensé: «¡Qué raro! ¿Estará enferma?». Pero se levantó y se fue, así es que supuse que había resbalado o algo así. Después ya no me acordé más de ello.

—El golpe que la despertó pudo ser el que produjo el martillo sobre el clavo —murmuró Poirot abstraído.

—Sí, supongo que sería eso. Pero, ¡ay, monsieur Poirot! ¡Qué horroroso, qué terriblemente horroroso! Siempre creí que Theresa era, quizá, un poco insensata. Pero hacer una cosa así...

—¿Está usted segura de que era Theresa?

—¡Sí, sí, pobre de mí!

—¿No pudo ser la señora Tanios o alguna de las sirvientas, por ejemplo?

—¡Oh, no! Era Theresa. —La mujer movió apesadumbrada la cabeza, mientras murmuraba—: ¡Ay, pobre de mí! ¡Pobre de mí!

Poirot la miraba de una forma que me resultaba difícil de interpretar.

—Permítame hacer un experimento —propuso de pronto—. Subamos a su habitación y procuremos reconstruir la escena.

—¿Reconstruir? ¡Ah! En realidad, no sé. Quiero decir que no comprendo para...

—Se lo demostraré —dijo Poirot, desechando sus dudas con ademán autoritario.

Algo sonrojada, la señorita Lawson nos precedió.

—Espero que la habitación esté en orden. Hay tanto que

hacer... con unas cosas y otras... —continuó con las incoherencias.

El dormitorio estaba, es cierto, abarrotado de cosas diversas, producto sin duda del revuelo que había organizado la señorita Lawson con los armarios. Con su habitual incoherencia, la mujer indicó la posición y Poirot comprobó por sí mismo que una parte de escalera se reflejaba en el espejo de la pared.

—Y ahora, mademoiselle —sugirió—, si fuera usted tan amable de salir y reproducir las acciones que vio...

La señorita Lawson, murmurando todavía «pobre de mí», salió a interpretar su papel. Poirot hizo el de observador.

La función terminó. Mi amigo salió al rellano y preguntó qué lámpara era la que se dejaba encendida por las noches.

—Esta, esta de aquí. Delante de la habitación de la señorita Arundell.

Poirot estiró el brazo, desenroscó la bombilla y la examinó.

—Una lámpara de cuarenta vatios. No es de mucha potencia.

—No, solo servía para que el pasillo no quedara a oscuras.

Poirot se volvió hacia la escalera.

—Usted me perdonará, mademoiselle, pero con una luz tan tenue y la forma en que se proyecta la sombra, difícilmente pudo identificar a la persona que estaba en la escalera. ¿Está usted segura de que era la señorita Theresa Arundell y no una figura indeterminada de mujer, envuelta en una bata?

La señorita Lawson se indignó.

—¡No, monsieur Poirot! ¡Estoy perfectamente segura! ¡Conozco muy bien a Theresa! Era ella. La bata oscura y el broche con las iniciales. Lo vi con claridad.

—Así pues, no hay duda. ¿Vio usted las iniciales?

—Sí, «T. A.». Conozco el broche; Theresa lo lleva a menudo. Sí, juraría que era Theresa... ¡y lo juraré si es necesario!

Había tal firmeza y decisión en sus palabras que se apreciaba una diferencia con su tono habitual.

Poirot la miró. Otra vez había algo en su mirada. Era lejana y pensativa. Tenía también una sospechosa apariencia de determinación.

—¿Juraría usted eso? —preguntó.

—Sí, si es necesario. Pero supongo que..., ¿será necesario?

De nuevo, mi amigo la miró con detenimiento.

—Eso dependerá del resultado de la exhumación.

—¿Ex... exhumación?

Poirot adelantó una mano protectora, pues la señorita Lawson, en su excitación, estuvo a punto de caerse por la escalera.

—Es muy posible que se lleve a cabo.

—¡Oh! Pero con toda seguridad... ¡Qué desagradable! Quiero decir que estoy segura de que la familia se opondrá.

—Es probable que se oponga.

—¡Estoy convencida de que no querrán oír hablar de una cosa así!

—¡Ah! Pero si hay una orden del Ministerio del Interior...

—Pero, monsieur Poirot, ¿por qué? Me refiero a que no es como si... como si...

—Como si... ¿qué?

—Como si hubiera sucedido algo... irregular.

—¿Cree usted que no?

—No, desde luego que no. ¡No puede ser! Me refiero al médico, la enfermera y todo lo demás.

—No se excite —repuso Poirot con calma y tono conciliador.

—¡Oh, no puedo evitarlo! ¡Pobre señorita Arundell! No sería lo mismo si Theresa hubiera estado aquí cuando murió.

—No, se marchó el lunes, antes de que su señora se pusiese enferma, ¿verdad?

—Muy temprano. Así pues, comprenderá usted que ella no tiene nada que ver con esto.

—Esperemos que no —contestó Poirot.

—¡Dios mío! —La señorita Lawson juntó las manos—. ¡Nunca me había pasado una cosa tan horrible como esta! La verdad es que no sé dónde tengo la cabeza.

Poirot miró su reloj.

—Debemos irnos; nos volvemos a Londres. Y usted, mademoiselle, ¿va a quedarse aquí mucho tiempo?

—No, no. Lo cierto es que no tengo ningún plan. Me marcharé hoy mismo. Solo he venido para pasar la noche y arreglar un poco las cosas.

—Comprendo. Adiós, mademoiselle, y perdone el trastorno que le he causado.

—¡Oh, monsieur Poirot! ¡Qué trastorno! ¡Me siento enferma! ¡Dios mío..., Dios mío! ¡Qué mundo tan corrompido! Qué corrompido...

Poirot cortó sus lamentaciones cogiéndola de la mano.

—Estoy completamente de acuerdo. ¿Sigue usted dispuesta a jurar que vio a Theresa arrodillada en la escalera la noche del lunes de Pascua?

—¡Oh, sí! Puedo jurarlo.

—¿Y puede jurar también que vio un halo luminoso alrededor de la cabeza de la señorita Arundell durante la sesión?

La mujer abrió la boca.

—¡Oh, monsieur Poirot! No... No bromee con esas cosas.

—No estoy bromeando. Hablo en serio.

La señorita Lawson replicó con dignidad:

—No era exactamente un halo. Más bien parecía el principio de una manifestación. Una cinta de materia luminosa. Creo que empezaba a formarse una cara.

—Muy interesante. *Au revoir*, mademoiselle. Y, por favor, no diga nada a nadie.

—¡Oh! Desde luego..., claro. Ni se me había pasado por la cabeza hacerlo...

Lo último que vimos de la señorita Lawson fue su cara ovejuna mirándonos desde el umbral de la puerta.

23

Nos visita el doctor Tanios

Tan pronto como salimos de la casa, el humor de Poirot cambió. Tenía el rostro ceñudo.

—*Dépêchons nous*, Hastings —dijo—. Debemos volver a Londres enseguida.

—Lo estoy deseando —respondí.

Apresuré el paso para seguirlo y miré furtivamente el rostro de mi amigo.

—¿De quién sospecha, Poirot? —pregunté—. Quiero que me lo diga. ¿Cree usted que era Theresa quien estaba en la escalera o no?

Poirot no contestó a mi pregunta. En su lugar, formuló otra.

—¿Le ha parecido, y reflexione antes de contestar, que había algún fallo en la declaración de la señorita Lawson?

—¿Qué quiere decir con un fallo?

—Si lo supiera no se lo habría preguntado.

—Sí, pero ¿un fallo en qué sentido?

—Ahí está la cosa. No puedo precisar. Pero mientras la mujer hablaba, he tenido una sensación de irrealidad, como si hubiera algo, un pequeño detalle que estuviera equivocado. Sí, eso ha sido. La sensación de que algo de lo que ha dicho era imposible.

—¡Pues parecía muy segura de que era Theresa!

—Sí, sí.

—Sin embargo, la luz era escasa. No comprendo cómo puede estar tan segura.

—No, no, Hastings, no me ayuda usted. Ha sido un pequeño detalle, algo relacionado con..., sí, estoy seguro de ello, con el dormitorio.

—¿Con el dormitorio? —repetí. Traté de recordar los pormenores de la habitación—. No —dije por fin—, no puedo ayudarlo.

Poirot movió la cabeza con disgusto.

—¿Por qué ha sacado a relucir otra vez el asunto del espiritismo? —pregunté.

—Porque es importante.

—¿En qué aspecto? ¿La cinta luminosa que vio la señorita Lawson?

—¿Recuerda usted la descripción que nos hicieron las señoritas Tripp?

—Sí, vieron una aureola alrededor de la cabeza de la anciana. —Reí a mi pesar—. No puedo imaginármela como una santa, ¡de ningún modo! Parece que la señorita Lawson estaba del todo aterrorizada por ella. La pobre mujer me ha inspirado mucha lástima al contarnos que no podía dormir, mortalmente preocupada, porque temía que su señora la censurara por comprar poca carne.

—Sí, ha sido un detalle interesante.

—¿Qué haremos cuando lleguemos a Londres? —pregunté al terminar de cenar en el George y ver que Poirot pedía la cuenta.

—Tenemos que procurar ver a Theresa Arundell de inmediato.

—¿Y arrancarle la verdad? ¿No cree usted que lo negará todo?

—*Mon cher*, ¡arrodillarse en una escalera no es un acto criminal! Muy bien podría estar recogiendo un alfiler para que le diera buena suerte o algo parecido.

—¿Y el olor a barniz?

No pudimos continuar con la conversación porque el camarero llegó con la cuenta.

En el camino, hablamos poco. A mí no me gusta hablar mientras conduzco y Poirot, por su parte, estaba tan ocupado protegiéndose el bigote con la bufanda contra los desastrosos efectos del viento y el polvo, que se olvidó por completo de decir palabra.

Hacia las dos menos veinte, llegamos al piso de mi amigo.

Nos abrió la puerta George, el criado de Poirot, inmaculado e inglés al cien por cien.

—Un tal doctor Tanios lo está esperando, señor. Llegó hace media hora.

—¿El doctor Tanios? ¿Dónde está?

—En el salón, señor. También vino una señora preguntando por usted. Pareció muy contrariada al saber que no estaba. Fue antes de que usted telefoneara, señor, y por lo tanto no le pude decir cuándo regresaría a Londres.

—Descríbame a esa dama.

—Cerca de un metro setenta, señor, con el cabello negro y los ojos azules. Llevaba un traje sastre gris y un sombrero echado hacia atrás, en lugar de llevarlo inclinado sobre el ojo derecho.

—La señora Tanios —musité en voz baja.

—Parecía presa de una gran excitación nerviosa, señor. Dijo que era de la mayor importancia que le encontrara a usted con rapidez.

—¿A qué hora vino?

—Sobre las diez y media, señor.

Poirot meneó la cabeza mientras se dirigía hacia el salón.

—Esta es la segunda vez que pierdo la ocasión de oír lo que tiene que contarme la señora Tanios. ¿Qué dice usted, Hastings? ¿No parece cosa del destino?

—A la tercera va la vencida —dije consolándole.

Poirot sacudió la cabeza con aire de duda.

—¿Existirá esa tercera ocasión? Me extrañaría. Vamos a ver qué es lo que quiere decirnos su marido.

El doctor Tanios estaba sentado en un sillón, leyendo un libro de psicología de la biblioteca de Poirot. Se levantó y vino hacia nosotros.

—Perdone usted esta intrusión. Espero que no le importe que me haya empeñado en esperarlo aquí.

—*Du tout, du tout.* Siéntese, por favor. Permítame que le ofrezca una copa de jerez.

—Muchas gracias. En realidad, puedo justificarme. Monsieur Poirot, estoy preocupado, terriblemente preocupado por mi esposa.

—¿Por su esposa? Lo siento muchísimo. ¿Qué le ocurre?

—¿Quizá la ha visto usted hace poco? —preguntó Tanios.

Parecía una pregunta lógica, pero la rápida mirada que la acompañó no lo fue tanto.

Poirot contestó con toda naturalidad:

—No desde que la vi con usted en el hotel, ayer por la mañana.

—¡Ah! Creía que quizá le hubiera hecho una visita.

Mi amigo estaba ocupado llenando tres copas de jerez. Con voz algo abstraída, dijo:

—No. ¿Había alguna razón para que me visitara?

—No, no. —El doctor Tanios aceptó el jerez—. Gracias, muchas gracias. No había ninguna razón, pero si he de serle franco, me preocupa mucho el estado de salud de mi esposa.

—¿Es que no se encuentra bien?

—Su estado físico es bueno —respondió Tanios con lentitud—. Quisiera poder decir lo mismo de su mente.

—¡Ah!

—Me temo, monsieur Poirot, que se encuentra al borde de una crisis nerviosa.

—Mi apreciado doctor Tanios, no sabe cuánto lamento oírlo.

—La situación ha venido agravándose de un tiempo a esta parte. Durante los dos últimos meses, su forma de tratarme ha cambiado por completo. Está nerviosa, se asusta con facilidad y tiene las fantasías más raras. En realidad, son más que fantasías: son alucinaciones.

—¿De veras?

—Sí, sufre de lo que vulgarmente se conoce por manía persecutoria. Algo muy corriente.

Poirot chasqueó la lengua en un gesto de comprensión.

—¡Comprenderá usted mi ansiedad!

—Claro, claro. Pero lo que no he llegado a comprender del todo es por qué ha acudido usted a mí. ¿En qué puedo ayudarlo yo?

El doctor Tanios pareció un poco avergonzado.

—Se me ocurrió que mi esposa podía venir, o podía haber venido, a contarle un cuento extraordinario. Con seguridad dirá que corre peligro a mi lado o algo parecido.

—Pero ¿por qué vendría a decírmelo a mí?

El médico sonrió. Fue una sonrisa encantadora, aunque anhelante.

—Es usted un célebre detective, monsieur Poirot. Me di cuenta enseguida de que mi esposa se quedó muy impresionada ayer cuando lo conoció. El mero hecho de conocer a un detective puede dejarle una poderosa huella en el estado en que se encuentra. Me parece muy probable que le busque a usted y... bueno, le haga alguna confidencia. ¡Así actúan las personas aquejadas de estas afecciones nerviosas! Hay una tendencia a volverse contra los más allegados y queridos.

—Muy penoso.

—Sí, desde luego. Quiero mucho a mi mujer. —Hubo un matiz de ternura en su voz—. Siempre he creído que fue muy valiente al casarse conmigo: un hombre de otra nacionalidad, irse a vivir a un país lejano, dejar a sus amigos y familiares. Durante estos últimos días, no he sabido qué hacer. Solo veo una solución.

—¿Sí?

—Completo reposo y tranquilidad, y tratamiento psicológico adecuado. Hay un espléndido establecimiento dirigido por un médico excelente. Quiero llevarla allí de inmediato. Está en Norfolk. Descanso absoluto y aislamiento de toda influencia exterior, eso es lo que necesita. Estoy convencido de que, una vez que haya pasado allí un par de meses bajo tratamiento, experimentará una gran mejoría.

—Comprendo —dijo Poirot.

Lo dijo con un tono impersonal, sin revelar ninguna pista de lo que pensaba. Tanios le dirigió otra mirada rápida.

—Es por ello que, si viene a verlo, le agradecería que me avisara enseguida.

—Claro que sí, le telefonearé. ¿Todavía se aloja en el hotel Durham?

—Sí, ahora vuelvo hacia allí.

—¿Su esposa no está en el hotel?

—Se marchó después del desayuno.

—¿Sin decirle adónde iba?

—Sin decir una palabra. Es algo raro en ella.

—¿Y los niños?

—Se los llevó con ella.

—Comprendo.

Tanios se levantó.

—Muchísimas gracias, monsieur Poirot. No hace falta que le pida que, si ella le cuenta cualquier historia de intimidaciones y persecuciones, no le preste atención. Por desgracia, es consecuencia de su enfermedad.

—Muy triste, en efecto —dijo Poirot.

—Desde luego. Aunque uno sepa, hablando en términos científicos, que todo se debe a una dolencia mental, es inevitable sentirse herido cuando una persona muy allegada se vuelve contra quienes ama y todo su cariño se convierte en un odio implacable.

—Cuente usted con mi más profunda simpatía —le expresó Poirot, estrechando la mano del médico—. A propósito... —La voz de mi amigo hizo que Tanios se detuviera poco antes de llegar a la puerta.

—Diga.

—¿Recetó alguna vez cloral a su esposa?

Tanios se estremeció.

—Yo... no..., puede que se lo haya recetado alguna vez. Pero no últimamente. Parece haber tomado aversión a los somníferos, cualesquiera que sean.

—¡Ah! Supongo que será porque no se fía de usted.

—¡Monsieur Poirot!

Tanios avanzó varios pasos con ademán colérico.

—Eso formaría parte de la enfermedad —dijo mi amigo con suavidad.

—Sí, sí, desde luego.

—Posiblemente, sospechará de cualquier cosa que le dé usted para comer o beber. Temerá en todo momento que la envenene.

—¡Dios mío! Monsieur Poirot, está usted en lo cierto. Entonces ¿sabe algo sobre estos casos?

—En mi profesión tropieza uno de vez en cuando con ellos, como es natural. Pero permítame que no le entretenga. Puede ser que encuentre a su esposa esperándolo en el hotel.

—Ojalá sea así. Estoy muy intranquilo.

A continuación, salió con cierta precipitación de la estancia.

Poirot se dirigió con rapidez al teléfono. Repasó las páginas de la guía y pidió un número.

—Oiga... ¿Es el hotel Durham? ¿Puede decirme si está la señora Tanios? ¿Qué? T-A-N-I-O-S. Sí, eso es. ¿Sí? ¡Ah! Ya comprendo.

Dejó el auricular en la horquilla.

—La señora Tanios se marchó del hotel esta mañana

temprano —me contó—. Volvió a las once y esperó en un taxi a que le bajaran el equipaje. Luego se fue.

—¿Sabe el doctor Tanios que se llevó el equipaje?

—Creo que todavía no.

—¿Adónde habrá ido?

—No se sabe.

—¿Cree usted que volverá aquí?

—Es posible. No se lo puedo asegurar.

—Quizá le escriba.

—Quizá.

—¿Qué hacemos?

Poirot meneó la cabeza. Parecía preocupado y angustiado.

—Nada, de momento. Tomaremos una comida ligera y luego visitaremos a Theresa Arundell.

—¿Cree usted que ella era la que estaba en la escalera?

—No se lo puedo decir. De una cosa estoy seguro: de que la señorita Lawson no pudo verle la cara. Vio una figura alta vestida con una bata oscura, pero nada más.

—¿Y el broche?

—Mi querido amigo, un broche no forma parte de la anatomía de una persona. Ésta puede desprenderse de él. Puede perderlo, prestarlo y hasta se lo pueden quitar.

—En otras palabras, no quiere usted creer que Theresa Arundell sea culpable.

—Quiero oír lo que ella tiene que decir sobre el asunto.

—¿Y si vuelve la señora Tanios?

—Ya me ocuparé eso.

George nos sirvió una tortilla.

—Escuche, George —dijo Poirot—, si vuelve esa señora, dígale que espere. Si el doctor Tanios viene mientras ella esté aquí, no lo deje entrar. Si pregunta por su mujer, le dirá que no la ha visto. ¿Entendido?

—Perfectamente, señor.

Poirot atacó la tortilla.

—El asunto se complica —comentó—. Debemos ir con cuidado, pues, de otra forma, el asesino volverá a actuar.

—Si lo hace, lo cogerá usted.

—Es muy posible, pero prefiero la vida del inocente a la convicción del culpable. Debemos ser muy cuidadosos.

24

La negativa de Theresa

Encontramos a Theresa Arundell dispuesta para salir. Tenía un aspecto extraordinariamente atractivo. Un sombrerito de última moda le caía de forma pícara sobre uno de sus ojos.

Recordé, divertido, que Bella llevaba una imitación barata de aquel sombrero el día anterior. Y, según había dicho George, lo llevaba puesto casi en la nuca en vez de inclinado sobre el lado derecho. Me acordé también de cómo se lo había ido echando cada vez más hacia atrás sobre su desaliñado cabello.

Poirot dijo con cortesía:

—¿Puede concederme un minuto o dos, mademoiselle, o se retrasará demasiado?

Theresa rio.

—No hay cuidado. Siempre llego tarde a todas partes, con tres cuartos de hora de retraso. Puedo muy bien alargarlo hasta una hora.

Nos condujo hasta el salón.

Con gran sorpresa por mi parte, al entrar nosotros el doctor Donaldson se levantó de un sillón situado al lado de la ventana.

—Ya conoces a monsieur Poirot, ¿verdad, Rex?

—Nos conocimos en Market Basing —respondió Donaldson con tirantez.

—Tengo entendido que pretendía escribir sobre la vida

del borracho de mi abuelo —dijo Theresa. Después, en tono cariñoso, añadió—: Rex, ángel mío, ¿quieres dejarnos un momento?

—Gracias, Theresa, pero creo que, bajo todos los aspectos, es preferible que yo esté presente en esta conversación.

Hubo un breve desafío de miradas. La de Theresa, dominante; la de Donaldson, impenetrable. La joven estalló:

—¡Está bien! ¡Siéntate! ¡Maldito seas!

El doctor Donaldson no se inmutó.

Se sentó otra vez y dejó el libro sobre el brazo del sillón. Era una obra sobre la glándula pituitaria.

Theresa tomó asiento en su banqueta favorita y miró a Poirot con impaciencia.

—Bueno, ¿vio a Purvis? ¿Qué pasó?

Mi amigo contestó con reserva:

—Hay posibilidades, mademoiselle.

La muchacha lo miró con aire pensativo. Luego, desvió algo la mirada hacia el médico. Fue, según creo, un aviso dirigido a Poirot.

—Pero me parece que será mejor —continuó este— que presente mi informe más tarde, cuando mis planes estén más adelantados.

La cara de Theresa se distendió en una leve sonrisa.

—He llegado hoy de Market Basing —prosiguió Poirot—, y, mientras estuve allí, hablé con la señorita Lawson. Dígame, mademoiselle, ¿en la noche del trece de abril, es decir, el lunes de Pascua, estuvo usted arrodillada en la escalera después de que todos se hubieran ido a dormir?

—Pero ¡mi apreciado monsieur Poirot! ¡Qué pregunta tan extraordinaria! ¿Por qué motivo tenía para estar arrodillada allí?

—Lo que me interesa saber, mademoiselle, no es si tenía motivos para estar allí, sino si estuvo.

—Pues no sé decírselo. Me parece poco probable.

—Verá, mademoiselle, la señorita Lawson dice que estuvo usted arrodillada en ese lugar.

Theresa encogió sus bien formados hombros.

—¿Importa eso algo?

—Importa mucho.

Ella lo miró fijamente, sin perder su expresión amable, y Poirot hizo lo mismo.

—¡Majareta! —soltó Theresa.

—*Pardon?*

—¡Majareta perdido! —exclamó la chica—. ¿No crees, Rex?

El doctor Donaldson tosió.

—Perdóneme, monsieur Poirot, ¿cuál es el motivo de esa pregunta?

Mi amigo extendió las manos.

—¡Es de lo más sencillo! Alguien colocó un clavo en un lugar determinado en lo alto de la escalera. Dicho clavo fue recubierto con barniz oscuro para que no resaltara sobre el rodapié.

—¿Es un nuevo método de brujería? —preguntó Theresa.

—No, mademoiselle, es mucho más casero y simple que eso. A la noche siguiente, el martes, alguien ató un cordel desde el clavo hasta la barandilla, con el resultado de que cuando la señorita Arundell salió de su habitación, se enganchó un pie y cayó de cabeza por la escalera.

Theresa aspiró hondo.

—¡Fue la pelota de *Bob*!

—*Pardon*, pero no lo fue.

Hubo una pausa. La rompió Donaldson, que dijo con voz sosegada y precisa:

—Perdóneme, ¿qué pruebas tiene usted en las que basar esa afirmación?

Poirot contestó con calma:

—La prueba del clavo, la prueba de las palabras exactas

de la propia señorita Arundell y, por último, la prueba de los ojos de la señorita Lawson.

—Ella asegura que lo hice yo, ¿no es cierto? —preguntó la muchacha.

Mi amigo no contestó a la pregunta, pero inclinó un poco la cabeza.

—Pues bien, ¡eso es mentira! ¡No tengo nada que ver!

—¿Estaba usted arrodillada en la escalera por otro motivo?

—Yo no estuve jamás arrodillada en la escalera.

—Tenga cuidado, mademoiselle.

—¡No estuve allí! No salí de la habitación después de haberme ido a dormir ninguna de las noches que pasé allí.

—La señorita Lawson la reconoció.

—Con toda probabilidad, se tratara de Bella Tanios o de cualquiera de las criadas.

—Asegura que fue usted.

—¡Es una condenada mentirosa!

—Reconoció su bata y un broche que llevaba.

—Un broche, ¿qué broche?

—Un broche con sus iniciales.

—¡Ah, ya sé cuál es! ¡Qué minuciosa es mintiendo!

—¿Niega, pues, que fuese usted a quien ella vio?

—Sí, es mi palabra contra la de ella.

—Es usted más mentirosa todavía que la señorita Lawson, ¿no es cierto?

Theresa contestó despacio:

—Lo que acaba usted de decir es cierto, pero en este caso digo la verdad. No estaba preparando una trampa, ni rezando mis oraciones, ni recogiendo dinero ni haciendo nada en la escalera.

—¿Tiene usted ese broche que he mencionado?

—Claro. ¿Lo quiere ver?

—Por favor, mademoiselle.

Theresa se levantó y salió de la habitación. Se hizo un

silencio incómodo. El doctor Donaldson miró a Poirot como podría haber contemplado una pieza anatómica.

La muchacha volvió.

—Aquí lo tiene.

Casi arrojó el adorno a Poirot. Era un broche grande y ostentoso de cromo o acero inoxidable con una T y una A enmarcadas en un círculo. Tuve que admitir que eran lo bastante grandes y visibles como para poder distinguirlas con facilidad en el espejo de la señorita Lawson.

—Ya no lo uso. Estoy cansada de él —dijo Theresa—. Londres está lleno de ellos. Cualquier criada tiene uno.

—Sin embargo, cuando lo compró usted era un objeto caro, ¿no es verdad?

—Sí. Cuando empezaron a usarse eran bastante exclusivos.

—¿Y cuándo fue eso?

—Durante las últimas Navidades. Creo que fue entonces. Sí, poco más o menos por esa fecha.

—¿Se lo prestó alguna vez a alguien?

—No.

—¿Lo llevaba consigo cuando estuvo en Littlegreen House?

—Supongo que sí. Sí, lo llevaba. Lo recuerdo a la perfección.

—¿Lo dejó usted en algún sitio? ¿Lo abandonó en alguna ocasión mientras estuvo allí?

—No. Lo llevaba en un pichi verde, lo recuerdo. Y usé el mismo pichi cada día.

—¿Y por la noche?

—Quedaba prendido también en dicha prenda.

—¿Y el pichi?

—¡Diablos! Sobre una silla.

—¿Está usted segura de que nadie le quitó el broche y lo devolvió a la mañana siguiente?

—Diré eso ante el tribunal si cree que es la mejor mentira que se puede decir. En realidad, ¡estoy completamente segura de que no sucedió nada de eso! Es una bonita idea creer que alguien me jugó esa mala pasada, pero no puede ser verdad.

Poirot frunció el ceño. Luego se levantó, se prendió con cuidado el broche sobre la solapa de la americana y se acercó a un espejo que había en el otro extremo de la habitación.

Se detuvo delante de él y, después, retrocedió con lentitud para ver cómo se distinguía en la distancia.

Entonces, lanzó un gruñido.

—¡Qué imbécil soy! ¡Desde luego!

Volvió con nosotros y tendió el broche a Theresa haciendo una reverencia.

—Tiene usted razón, mademoiselle. ¡El broche no se separó de usted! He sido lamentablemente obtuso.

—Me gusta esa modestia —opinó la muchacha, que se prendió el broche—. ¿Algo más? Debo irme ahora mismo.

—Nada que no pueda discutirse más tarde.

Theresa se dirigió hacia la puerta mientras Poirot proseguía con voz sosegada:

—Está la cuestión de la exhumación; es verdad que...

La joven se detuvo en seco y el broche cayó al suelo.

—¿Qué dice?

Poirot explicó, esta vez con claridad:

—Es posible que haya que exhumar el cadáver de la señorita Emily Arundell.

Theresa se quedó quieta, con los puños apretados. Con voz baja e irritada, dijo:

—¿Eso es lo que desea? No podrá hacerlo sin el consentimiento de la familia.

—Está usted equivocada, mademoiselle. Podré hacerlo con una orden del Ministerio del Interior.

—¡Dios mío! —exclamó Theresa.

Luego se volvió y empezó a pasear nerviosamente.

—En realidad, no veo motivo para que te preocupes, Theresa —intervino Donaldson—. Está claro que la idea no es agradable ni para un desconocido, pero...

Ella lo interrumpió:

—¡No seas tonto, Rex!

—¿Le preocupa la idea, mademoiselle? —preguntó Poirot.

—Desde luego. No está bien. ¡Pobre tía Emily! ¿Por qué diablos tendrían que exhumarla?

—Supongo —señaló Donaldson— que hay algunas dudas sobre la causa de su muerte. —Miró de forma inquisitiva a Poirot y prosiguió—: Confieso que estoy sorprendido. Creo que está claro que la señorita Arundell murió por causas naturales, como resultado de una larga enfermedad.

—En cierta ocasión me dijiste algo sobre un conejo y las dolencias del hígado —comentó Theresa—. No lo recuerdo bien, pero creo que inyectando a un conejo sangre de una persona que padezca de atrofia del hígado y luego inyectando la sangre de ese conejo en otro y, al final, la sangre de este en otra persona, esta última contrae también la enfermedad. Algo así.

—Era solo para explicar lo que son los sueros terapéuticos —dijo con paciencia Donaldson.

—Lástima que haya tantos conejos en el cuento —apuntó Theresa riendo—. Ninguno de nosotros se dedica a criarlos. —Se volvió hacia Poirot y, con voz alterada, preguntó—: ¿Es verdad lo de la exhumación, monsieur Poirot?

—Desde luego, aunque hay medios de evitar una solución tan radical, mademoiselle.

—¡Entonces evítela! —Su voz descendió hasta convertirse casi en un murmullo. Con tono apremiante, repitió—: ¡Evítela al precio que sea!

Poirot se levantó.

—¿Esas son sus instrucciones? —preguntó con formalidad.

—Esas son mis instrucciones.

—Pero, Theresa... —intervino Donaldson.

La muchacha se volvió hacia su novio.

—¡No te metas en esto! Era mi tía, ¿no? ¿Por qué tienen que desenterrar a mi tía? ¿No sabes que los periódicos hablarán de ello, que habrá murmuraciones y calumnias? —Se dirigió otra vez a Poirot—: ¡Debe usted evitarlo! Le doy *carte blanche*. Haga lo que quiera, pero evítelo.

Poirot hizo una reverencia afectada.

—Haré lo que pueda. *Au revoir*, mademoiselle. *Au revoir*, doctor.

—¡Oh, váyase! —exclamó Theresa—. Y llévese a su San Bernardo. Desearía no volver a verlos nunca más.

Salimos del salón. Esta vez Poirot no aplicó deliberadamente el oído a la rendija de la puerta, aunque tampoco se apresuró a alejarse de ella. Y no fue en vano. La voz de Theresa se levantó, clara y desafiante.

—No me mires así, Rex. —Y luego, de improviso, con un quiebro en su voz, añadió—: Querido...

Se oyó la voz firme de Donaldson que decía:

—Este hombre es peligroso.

Poirot hizo una repentina mueca. Me empujó hacia la puerta exterior.

—Vamos, San Bernardo —dijo—. *C'est drôle ça!*

Personalmente, creo que la broma fue estúpida en extremo.

25

Me pongo cómodo y reflexiono

Ahora no hay duda, pensé mientras corría detrás de Poirot. A la señorita Arundell la habían asesinado y Theresa lo sabía. Pero ¿fue ella quien cometió el crimen o existía otra explicación?

Estaba asustada... sí. Pero ¿por ella misma o por otro? ¿Podría ser por el apacible y estirado doctor, con sus modales tan sosegados y distantes?

¿Había muerto la anciana a causa de una enfermedad real, pero provocada de manera artificial?

Hasta cierto punto, todo coincidía: la ambición de Donaldson y su creencia de que Theresa heredaría una buena cantidad de dinero cuando muriese su tía. Hasta el hecho de que hubiera cenado en Littlegreen House la misma noche del accidente. ¡Qué fácil era dejar una ventana abierta y volver, bien entrada la noche, a tender el cordel asesino en lo alto de la escalera! Pero entonces ¿quién puso el clavo en el rodapié?

Sí, tenía que haberlo hecho Theresa. Theresa, su novia y cómplice. Si los dos habían trabajado en equipo, todo quedaba bastante claro. En este supuesto, con toda probabilidad fue Theresa quien puso el cordel. El primer crimen, el que falló, había sido cosa suya. El segundo, el que había tenido éxito, era la obra maestra, mucho más científica, de Donaldson.

Sí, todo encajaba.

Sin embargo, existían todavía algunas lagunas. ¿Por qué se había referido Theresa a lo de inyectar en seres humanos el virus de una enfermedad del hígado? Era casi como si la muchacha no se hubiera dado cuenta de la verdad. Pero en ese caso... Sentí que mis ideas se enredaban cada vez más, por lo que decidí interrumpirlas y pregunté:

—¿Adónde vamos, Poirot?

—A mi casa. Es posible que encontremos allí a la señora Tanios.

Mis pensamientos se dirigieron en otra dirección.

¡La señora Tanios! ¡Ese era otro misterio! Si Donaldson y Theresa eran culpables, ¿dónde encajaban la señora Tanios y su sonriente marido? ¿Qué era lo que la mujer quería decirle a Poirot y por qué tanta ansiedad por parte de él para que no llegara a hablar con mi amigo?

—Poirot —dije con modestia—, me estoy armando un lío. ¿No estarán todos involucrados en este caso?

—¿Un sindicato de asesinos? ¿Un sindicato familiar? No, en esta ocasión, no. El asunto tiene la marca de un único cerebro que lo ha planeado todo. La psicología está clara.

—¿Quiere usted decir que tanto Theresa como Donaldson pudieron hacerlo, pero que no lo llevaron a cabo juntos? ¿Fue él entonces quien hizo que ella colocara el clavo con un pretexto inocente?

—Mi querido amigo, desde el momento en que escuché la historia de la señorita Lawson, me di cuenta de que había tres posibilidades. Primera, que la señorita Lawson dijera la verdad. Segunda, que la señorita Lawson hubiera inventado la historia por sus propias razones. Y tercera, que la señorita Lawson creyera su propia historia, pero que su identificación se basara solamente en el broche que vio en el espejo. Y, como ya le indiqué, un broche puede ser separado de su dueño con facilidad.

—Sí. Pero Theresa insiste en que tal cosa no ocurrió.

—Y tiene mucha razón. No me di cuenta de un pequeño pero significativo detalle.

—No es propio de usted, Poirot —dije con solemnidad.

—*N'est ce pas?* Cada uno comete sus propias equivocaciones.

—¡Cosas de la edad!

—La edad no tiene nada que ver con esto —repuso Poirot con frialdad.

—Bueno, y ¿cuál es ese hecho tan significativo? —pregunté mientras entrábamos en el edificio donde vivía mi amigo.

—Ya se lo diré —contestó.

Llegamos a su apartamento.

George nos abrió la puerta y negó con la cabeza en respuesta a la pregunta de Poirot.

—No, señor. La señora Tanios no ha venido ni ha telefoneado.

Poirot entró en el salón, se paseó durante unos momentos, luego descolgó el teléfono y llamó al hotel Durham.

—Sí, sí, por favor. ¡Ah, doctor Tanios! Le habla Hércules Poirot. ¿Ha vuelto su esposa? ¡Vaya, no ha vuelto! ¡Válgame Dios!... ¿Dice usted que se ha llevado el equipaje?... Y los niños... ¿No tiene usted idea de adónde ha ido?... Sí, por supuesto... ¡Oh, perfectamente!... Si mis servicios profesionales pueden serle de utilidad... Tengo cierta experiencia en estas cosas; puede hacerse con mucha discreción... No, desde luego que no... Sí, en efecto, es verdad... Claro... claro... respetaré sus deseos.

Colgó el teléfono con gesto pensativo.

—No sabe dónde está —me informó—. Creo que me ha dicho la verdad: la ansiedad de su voz es inconfundible. No quiere que recurramos a la policía, eso lo comprendo. Sí, lo comprendo. Tampoco quiere que intervenga yo. Quizá eso no sea tan comprensible. Quiere encontrarla, pero no desea que la encuentre yo. No, definitivamente, no lo desea. Parece estar seguro de que puede arreglar el asunto por sus propios medios. No cree que su mujer pueda pasar mucho tiempo escondida, porque se llevó poco dinero. Además, están los niños con ella. Sí, me figuro que será capaz de encontrarla dentro de poco. Pero creo, Hastings, que nosotros seremos más rápidos que él. Es muy importante que así sea.

—¿Piensa usted que está algo chiflada? —pregunté.

—Creo que está bajo los efectos de una intensa depresión nerviosa.

—¿Pero no en tal estado que deba ser recluida en un manicomio?

—Eso, definitivamente, no.

—Sabe, Poirot, no lo acabo de comprender.

—Perdóneme, Hastings, pero usted no comprende ni una palabra de todo esto.

—Parece que hay tantas..., bueno, derivaciones.

—Claro que las hay. Separar la principal de las secundarias es lo que debe hacer un cerebro ordenado.

—Dígame, Poirot, ¿se ha dado usted cuenta de que hay ocho sospechosos en lugar de siete?

Mi amigo replicó con sequedad:

—Tomé el hecho en consideración desde el momento en que Theresa Arundell declaró que la última vez que vio al doctor Donaldson fue cuando cenó en Littlegreen House, el día catorce de abril.

—No comprendo... —interrumpí.

—¿Qué es lo que no comprende?

—Si Donaldson había planeado la muerte de la señorita Arundell usando medios científicos, es decir, por inoculación, no comprendo por qué recurrió a una idea tan chapucera como la de tender un cordel en la escalera.

—*En vérité*, Hastings, ¡hay momentos en que me hace usted perder la paciencia! Un método es altamente científico y necesita un conocimiento especializado. Es eso, ¿no es verdad?

—Sí.

—Y el otro es un procedimiento simple, casero, «como lo hace la abuela», según dicen los anuncios. ¿Es así?

—Sí, exacto.

—Entonces, piense, Hastings, piense. Recuéstese en su sillón, cierre los ojos y emplee sus pequeñas células grises.

Obedecí. Es decir, me retrepé en mi sillón, cerré los ojos y me esforcé en cumplir la tercera parte de las instrucciones de Poirot. El resultado, sin embargo, no parecía aclarar mucho las cosas. Abrí los ojos y me encontré con que mi amigo me observaba con la misma atención cariñosa con que una niñera pudiera hacerlo con un bebé.

—*Eh bien?*

Hice un esfuerzo para imitar las maneras de Poirot.

—Bueno —indiqué—, me parece que la persona que tendió la primera trampa no es la misma que planeó el asesinato científico.

—Exacto.

—Y dudo que un cerebro entrenado en las complejidades científicas pensara en algo tan infantil como el accidente simulado. Sería demasiada coincidencia.

—Muy bien razonado.

Envalentonado, proseguí:

—Por lo tanto, la única solución lógica parece ser esta: los dos intentos fueron planeados por diferentes personas. Nos encontramos, pues, con un asesinato que intentaron dos personas.

—¿No cree usted que es demasiada casualidad?

—Usted dijo una vez que casi siempre hay una coincidencia en un caso de asesinato.

—Sí, es verdad. Lo admito.

—Entonces, estamos de acuerdo.

—¿Y quiénes cree usted que son los malos?

—Donaldson y Theresa Arundell. Un médico puede realizar con facilidad el segundo intento con pleno éxito. Por otra parte, sabemos que Theresa Arundell está complicada en el primer intento. Creo posible, además, que actuaran independientemente uno de otro.

—Le gusta mucho decir «sabemos», Hastings. Le puedo asegurar que no me importa lo que usted sabe. Yo no creo que Theresa esté complicada en el asunto.

—Pero ¡tenemos la declaración de la señorita Lawson!

—La declaración de la señorita Lawson no es más que eso, una declaración.

—Pero dijo...

—Dijo, dijo. Siempre está usted dispuesto a considerar lo que dice la gente como un hecho cierto y probado. Escuche, *mon cher ami*, le comenté que había algo en la declaración de la señorita Lawson que me había chocado.

—Sí, recuerdo que lo dijo. Pero no pudo usted determinar qué era.

—Pues ahora ya lo sé. Espere un momento y le demostraré lo que, imbécil de mí, debería haber visto enseguida.

Se dirigió hacia la mesa escritorio y tomó una hoja de cartulina. Empezó a recortarla con unas tijeras, de manera que yo no pudiera ver lo que estaba haciendo.

—Paciencia, Hastings. En un instante empezaremos el experimento.

Yo aparté la mirada con cortesía. Al cabo de uno o dos minutos, Poirot lanzó una exclamación de satisfacción. Guardó las tijeras, echó los pedazos de cartulina en la papelera y avanzó hacia mí.

—Ahora no mire. Continúe con la mirada apartada mientras le prendo algo en la solapa de la americana.

Seguí sus indicaciones. Poirot contempló su trabajo con plena satisfacción, y luego, empujándome un poco, me llevó a través de la habitación hasta el dormitorio contiguo.

—Ahora, Hastings, mírese en el espejo. Lleva usted un

bonito broche con sus iniciales solo que, *bien entendu*, el broche no es de cromo, acero inoxidable, oro o platino, sino de modesto cartón.

Me miré en el espejo y sonreí. Poirot es muy hábil con los trabajos manuales. Llevaba en mi solapa una reproducción muy aproximada del broche de Theresa Arundell: un círculo recortado en la cartulina, con mis iniciales enmarcadas en él, una A y una H.

—*Eh bien?* —dijo Poirot—. ¿Está usted satisfecho? Aquí tiene un broche muy bonito con sus iniciales, ¿no es eso?

—Un hermoso adorno —convine.

—En realidad, no reluce ni refleja la luz. Pero, de todos modos, admita que el broche puede verse con claridad desde cierta distancia.

—Nunca lo dudé.

—De acuerdo. La duda no es su punto fuerte; la fe es más característica en usted. Y ahora, Hastings, sea bueno y quítese la americana.

Con un poco de extrañeza, me la quité. Poirot hizo lo mismo con la suya y se puso la mía, volviéndose algo de espaldas.

—Fíjese cómo el broche con sus iniciales... se ha transformado —señaló, dándose la vuelta con rapidez.

—¡Qué tonto he sido! Desde luego. Hay una H y una A en el broche, no una A y una H.

Poirot resplandecía de satisfacción, mientras se volvía poner su americana y me devolvía la mía.

—Exacto, y ahora se dará cuenta de qué fue lo que no veía claro en la declaración de la señorita Lawson. Afirmó que había visto las iniciales de Theresa Arundell en el broche que llevaba. Pero las vio en el espejo. Así pues, de ser cierto, las vio al revés.

—Bueno —argüí—, quizá fue así y se dio cuenta de que estaban invertidas.

—*Mon cher ami*, ¿eso se le ha ocurrido justo ahora? ¿Ha

exclamado usted: «Poirot se ha equivocado: es A. H. y no H. A.»? No, no ha dicho nada de eso. Y, sin embargo, debo admitir que es usted mucho más inteligente que la señorita Lawson. No me diga que una mujer atontada como esa puede despertarse de pronto y, todavía media dormida, darse cuenta de que A. T. es en realidad T. A. No, eso no cuadra con la mentalidad de la señorita Lawson.

—Estaba muy segura de que era Theresa —dijo.

—¡Se está usted acercando, amigo mío! Recuerde usted que le insinué que en realidad no podía ver la cara de quien estuviera en la escalera... y ¿qué hizo ella de inmediato?

—Recordó el broche de Theresa y se aferró a esa idea, olvidando que el mero hecho de haberlo visto reflejado en el espejo hacía que toda su declaración fuera falsa.

El timbre del teléfono sonó con insistencia. Poirot se dirigió hacia él y descolgó el auricular.

Dijo solo unas palabras con un tono reservado.

—¿Sí? Sí, claro... Sí, es muy conveniente... Por la tarde, creo... Sí, a las dos me parece estupendo.

Dejó el auricular y se volvió hacia mí sonriendo.

—El doctor Donaldson tiene mucho interés en hablar conmigo. Vendrá mañana por la tarde, a las dos. Estamos progresando, *mon ami*, estamos progresando.

26

La señora Tanios no quiere hablar

Cuando volví a casa de mi amigo a la mañana siguiente, después del desayuno, encontré a Poirot muy ocupado, trabajando en su escritorio.

Levantó una mano a modo de saludo y siguió con su tarea. Al cabo de un rato, reunió las hojas de papel, las introdujo en un sobre y después lo cerró con cuidado.

—¿Qué hay, Poirot? ¿Qué está usted haciendo? —pregunté alegremente—. ¿Escribiendo una relación del caso para depositarla en un lugar seguro, por si alguien lo elimina a lo largo del día?

—Sepa usted, Hastings, que no anda muy lejos de la verdad. —Estaba serio.

—¿Es que nuestro asesino se está volviendo peligroso?

—Un asesino siempre es peligroso —dijo Poirot con gravedad—. Muchas veces no se tiene en cuenta ese hecho.

—¿Alguna noticia?

—El doctor Tanios telefoneó.

—¿Todavía no sabe nada de su esposa?

—No.

—Entonces todo va bien.

—Lo dudo.

—Caramba, Poirot, ¿no creerá usted que la han matado?

Mi amigo meneó la cabeza, dubitativo.

—Confieso —murmuró— que me gustaría saber dónde está.

—Bueno, ya volverá.

—Su jovial optimismo siempre me divierte, Hastings.

—¡Dios mío, Poirot! ¿No estará usted pensando que aparecerá descuartizada y dentro de un baúl?

—Encuentro la actitud del doctor Tanios algo exagerada, pero nada más —contestó Poirot despacio—. La primera cosa que debemos hacer es entrevistarnos con la señorita Lawson.

—¿Va usted a demostrarle el pequeño error en que incurrió respecto al broche?

—Desde luego que no. Me lo guardaré en la manga hasta que llegue el momento adecuado.

—Entonces ¿qué le va a decir?

—Eso, *mon ami*, ya lo oirá usted a su debido tiempo.

—Más mentiras, supongo.

—A veces resulta un poco ofensivo, Hastings. Todos van a creer que me divierto contando mentiras.

—Creo que hay algo de cierto en eso. Mejor dicho, estoy seguro.

—La verdad es que en ocasiones me sorprende lo ingenioso que soy —confesó Poirot candorosamente.

No pude evitar una explosión de risa, y mi amigo me miró con aire de reproche. Luego salimos rumbo a Clanroyden Mansions.

Entramos en el mismo salón atestado de chismes y la señorita Lawson se presentó con gran bullicio y ademanes mucho más incoherentes que de costumbre.

—¡Ah, mi querido monsieur Poirot! Buenos días. Hay tanto que hacer que esto está algo desordenado. Todo se encuentra manga por hombro esta mañana. Desde que llegó Bella...

—¿Qué dice? ¿Bella?

—Sí, Bella Tanios. Llegó hace media hora y con los niños exhaustos por completo. ¡Pobres criaturas! En realidad, no sé qué hacer. Verá, ha abandonado a su marido.

—¿Lo ha abandonado?

—Eso ha dicho. Desde luego, no tengo ninguna duda de que le sobran razones, ¡pobre chica!

—¿Le ha hecho alguna confidencia?

—Pues tanto como eso, no. No ha querido decirme nada. Solo repite que lo ha abandonado y que nada le hará volver con él.

—Ese es un paso muy serio.

—¡En efecto! Si ese hombre hubiera sido inglés, la habría aconsejado. Pero no lo es. Y la pobre parece tan buena, tan asustada... ¿Qué es lo que le habrá hecho ese individuo? Creo que los turcos son terriblemente crueles.

—El doctor Tanios es griego.

—Sí, desde luego, ese es el otro aspecto de la cuestión; quiero decir que suelen ser los griegos los masacrados por los turcos, ¿o son los armenios? Pero da lo mismo, no me gusta pensar en eso. No creo que ella deba volver con su marido, ¿no le parece, monsieur Poirot? De todas formas, Bella dice que no quiere que él sepa dónde está.

—¿Tan grave es el asunto?

—Sí; verá, es por los niños. La pobre tiene miedo de que se los lleve a Esmirna. ¡Pobrecita! Se encuentra en un terrible apuro. Comprenda que no tiene dinero, ni un penique. No sabe adónde ir ni qué hacer. Quiere ganarse la vida, pero ya sabe usted, monsieur Poirot, que eso no es tan fácil como parece. Yo lo sé. Sería diferente si tuviera experiencia en algún oficio.

—¿Cuándo dejó a su marido?

—Ayer. Pasó la noche en un hotel modesto, cerca de Paddington. Vino a buscarme porque no sabía a quién dirigirse, ¡pobre mujer!

—¿Y va usted a ayudarla? Eso dice mucho en su favor.

—Bueno, monsieur Poirot, creo que es mi deber. Aunque va a resultar difícil. Este es un piso muy pequeño y no hay sitio. Y luego, con unas cosas y otras...

—Podría enviarla a Littlegreen House.

—Supongo que sí, pero su marido podría deducir que está allí. Por el momento, he reservado unas habitaciones para ella en el hotel Wellington, de Queens Road. Se inscribió con el nombre de señora Peters.

—Comprendo —asintió Poirot, que hizo una pausa y luego continuó—: Me gustaría ver a la señora Tanios. Ayer estuvo en mi casa, pero yo no me encontraba allí.

—¡Oh! ¿Eso hizo? No me lo dijo. La avisaré, ¿le parece?

—Si fuera usted tan amable.

La señorita Lawson salió precipitadamente de la habitación. Al momento, oímos su voz.

—Bella, Bella querida, ¿quiere salir a hablar con monsieur Poirot?

No pudimos oír la contestación de la señora Tanios, pero al cabo de un rato apareció en el salón.

Quedé sorprendido de verdad al ver su aspecto. Tenía unos círculos oscuros alrededor de los ojos y sus mejillas carecían por completo de color. Pero lo que más me llamó la atención fue su indudable aspecto aterrorizado. Se sobresaltaba por el menor ruido y parecía estar siempre al acecho.

Poirot la saludó empleando sus modales más corteses. Se adelantó, le estrechó la mano, le acercó una silla y le proporcionó un almohadón. Trató a la mujer de aspecto desvaído como si fuera una reina.

—Y ahora, madame, charlemos un poco. Ayer fue usted a verme, ¿verdad?

Ella asintió.

—Siento mucho no haber estado entonces en casa.

—Sí, sí, me habría gustado encontrarle.

—¿Quería decirme algo?

—Sí, quería decirle...

—*Eh bien*, aquí estoy, a su servicio.

La señora Tanios no respondió. Estaba sentada, completamente inmóvil, dándole vueltas al anillo que llevaba en un dedo.

—¿Bien, madame?

Poco a poco, casi con desgana, la mujer meneó la cabeza.

—No —dijo—, no me atrevo.

—¿No se atreve usted, madame?

—No. Si él lo supiera, él, oh, ¡podría ocurrirme algo!

—Vamos, vamos, madame, eso es absurdo.

—¡Oh, no es absurdo!... No lo es. Usted no lo conoce.

—¿Se refiere usted a su marido, madame?

—Sí, desde luego.

Poirot permaneció en silencio durante un par de minutos. Después dijo:

—Su marido vino a verme ayer, madame.

Una expresión de alarma se extendió con rapidez por la cara de la mujer...

—¡Oh, no! No le diría usted... Desde luego, no lo hizo. No podía usted hacerlo. No sabía dónde estaba yo. ¿Le dijo... le dijo él que yo estaba loca?

Poirot contestó con cautela.

—Dijo que estaba usted bajo una profunda depresión nerviosa.

Ella negó con la cabeza, sin dejarse engañar.

—¿No le dijo que estaba loca o que me estaba volviendo loca? Quiere encerrarme para que no pueda hablar con nadie.

—¿Hablar sobre qué?

Volvió a menear la cabeza. Estrujándose los dedos, murmuró:

—Tengo miedo.

—Pero, madame, una vez que me lo diga, ¡estará usted segura! ¡El secreto ya no será tal! Eso la protegerá de modo automático.

La mujer no replicó. Siguió dándole vueltas al anillo.

—Debe usted convencerse de ello —insistió Poirot con gran amabilidad.

La señora Tanios dio un respingo.

—¿Cómo quiere que lo sepa? ¡Oh, Dios mío!, ¡es terrible! ¡Tiene unos modales tan convincentes! ¡Y, además, es médico! Todos le creerán a él y no a mí. Sé que lo harán. Yo lo haría. Nadie me creerá.

—¿No quiere usted darme esa oportunidad?

Ella le dirigió una mirada preocupada.

—¡No lo sé! Puede que esté usted de su lado.

—Yo no estoy del lado de nadie, madame. Estoy siempre del lado de la verdad.

—No lo sé —repitió la mujer, desesperada—. Oh, no lo sé. —Prosiguió, con palabras que crecían de volumen, que tropezaban unas con otras—: Ha sido tan horrible... Desde hace años. He visto cosas que han sucedido una y otra vez. Y no podía decir ni hacer nada. Estaban los niños. Ha sido como una larga pesadilla. Y ahora esto. Pero no quiero volver con él. ¡No quiero que se lleve a los niños! Iré a cualquier sitio donde no pueda encontrarme. Minnie Lawson me ayudará. Ha sido tan buena, tan maravillosamente buena. Nadie hubiera hecho lo que ella ha hecho.

Se detuvo, lanzó una rápida mirada a Poirot y preguntó:

—¿Qué le dijo de mí? ¿Dijo que tenía alucinaciones?

—Dijo, madame, que usted había cambiado respecto a él.

Ella asintió.

—Y dijo que yo tenía alucinaciones. Dijo eso, ¿verdad?

—Sí, madame. Si le soy sincero, lo dijo.

—Eso es, ¿ve usted? Eso es lo que quiere. Y yo no tengo pruebas, pruebas reales.

Poirot se retrepó en la silla. Cuando volvió a hablar, se había producido un completo cambio de actitud. Habló con voz inexpresiva, falta de inflexiones, con tan poca emoción como si estuviera discutiendo cualquier árido negocio.

—¿Sospecha usted que su marido asesinó a la señorita Emily Arundell?

La respuesta llegó con rapidez. Fue un destello espontáneo.

—No lo sospecho, lo sé.

—Entonces, madame, su deber es hablar.

—Ah, pero no es tan fácil. No, no es tan fácil.

—¿Cómo la mató?

—No lo sé exactamente, pero él la mató.

—¿No conoce el método que empleó?

—No, fue algo que hizo aquel último domingo.

—¿El domingo que fue a verla?

—Sí.

—Entonces, perdóneme, ¿cómo está usted tan segura?

—Porque él... —Se calló y luego dijo despacio—: ¡Estoy segura!

—*Pardon*, madame, pero noto que se está guardando algo. Algo que no me ha dicho todavía.

—Sí.

—Veamos, pues.

Bella Tanios se levantó de repente.

—No, no. No puedo hacerlo. Los niños, su padre. No puedo, sencillamente, no puedo.

—Pero madame...

—Le digo que no puedo.

Su voz se volvió estridente, casi un chillido.

Se abrió la puerta y entró la señorita Lawson con la cabeza algo ladeada y una gran excitación reflejada en su rostro.

—¿Puedo entrar? ¿Ya han acabado de hablar? Bella, querida, ¿no cree que debería tomar una taza de té, algo de sopa o quizá un poco de coñac?

La señora Tanios negó con la cabeza.

—Me encuentro perfectamente —dijo con una débil sonrisa—. Debo volver con los niños. Los he dejado deshaciendo las maletas.

—¡Pobres criaturas! —comentó la señorita Lawson—. ¡Me gustan tanto los niños!

Bella se volvió de pronto hacia la mujer.

—No sé lo que hubiera hecho de no ser por usted. Ha sido demasiado buena conmigo.

—Vamos, vamos, querida, no llore. Todo saldrá bien. Puede usted consultar con mi abogado, un hombre encantador y comprensivo. Él la aconsejará sobre la mejor manera de conseguir el divorcio. Divorciarse es muy fácil ahora, ¿no es así? Todos lo dicen. ¡Ay, Dios mío, el timbre de la puerta! ¿Quién será?

Abandonó apresuradamente la habitación. Hubo un rumor de voces en el vestíbulo y la señorita Lawson volvió. Entró de puntillas y cerró la puerta con cuidado. Luego dijo, susurrando excitada, pronunciando con exageración las palabras:

—¡Oh, Bella, es su marido! Le aseguro que no...

La señora Tanios corrió hacia una de las puertas del salón. La señorita Lawson asintió con brusquedad.

—Eso es, querida, entre ahí y luego salga por la otra puerta cuando yo lo haga pasar a esta habitación.

Bella susurró:

—No le diga que he estado aquí. No le diga que me ha visto.

—No, no, desde luego que no.

La señora Tanios se escurrió por la puerta. Poirot y yo la seguimos precipitadamente y nos encontramos en un comedor de pequeñas dimensiones.

Mi amigo se dirigió hacia la puerta que daba al vestíbulo, la abrió un poco y escuchó. Luego nos hizo una seña.

—Tenemos el campo libre. La señorita Lawson lo ha hecho pasar al salón.

Salimos al pasillo y luego al vestíbulo, y Poirot cerró la puerta haciendo el menor ruido posible.

La señora Tanios empezó a correr escaleras abajo, tropezando y cogiéndose a la barandilla. Poirot la ayudó, sosteniéndola por un brazo.

—*Du calme... du calme.* Todo va bien.

—Vengan conmigo —pidió Bella, llorosa.

Parecía que fuera a desmayarse.

—¡Claro que iremos con usted! —aseguró mi amigo.

Cruzamos la calle, dimos la vuelta en una esquina y nos encontramos en Queen's Road. El Wellington era un hotel pequeño y sin pretensiones, del estilo de las casas de huéspedes.

Cuando hubimos entrado, la señora Tanios se dejó caer en un sofá y se puso la mano sobre el excitado corazón.

Poirot le dio una palmadita en el hombro, como para darle ánimos.

—Ha sido el apuro que hemos pasado. Ahora, madame, escuche con atención lo que voy a decirle.

—No puedo contarle nada más, monsieur Poirot. No estaría bien. Usted sabe lo que pienso, lo que creo. Tendrá que conformarse con eso.

—Le pido que me escuche, madame. Suponiendo, y solamente es una suposición, que yo conozca ya los hechos de este caso, suponiendo que yo ya sepa lo que quiere contarme, la cosa sería diferente, ¿no es cierto?

La mujer lo miró dubitativamente. Sus ojos tenían una expresión de sufrimiento.

—¡Oh, créame, madame, no trato de hacerle decir lo que usted no desea! Pero sería diferente, ¿verdad?

—Supongo que sí.

—Bien. Entonces, permítame que le diga que yo, Hércules Poirot, conozco la verdad. No la voy a forzar a que acepte mi palabra por ello. Tome esto.

Poirot le entregó el abultado sobre que le había visto cerrar aquella mañana.

—Los hechos están relatados ahí. Después de leerlos, si está de acuerdo con ellos, llámeme por teléfono. Mi número está escrito en una nota.

Casi con miedo, la mujer aceptó el sobre.

Mi amigo prosiguió con energía:

—Ahora, otro asunto. Debe usted irse de este hotel.

—¿Por qué?

—Vaya al Coniston, cerca de Euston, y no se lo comunique a nadie.

—Pero seguramente aquí no... Minnie Lawson no le dirá a mi marido dónde estoy.

—¿Eso cree usted?

—¡Oh, no! Ella está por completo de mi parte...

—Sí. Pero su marido, madame, es un hombre muy listo. No tendrá ninguna dificultad en hacer con ella lo que quiera. Es esencial, repito, esencial, que su marido no sepa dónde está usted.

Ella asintió.

Poirot sacó una hoja de papel.

—Aquí está la dirección. Haga las maletas y márchese con los niños tan pronto como pueda. ¿Me entiende?

La mujer asintió de nuevo.

—Sí, le comprendo.

—Debe usted pensar en los niños, no en usted, madame. Usted quiere a sus hijos.

Había tocado su punto sensible.

Las mejillas de Bella recuperaron parte de su color. Levantó la cabeza con decisión. En ese momento parecía no asustada ni acobardada, sino arrogante y casi hermosa.

—Entonces, de acuerdo —dijo Poirot.

Le estrechó la mano y nosotros dos nos marchamos juntos. Pero no muy lejos. Desde el interior de un bar situado convenientemente vigilamos la puerta de entrada del hotel mientras tomábamos café. Transcurridos unos cinco minutos vimos que por la calle se acercaba el doctor Tanios. No miró siquiera el Wellington. Pasó frente a él con la cabeza gacha, sumido en sus pensamientos, y luego entró en la estación del metro.

Diez minutos más tarde, vimos a la señora Tanios y los niños subir a un taxi con todo su equipaje. Se alejaron.

—*Bien* —dijo Poirot levantándose—. Hemos desempeñado nuestro papel. Ahora el asunto está en manos de los dioses.

27

La visita del doctor Donaldson

Donaldson llegó puntual a las dos de la tarde. Estaba tan tranquilo y sereno como de costumbre.

La personalidad del joven había empezado a intrigarme. Al principio lo había considerado alguien raro y de difícil descripción. Me había preguntado qué era lo que una criatura tan vivaracha e impulsiva como Theresa había visto en él, pero ahora me daba cuenta de que Donaldson no tenía nada de menospreciable. Detrás de sus modales pedantes había fuerza.

Después de los saludos de rigor, nuestro visitante inició la conversación.

—La razón de mi visita, monsieur Poirot, es la siguiente: no comprendo con exactitud cuál es su papel en este asunto.

Mi amigo replicó con cautela:

—Creo que ya conoce usted mi profesión.

—Claro que sí. Debo confesarle que me he tomado la molestia de hacer unas pequeñas averiguaciones.

—Es usted un hombre metódico, doctor.

—Me gusta estar seguro de lo que hago —contestó Donaldson con sequedad.

—Tiene usted espíritu científico.

—Convengo en que todos los informes son idénticos. Es usted, sin duda, un hombre apreciado dentro de su profesión. Tiene también la reputación de ser escrupuloso y honrado.

—Muy amable por su parte —murmuró Poirot.

—Por eso no me explico qué relación puede tener con todo este asunto.

—¡Pues es muy sencillo!

—No lo creo —repuso Donaldson—. Al principio, se presentó usted como un escritor de biografías.

—Una treta perdonable, ¿no cree? Uno no puede ir por ahí diciendo que es detective, aunque a veces también resulta útil.

—Estoy de acuerdo —dijo el joven con el mismo tono—. Después se presentó a la señorita Theresa Arundell pretendiendo que el testamento de su tía podía invalidarse. Lo cual, desde luego, es ridículo. —La voz de Donaldson era tajante—. Sabe usted a la perfección que el testamento era legal en todos los aspectos y que nada puede hacerse contra él.

—¿Eso cree usted?

—No soy tonto, monsieur Poirot.

—No, doctor Donaldson, claro que no es usted tonto. Ese testamento no puede invalidarse.

—¿Por qué le hizo creer que sí? Está claro que por razones que usted sabe y que la señorita Theresa Arundell no puede imaginar.

—Parece usted muy seguro de las reacciones de esa señorita.

Una ligera sonrisa apareció en el rostro del joven, que de forma inesperada dijo:

—Conozco mucho más a Theresa de lo que ella sospecha. No tengo ninguna clase de duda de que Charles y ella creen que han contratado sus servicios para un negocio dudoso. Charles carece casi por completo de moral, mientras que la educación de Theresa no fue muy adecuada.

—¿Así habla usted de su prometida, como si fuera un conejillo de Indias?

Donaldson miró fijamente a Poirot a través de sus gafas.

—No tengo por qué ocultar la verdad. Amo a Theresa Arundell y la quiero por lo que es y no por cualidades imaginarias.

—¿Se da usted cuenta de que Theresa está enamorada de usted y de que su ansia de dinero se debe sobre todo a su deseo de que usted vea cumplidas sus ambiciones?

—¡Claro que me he dado cuenta! Ya le he dicho que no soy tonto. Pero no tengo la menor intención de dejar que Theresa se vea envuelta en una situación equívoca por culpa mía. En muchos aspectos, todavía es una niña. Soy muy capaz de labrarme mi porvenir con mi propio esfuerzo. No quiero decir con ello que hubiera rechazado un legado considerable. Me habría venido muy bien, pero solo representaría una ayuda para acortar el camino.

—Por lo visto, tiene usted plena confianza en sus propias facultades.

—Igual parece una falta de modestia, pero sí, la tengo —replicó Donaldson en tono comedido.

—Admito que me gané la confianza de la señorita Theresa valiéndome de un truco. Dejé que creyera que yo podía, digámoslo así, olvidar las reglas de la honradez para conseguir dinero. Y ella me creyó sin la menor dificultad.

—Theresa piensa que con dinero se puede lograr todo —indicó el joven médico con el tono de quien anuncia una verdad evidente.

—Cierto. Esa parece ser su actitud y también la de su hermano.

—Sin duda, ¡Charles haría cualquier cosa por dinero!

—Por lo que veo, no se hace usted ilusiones respecto a su futuro cuñado.

—No, lo considero digno de estudio. Tiene, según creo, una neurosis profundamente arraigada, aunque eso no tiene nada que ver en este asunto. Volvamos a lo que estábamos discutiendo. Me he preguntado por qué actuaba usted como lo ha hecho y solo he hallado una respuesta: está claro que sospecha que Theresa o Charles tienen algo que ver con la muerte de la señorita Arundell. ¡No, por favor, no se moleste en contradecirme! Su referencia a la exhumación del cuerpo de su tía fue, en mi opinión, un mero intento de ver qué reacción provocaba. ¿Ha intentado ya conseguir una orden de exhumación?

—Quiero ser franco con usted. Hasta ahora, no.

Donaldson asintió.

—Lo suponía. Me figuro que habrá pensado en la posibilidad de que al final se compruebe que la muerte de la señorita Arundell se debió en efecto a causas naturales.

—He considerado que así sea, sí.

—Pero ¿tiene ya formada su opinión?

—Por completo. Si tiene usted un caso de, digamos, tuberculosis, que parece tuberculosis, que presenta sus síntomas y en el cual la sangre dé una reacción positiva... *eh bien*, lo considerará usted tuberculosis, ¿verdad?

—¿Lo enfoca usted de ese modo? Comprendo. Entonces ¿qué es exactamente lo que espera usted?

—Espero la prueba final.

En ese momento sonó del teléfono. A una señal de Poirot, me levanté y lo cogí. Enseguida reconocí la voz.

—¿Capitán Hastings? Soy la señora Tanios. ¿Podría decirle a monsieur Poirot que está en lo cierto? Si quiere venir mañana a las diez, le facilitaré lo que desea.

—¿Mañana a las diez?

—Sí.

—Muy bien, se lo diré.

Mi amigo me dirigió una mirada interrogativa y yo asentí.

Poirot se volvió hacia Donaldson. Sus modales habían cambiado; se lo veía animado y seguro.

—Voy a ser claro —dijo Poirot—. Mi diagnóstico del caso fue que se trataba de un asesinato. Tiene el aspecto de un asesinato, todas las características peculiares de un asesinato y, en realidad, es un asesinato. No me cabe la menor duda.

—Entonces ¿a qué obedece su indecisión? Porque me doy cuenta de que está usted indeciso.

—Estaba indeciso respecto a la identidad del asesino, pero ahora ya no lo estoy.

—¿De veras? ¿Sabe usted quién es?

—Puedo decir que la prueba definitiva estará en mis manos mañana por la mañana.

Las cejas de Donaldson se arquearon en un gesto irónico.

—¡Ah! —exclamó—. ¡Mañana! A veces, monsieur Poirot, el mañana está muy lejos.

—Al contrario —contestó Poirot—, siempre he comprobado que el mañana sigue al hoy con monótona regularidad.

Donaldson sonrió mientras se ponía de pie.

—Me temo que le he hecho perder el tiempo, monsieur Poirot.

—No se preocupe. Conviene conocer bien a las personas.

Con una ligera reverencia, el doctor Donaldson salió de la habitación.

28

Otra víctima

—Es un hombre listo —dijo Poirot, pensativo.

—Resulta difícil saber qué es lo que se propone.

—Sí, es un poco inhumano. Pero muy perceptivo.

—La llamada telefónica era de la señora Tanios.

—Me lo he imaginado.

Le di el recado. Poirot asintió, satisfecho.

—Bien, todo marcha a la perfección. Veinticuatro horas, Hastings, y creo que sabremos exactamente cuál es nuestra posición.

—Todavía estoy un poco confundido. ¿De quién sospechamos?

—La verdad es que no puedo decir de quién sospecha usted, Hastings. Supongo que, de todos, uno tras otro.

—A veces creo que le gusta que me arme estos líos.

—No, no. No me resulta especialmente divertido.

—Yo no estoy tan seguro.

Mi amigo meneó la cabeza con aire ausente.

—¿Qué le pasa? —pregunté.

—Amigo mío, siempre estoy nervioso cuando un caso se acerca al final. Si algo sale mal...

—¿Es que va a salir algo mal?

—No lo creo. —Se calló y frunció el ceño—. Creo que tengo previstas todas las contingencias.

—Entonces ¿por qué no nos olvidamos del crimen y nos vamos al teatro?

—*Ma foi*, Hastings, ¡es una buena idea!

Pasamos una velada muy agradable, aunque cometí una ligera equivocación llevando a Poirot a ver una obra policíaca. He aquí un consejo que ofrezco a mis lectores: nunca lleven a un soldado a una función de tema militar, a un marino a una de ambiente naval, a un escocés a una que se desarrolle en Escocia, a un detective a una policíaca y a un actor a cualquiera de ellas. El chaparrón de críticas destructivas en cada caso resulta devastador. Poirot no dejó de quejarse de la deficiente psicología de los personajes, y la falta de orden y método del detective protagonista casi lo hizo enloquecer. Cuando nos separamos, todavía me explicaba cómo podría haberse descubierto el misterio a la mitad del primer acto.

—Pero en ese caso, Poirot, la función habría acabado enseguida.

Se vio obligado a admitir que quizá fuera así.

A la mañana siguiente, pocos minutos después de las nueve, entré en el salón. Poirot estaba desayunando mientras abría el correo, como de costumbre.

Sonó el teléfono y al contestar oí una voz anhelante de mujer.

—¿Monsieur Poirot? ¡Oh, es usted, capitán Hastings!

Se oyó un sonido entrecortado y un resoplido.

—¿Señorita Lawson? —pregunté.

—Sí, sí. ¡Ha sucedido algo terrible!

Cogí con fuerza el auricular.

—¿Qué ha pasado?

—Se ha ido del Wellington, ¿sabe? Me refiero a Bella. Fui ayer por la tarde, a última hora, y me dijeron que se había marchado. ¡Sin decirme palabra! No podía creerlo. Me hizo pensar que quizá el doctor Tanios tuviera razón. Habló de ella con tal delicadeza y parecía tan angustiado que ahora creo que tal vez estuviera en lo cierto.

—Pero ¿qué ha sucedido con exactitud, señorita Lawson? ¿Solamente que la señora Tanios se ha marchado del hotel sin decírselo a usted?

—¡Oh, no! No es eso. Dios mío, ¡si solo fuera eso, todo iría bien! Aunque me resulta extraño, ya sabe. El doctor Tanios dijo que tenía miedo de que ella no estuviera del todo..., ya me entiende usted. Lo llamó «manía persecutoria».

—Sí. —¡Maldita mujer!—. Pero ¿qué ha ocurrido?

—¡Oh, Dios mío! ¡Es terrible! Ha muerto mientras dormía. Una sobredosis de somníferos. ¡Y esos pobres pequeños! ¡Es todo tan horrible y triste! No he hecho más que llorar desde que me enteré.

—¿Y cómo se ha enterado? Cuéntemelo todo.

Con el rabillo del ojo, vi que Poirot había interrumpido la tarea de abrir cartas y escuchaba lo que yo decía. No me gustaba en absoluto la idea de cederle el sitio. Si lo hacía, era probable que la señorita Lawson empezara otra vez con sus lamentaciones.

—Me telefonearon del hotel. El Coniston. Parece que encontraron mi nombre y mi dirección en su bolso. Ay, Dios mío, monsieur Poirot..., digo, capitán Hastings, ¿no es terrible? Esos pobres niños se han quedado sin madre.

—Oiga —dije—. ¿Está segura de que ha sido un accidente? ¿No cabe la posibilidad de que se trate de un suicidio?

—¡Oh, qué idea tan espantosa, capitán Hastings! ¡Dios mío, no lo sé! ¿Cree usted que es posible? Sería horrible. Desde luego, se la veía muy deprimida. Pero no tenía por qué hacerlo. Quiero decir que no tenía que preocuparse por el dinero, yo estaba dispuesta a compartirlo con ella, ¡de verdad! La pobre señorita Arundell lo habría aprobado, ¡estoy segura! Es espantoso pensar que pudo quitarse la vida, aunque quizá no lo hizo. Los del hotel parecían creer que se trataba de un accidente.

—¿Qué es lo que tomó?

—Uno de esos somníferos, creo que veronal. No, cloral. Sí, eso es, cloral. Oh, Dios mío, capitán Hastings, ¿cree usted...?

Sin ninguna ceremonia, colgué el receptor y me volví hacia Poirot.

—La señora Tanios...

Levantó la mano.

—Sí, sí, ya sé lo que va a decir. Ha muerto, ¿verdad?

—Sí. Una sobredosis de cloral.

Poirot se levantó.

—Vamos, Hastings. Debemos ir allí ahora mismo.

—¿Eso es lo que temía anoche? ¿Cuando dijo que siempre estaba nervioso al terminar un caso?

—Sí, temía otra muerte.

La expresión de Poirot era decidida y severa. Hablamos muy poco mientras nos dirigíamos a Euston. En un par de ocasiones, Poirot meneó la cabeza.

Con timidez, pregunté:

—¿No cree usted que puede tratarse de un accidente?

—No, Hastings, no. No ha sido un accidente.

—¿Cómo diablos descubrió él el paradero de su esposa?

Poirot se limitó a menear la cabeza.

El Coniston era un hotel vulgar cerca de la estación de Euston. Poirot, con su tarjeta y bruscas maneras autoritarias, enseguida logró abrirse paso hasta el despacho del gerente.

Los hechos eran muy simples.

La señora Peters, nombre con el que se registró al llegar, y sus hijos habían entrado en el hotel a las doce y media y comieron a la una. A las cuatro llegó un hombre con una tarjeta para la señora Peters y se la entregaron. Pocos minutos después, bajó con los niños y una maleta. Los chicos se fueron con el visitante. La señora Peters dijo luego en recepción que ya no necesitaría su habitación.

No parecía angustiada ni alterada. Al contrario, estaba

completamente tranquila y segura de sí misma. Cenó a las siete y media y subió a su habitación poco después.

Al llamarla a la mañana siguiente, la doncella la había hallado muerta.

Tras avisar a un médico, este les dijo que había fallecido hacía varias horas. Había un vaso vacío en la mesilla de noche, junto a la cama. Parecía evidente que había tomado un somnífero y que, por equivocación, había sufrido una sobredosis. El hidrato de cloral, según el médico, era muy inseguro. No había indicios de suicidio ni se había encontrado ninguna carta. Mientras pensaban en cómo comunicar lo ocurrido a los familiares, hallaron el nombre y la dirección de la señorita Lawson, a la que llamaron por teléfono para ponerle en antecedentes de lo sucedido.

Poirot preguntó si habían encontrado cartas o papeles. Por ejemplo, la carta que trajo el hombre que se llevó a los niños. El gerente manifestó que no se habían hallado papeles de ninguna clase, aunque había un montón de cenizas en la chimenea.

Poirot asintió, pensativo.

Por lo que sabían ellos, la señora Peters no había recibido visitas y nadie había entrado en su cuarto, con la única excepción del hombre que se había llevado a los dos niños.

Pregunté al portero qué apariencia tenía el visitante, pero sus explicaciones fueron muy vagas. Un hombre de mediana estatura y cabello rubio, según creía recordar, con aspecto militar y un aire que no podía precisar. Estaba seguro de que no llevaba barba.

—No fue Tanios —dije por lo bajo a Poirot.

—Mi apreciado Hastings, ¿cree usted realmente que, después de todas las molestias que se había tomado para que su marido no encontrara a los niños, la señora Tanios iba a entregarlos sin la menor protesta? ¡Ah, no!

—Entonces ¿quién era el hombre?

—Parece claro que era alguien en quien ella confiaba. O

tal vez alguien enviado por una tercera persona que disfrutaba de su confianza.

—Un hombre de mediana estatura... —murmuré.

—No es necesario que se preocupe por su aspecto, Hastings. Estoy seguro del todo de que el hombre que se llevó a los niños es un personaje sin importancia. El actor principal permanece oculto.

—Así pues, la nota la escribió esa tercera persona.

—Sí.

—¿Alguien en quien la señora Tanios confiaba?

—Desde luego.

—¿Y ella quemó la nota?

—Sí, le dijeron que lo hiciera.

—¿Y qué ha pasado con el resumen del caso que le entregó usted? ¿No le dio un sobre con algo escrito? ¿Dónde está?

El rostro de Poirot estaba desacostumbradamente grave.

—También lo han quemado, pero no importa.

—¿No?

—No. Porque, como usted sabe, todo está en la cabeza de Hércules Poirot.

Me cogió del brazo.

—Vamos, Hastings, marchémonos de aquí. Nuestras ocupaciones no tienen nada que ver con los muertos, sino con los vivos. Es con ellos con los que debo tratar.

29

Interrogatorio en Littlegreen House

A las once de la mañana siguiente, siete personas estaban reunidas en Littlegreen House.

Hércules Poirot, de pie junto a la chimenea. Charles y Theresa en el sofá; él sentado en uno de los reposabrazos con la mano sobre el hombro de su hermana. El doctor Tanios ocupaba un gran sillón orejero. Tenía los ojos enrojecidos y llevaba una banda negra en el brazo.

En una silla, cerca de una mesa redonda, estaba la dueña de la casa: la señorita Lawson. También tenía los ojos rojos y llevaba el cabello más revuelto que de costumbre. El doctor Donaldson estaba sentado frente a Poirot, con la cara completamente inexpresiva.

Mi interés creció mientras miraba uno a uno los semblantes de los reunidos.

A lo largo de mi amistad con Poirot, había asistido a más de una escena como aquella. Una pequeña reunión de personas en apariencia tranquilas, todas con una máscara de buena educación en su rostro. Y también había visto a Poirot quitar la máscara a una de aquellas personas y mostrar la faz que se ocultaba debajo: ¡la cara de un asesino!

Sí, no había duda. ¡Uno de ellos era un asesino! Pero ¿quién? Sobre eso yo no estaba seguro.

Poirot carraspeó un poco pomposamente, según tenía por costumbre, y empezó a hablar.

—Nos hemos reunido aquí, señoras y señores, para investigar la muerte de Emily Arundell, ocurrida el día uno del pasado mes de mayo. Existen cuatro posibilidades: que muriera por causas naturales, que fuera a consecuencia de un accidente, que se quitara la vida o, por último, que encontrara la muerte a manos de alguien, conocido o desconocido.

»No se celebró ningún interrogatorio porque se dio por sentado que murió de muerte natural y el doctor Grainger extendió el certificado de defunción en estos términos. En los casos en que se suscita alguna sospecha después del entierro, es costumbre exhumar el cadáver. Existen razones por las cuales no he creído oportuno utilizar ese medio. La principal de ellas es que a mi clienta no le habría gustado que lo hiciera.

Fue el doctor Donaldson quien lo interrumpió:

—¿Su clienta?

Poirot se volvió hacia él.

—Mi clienta es la señorita Emily Arundell. Trabajo por su cuenta. Su mayor deseo era que no hubiera un escándalo.

Pasaré por alto lo que Poirot dijo en los diez minutos siguientes, dado que repitió cosas que ya nos son conocidas. Habló de la carta que había recibido, la sacó del bolsillo y la leyó en voz alta. Siguió describiendo las gestiones que había hecho en Market Basing y del descubrimiento de los medios por los cuales se había planificado un accidente.

Luego hizo una pausa, se aclaró la garganta una vez más y dijo:

—Ahora los llevaré por el camino que he recorrido para llegar a la verdad. Voy a mostrarles la que yo creo que es una verdadera reconstrucción de los hechos en este caso.

»Para empezar, es necesario darse cuenta exactamente de lo que pasaba por la mente de la señorita Arundell. Eso, según creo, es muy fácil. Sufrió una caída que todos atribuyeron a la pelota del perro, pero ella sabía mejor que nadie a qué se debía. Mientras guardaba cama, su activa y aguda inteligencia repasó las circunstancias que concurrieron en la caída y llegó a una conclusión definitiva al respecto: alguien había intentado de forma deliberada ocasionarle daño o tal vez matarla.

»De esta conclusión pasó a considerar quién podía ser. En la casa había siete personas: cuatro huéspedes, su señorita de compañía y las dos criadas. De estos siete, solo uno podía ser descartado por completo ya que ninguna ventaja podía reportarle atentar contra ella. No sospechaba seriamente de las criadas, pues ambas estaban a su servicio desde hacía muchos años y sabía que le eran fieles. Quedaban, pues, cuatro personas: tres de ellas miembros de su familia y la otra, familiar político. Cada una se habría beneficiado con su muerte, tres de manera directa.

»Se hallaba, pues, ante una situación difícil, dado que la señorita Arundell tenía un gran concepto de los vínculos familiares. En esencia, era una de aquellas personas a quienes no les gusta lavar la ropa sucia a la vista de todo el mundo, como dice la expresión. Por otra parte, no era de las que se someten con facilidad a un intento de asesinato.

»Tomó, pues, una decisión y me escribió. Aunque al mismo tiempo dio otro paso y este fue, según imagino, consecuencia de dos motivos. Uno era un claro sentimiento de rencor hacia toda su familia. Sospechaba de todos ellos, sin distinción, y determinó que, costara lo que costase, no iban a conseguir nada de ella. El segundo y más razonable motivo era el deseo de protegerse y, por lo tanto, tenía que ingeniarse un medio para ello. Como ya saben ustedes, escribió a su abogado, el señor Purvis, y le dio instrucciones para que redactara un testamento a favor de la única persona de la casa que no había tenido nada que ver con el accidente.

»Ahora puedo decir que, a la vista de los términos de la carta que me escribió y de lo que hizo después, estoy del todo seguro de que la señorita Arundell pasó de las sospechas indefinidas sobre cuatro personas a las sospechas concretas sobre una de las cuatro. El tono de la carta deja claro que este asunto debía mantenerse en la más estricta privacidad, pues el honor de la familia se hallaba comprometido. Creo que, desde un punto de vista victoriano, eso significaba que una persona que llevaba su propio apellido era la sospechosa, preferentemente un hombre.

»Si hubiera sospechado de la señora Tanios se habría ocupado de asegurar su propia seguridad personal, pero no le hubiera importado tanto el honor de la familia. Debió opinar lo mismo respecto a Theresa Arundell; sin embargo, no fue así en lo que atañe a Charles.

»Charles era un Arundell. ¡Llevaba el nombre de la familia! Sus razones para sospechar de él parecen claras. Por una parte, no se hacía ilusiones respecto a su sobrino, ya que en una ocasión estuvo a punto de llenar de oprobio el nombre de la familia. Es decir, ella sabía que el muchacho no era un criminal en potencia, sino de hecho. Ya había falsificado su firma en un cheque. Después de la falsificación, solo hay que dar un paso hasta el asesinato.

»Además, había sostenido con él una significativa conversación dos días antes del accidente. Él le pidió dinero y ella se lo negó. Charles observó entonces, con gran claridad, por cierto, que de aquella forma lo único que conseguiría era que se la "cargaran". Ella le respondió que podía cuidar muy bien de sí misma. Según nos han contado, su sobrino le replicó: "No esté tan segura". Y dos días después ocurría el siniestro accidente.

»No es extraño, pues, que, mientras permanecía en la cama, recapacitara sobre lo ocurrido y llegara a la conclusión definitiva de que había sido Charles Arundell quien había atentado contra su vida.

»La secuencia de los hechos está perfectamente clara: la conversación con Charles, el accidente, la carta que me escribió bajo una gran angustia mental, la carta que escribió al abogado. El martes siguiente, el día veintiuno, el señor Purvis le trajo el nuevo testamento y ella lo firmó.

»Charles y Theresa llegaron el siguiente fin de semana y la señorita Arundell tomó enseguida las medidas necesarias para protegerse. Le dijo a Charles que había hecho un testamento nuevo. Y no solo se lo dijo, sino que le enseñó el documento. Esto, para mí, es absolutamente concluyente. ¡Le estaba demostrando a un posible asesino que no ganaría nada con el asesinato!

»Es muy probable que creyera que Charles le contaría esto a su hermana, pero él no lo hizo. ¿Por qué? Me parece que tenía una buena razón: ¡se sentía culpable! Creía que su tía había cambiado los términos del testamento a causa de lo que él le había dicho. Pero ¿por qué se sentía culpable? ¿Porque en realidad había intentado asesinarla? ¿O solo porque se había apropiado de una pequeña cantidad de dinero? Tanto lo uno como lo otro justificarían que no le dijera a su hermana lo del testamento. No dijo nada esperando que su tía cediera y cambiara de idea.

»Por lo que se refiere al estado mental de la señorita Arundell, creo que reconstruí lo sucedido con bastante aproximación. Después me convencí de que sus sospechas estaban sin duda justificadas.

»Tal como la señorita Arundell había hecho, me di cuenta de que mis sospechas se limitaban a un pequeño círculo: siete personas para ser exacto. Charles y Theresa Arundell, el doctor Tanios y su esposa, las dos criadas y la señorita Lawson. Había un octavo sospechoso que debía tenerse en cuenta: el doctor Donaldson, que cenó aquí aquella noche, pero de cuya presencia no me enteré hasta más tarde.

»Estas siete personas que tomé en consideración encajaban en dos categorías. Seis de ellas se beneficiaban en mayor o menor medida de la muerte de la señorita Arundell. Si cualquiera de ellas cometía el crimen, el motivo era, con seguridad, el lucro. La segunda categoría incluía a una sola persona: la señorita Lawson. No salía ganando nada con la muerte de su señora, pero, a resultas del accidente, después se benefició considerablemente.

»Esto significaba que si la señorita Lawson planificó dicho accidente...

—¡Yo nunca hice una cosa así! —interrumpió la aludida—. ¡Es vergonzoso! Ahí, de pie, diciendo esas cosas...

—Un poco de paciencia, mademoiselle. Y tenga usted la bondad de no interrumpirme —dijo Poirot.

La mujer sacudió la cabeza con indignación.

—¡Insisto en mi protesta! ¡Vergonzoso! Eso es.

Poirot prosiguió sin hacerle caso:

—Estaba diciendo que, si la señorita Lawson hubiera planificado el accidente, lo habría hecho por una razón enteramente diferente; es decir, lo habría planeado para que la señorita Arundell sospechara de los miembros de su propia familia y les tuviera rencor. ¡Era una posibilidad! Busqué entonces si existía alguna confirmación y encontré un hecho concreto. Si la señorita Lawson quería que su señora sospechara de sus familiares, debería haber puesto de manifiesto el hecho de que el perro, *Bob*, estuvo fuera de casa toda la noche. Pero, por el contrario, la señorita Lawson se tomó grandes molestias para impedir que su señora se enterara de este aspecto. Deduje, por lo tanto, que la señorita Lawson debía ser inocente.

—Faltaría más —opinó la mujer con sequedad.

—A continuación, consideré el problema de la muerte de la señorita Arundell. Si se produce un intento fallido de asesinato contra una persona, por lo general le sigue otro. Me pareció significativo que, al cabo de quince días del primero, la interesada muriera. Así que empecé a realizar averiguaciones.

»El doctor Grainger no parecía creer que hubiera algo extraño en la muerte de su paciente. Esto resultaba desalentador para mi teoría. Pero, mientras investigaba lo ocurrido la noche en que la señorita Arundell cayó enferma, me enteré de un hecho significativo. La señorita Isabel Tripp mencionó que había aparecido una aureola alrededor de la cabeza de Emily y su hermana confirmó esta declaración. Podía ser, desde luego, una invención suya, una fantasía, pero yo no creía que el incidente fuera una imaginación. Cuando le pregunté a la señorita Lawson, me facilitó también una interesante información. Se refirió a una cinta luminosa que surgía de la boca de su señora y formaba una nube luminosa alrededor de su cabeza.

»Sin duda, aunque descrito de forma diferente por dos observadores distintos, el hecho en sí era el mismo. Lo que quería decir, desprovisto de cualquier significado espiritista, era esto: ¡aquella noche, el aliento de la señorita Arundell era fosforescente!

El doctor Donaldson se removió en la silla.

Poirot volvió la cabeza hacia él.

—Sí, ya empieza usted a comprender. No hay muchas sustancias fosforescentes. La primera y más común de ellas me proporcionó exactamente lo que buscaba. Les voy a leer un pequeño extracto de un artículo sobre el envenenamiento por fósforo:

»"El aliento de la persona puede volverse fosforescente antes de que se sienta indispuesta". Esto es lo que la señorita Lawson y las señoritas Tripp vieron en la oscuridad: el aliento luminoso de la señorita Arundell, una "nube luminosa". Continúo leyendo: "Tras declararse definitivamente la ictericia, puede considerarse que el cuerpo humano se encuentra no solo bajo la influencia de la acción tóxica del fósforo, sino que además padece las dolencias adicionales de la retención en la sangre de la secreción biliar. Desde este punto de vista, no hay mucha diferencia entre el envenenamiento con fósforo y ciertas afecciones hepáticas, como, por ejemplo, la atrofia amarilla de dicho órgano".

»¿Se dan cuenta de la astucia? La señorita Arundell había sufrido trastornos del hígado durante muchos años. Los síntomas del envenenamiento producido por el fósforo se parecían a los ocasionados por otro ataque de la misma dolencia. Podía considerarse que no sufría nada nuevo, que no había nada sorprendente en ello.

»¡Todo estuvo muy bien planeado! ¿Fósforos extranjeros, pasta insecticida? No es difícil conseguir fósforo y basta una cantidad muy pequeña para matar. La dosis medicinal varía entre 0,64 y 0,21 miligramos.

»*Voilà!* ¡Qué claro, qué maravillosamente claro quedaba entonces el tema! Como es natural, el médico se equivocó. Me di cuenta de ello cuando supe que había perdido el sentido del olfato. El peculiar olor a ajo del aliento es un síntoma característico del envenenamiento por fósforo. No sospechó nada, ¿por qué iba a hacerlo? No se daban las circunstancias apropiadas y la única cosa que podía haberle proporcionado un indicio fue la que nunca oyó. Y si la hubiera oído, la habría considerado una tontería espiritista.

»En ese momento tuve la certeza, basándome en las pruebas que me facilitaron la señorita Lawson y las señoritas Tripp, de que se había cometido un asesinato. Pero todavía me preguntaba, ¿quién lo había hecho? Eliminé a las criadas. Su mentalidad, sin duda, no se adaptaba a ese crimen. Eliminé asimismo a la señorita Lawson, dado que difícilmente habría hablado tanto del ectoplasma luminoso si hubiera estado implicada en el asunto. Eliminé también a Charles Arundell, porque, después de ver el testamento, sabía que no ganaría nada con la muerte de su tía.

»Así pues, quedaba su hermana Theresa, el doctor Tanios, su esposa y el doctor Donaldson, quien, según me enteré, cenó aquí la noche en que se produjo el incidente de la pelota del perro.

»Llegado a este punto tenía muy poco con lo que trabajar. Tuve que volver a considerar la psicología del crimen y la personalidad del asesino. Los dos crímenes tenían más o menos las mismas líneas fundamentales. Ambos eran sencillos, se planearon con habilidad y se llevaron a cabo con eficiencia. Requerían ciertos conocimientos, pero no muchos. Los detalles referentes al envenenamiento por fósforo son fáciles de conseguir, y el propio veneno, como ya les he dicho, se obtiene sin dificultad, sobre todo en el extranjero.

»Consideré primero a los dos hombres. Ambos eran médicos y ambos listos. Podían, tanto uno como otro, haber pensado en el fósforo y en su conveniencia en este caso en particular. Pero el incidente de la pelota no parecía encajar con una mente masculina. El incidente me parecía, en esencia, una idea femenina.

»Por lo tanto, estudié primero a Theresa Arundell. Algunos de sus rasgos encajaban. Era despiadada, atrevida y no muy escrupulosa. Había llevado una vida egoísta y codiciosa. Había conseguido siempre lo que quería y había llegado a un punto en que necesitaba dinero con desesperación, tanto para ella como para el hombre al que amaba. Su manera de comportarse, además, mostraba con claridad que sabía que a su tía la habían asesinado.

»Hubo un pequeño e interesante episodio entre ella y su hermano que me hizo concebir la idea de que cada uno de ellos creía que el otro había cometido el crimen. Charles se esforzó en hacer decir a su hermana que conocía la existencia del nuevo testamento. ¿Por qué? Porque, sin duda alguna, si ella lo sabía no podía ser sospechosa del asesinato. Por otro lado, era obvio que ella no creía lo que decía

Charles. Lo consideraba como un intento chapucero para desviar las sospechas.

»Había otro punto significativo. Charles demostró cierto rechazo a emplear la palabra "arsénico". Después me enteré de que había preguntado al viejo jardinero sobre la potencia de cierto insecticida. Estaba claro, pues, lo que tenía en mente.

Charles Arundell cambió un poco de posición.

—Pensé en ello —dijo—. Pero..., bueno, supongo que no tengo coraje para esas cosas.

Poirot asintió.

—Precisamente. No encaja con su psicología. Los crímenes que pueda cometer usted serán siempre los crímenes propios de un carácter débil. Robar, falsificar. Sí, eso es lo más fácil, pero matar no. Para matar se necesita el tipo de mentalidad que pueda obsesionarse con una idea. —Dicho esto, Poirot reanudó su disertación:

»Decidí que Theresa Arundell tenía la fuerza mental suficiente para llevar a cabo ese intento, pero había otros hechos que debía tener en cuenta. Había sido malcriada, había vivido intensa y egoístamente. Pero esta clase de personas no son de las que matan..., a no ser, quizá, en un arrebato de cólera. Y, sin embargo, estaba seguro de que Theresa Arundell se había hecho con el insecticida de la lata.

Theresa habló inesperadamente.

—Le diré la verdad: pensé en ello. Es cierto que cogí un poco de insecticida del bote del jardinero. ¡Pero no pude hacerlo! Me gusta vivir, estar viva. No podía hacerle eso a nadie, privarle de la vida. Puedo ser mala y egoísta, pero ¡hay cosas que no puedo hacer! ¡Soy incapaz de hacerle daño a una criatura viva!

Poirot hizo un gesto afirmativo.

—No, eso es cierto. Y no es tan mala como se pinta a sí misma, mademoiselle. Solo es joven y atolondrada.

»Así pues, quedaba solamente la señora Tanios. Tan pronto como la conocí, me di cuenta de que estaba asustada. Ella lo advirtió y enseguida sacó provecho de ese desliz momentáneo. Procuró dar la impresión de ser una mujer que temía por su marido. Poco después, cambió de táctica. Lo hizo muy bien, pero el cambio no me engañó. Una mujer puede temer por su marido o puede tener miedo de su marido, pero es difícil que concurran ambas circunstancias. La señora Tanios decidió adoptar el segundo papel y lo interpretó a la perfección. Incluso vino a buscarme al vestíbulo del hotel fingiendo que deseaba decirme algo. Cuando su marido fue a su encuentro, tal como ella esperaba, hizo como si no pudiera hablar delante de él.

»Me percaté enseguida de que no temía a su marido, sino que lo aborrecía. Y de pronto, en resumen, concluí que allí tenía el carácter exacto que buscaba. No una mujer mimada, sino contrariada. Una muchacha sencilla que había llevado una vida aburrida, incapaz de atraer a los hombres que le gustaban y que al final había aceptado a un marido que no le satisfacía, con tal de no convertirse en una solterona. Pude imaginarme su creciente disgusto por su miserable existencia: su vida en Esmirna, separada de todo lo que le agradaba. Y después el nacimiento de sus hijos y el apasionado afecto que sentía por ellos.

»Su marido la quería, pero ella empezó a odiarlo en secreto más y más. Él especuló con el dinero de ella y lo perdió. Un resentimiento más en su contra.

»Solo había una cosa que iluminaba su tétrica vida: esperar la muerte de su tía Emily. Entonces tendría dinero, independencia, los medios con que educar a sus hijos tal como deseaba. Recuerden que la educación significaba mucho para ella, pues era hija de un profesor.

»Es posible que ya hubiera planeado el crimen o que tuviera la idea en mente antes de venir a Inglaterra. Tenía ciertos conocimientos de química por haber ayudado a su padre en el laboratorio. Conocía la naturaleza de la dolencia de la señorita Arundell y estaba bien enterada de que el fósforo sería una sustancia ideal para sus propósitos.

»Luego, cuando llegó a Littlegreen House, se le presentó un método más simple. La pelota del perro, un cordel tendido en lo más alto de la escalera. Una sencilla e ingeniosa idea femenina.

»Así que lo intentó, y fracasó. No creo que se diera cuenta de que la señorita Arundell se había percatado de lo que había sucedido en realidad. Las sospechas de su tía estaban dirigidas directamente contra Charles, así que supongo que su forma de tratar a Bella no cambió en ningún sentido. Y así, sin ruido y con determinación, aquella mujer reservada, infeliz y ambiciosa puso en práctica su plan original. Encontró un excelente vehículo para suministrar el veneno: unas cápsulas que acostumbraba a tomar la señorita Arundell después de las comidas. Abrir una de esas cápsulas, poner el fósforo dentro y volver a cerrarla fue un juego de niños.

»La cápsula venenosa se mezcló entre las demás. Antes o después, la señorita Arundell se la tomaría y nadie sospecharía que se trataba de un envenenamiento. Y aunque por cualquier circunstancia imprevista sí se sospechara, ella se encontraría lejos de Market Basing por entonces.

»Sin embargo, tomó una precaución: adquirió una dosis doble de hidrato de cloral, falsificando la firma de su marido en la receta. No tuve ninguna duda sobre el destino que le daría: tomarlo en caso de que algo saliera mal.

»Como les he dicho, estaba convencido desde el primer momento de que la señora Tanios era la persona que estaba buscando, pero no tenía ninguna prueba. Así pues, debía proceder con cautela. Si la señora Tanios se daba cuenta de que yo sospechaba de ella, podía cometer un nuevo crimen. Además, supuse que la idea de este nuevo asesinato ya se le había ocurrido: el mayor deseo de su vida era verse libre de su marido.

»El primer asesinato había resultado ser una amarga desilusión. ¡El maravilloso y omnipotente dinero había ido a parar a manos de la señorita Lawson! Fue un duro golpe, pero como consecuencia de ello empezó a obrar con más inteligencia. Comenzó a trabajarse la conciencia de la señorita Lawson, quien, según sospecho, todavía no la tiene tranquila.

Hubo una repentina explosión de sollozos. La señorita Lawson sacó un pañuelo y lloró y gimió con desespero.

—Ha sido horroroso —gimoteó—. He sido mala, muy mala. Me entró mucha curiosidad por saber qué es lo que ponía en el testamento..., quiero decir, por qué razón la señorita Arundell había hecho uno nuevo. Y un día, mientras ella descansaba, me las arreglé para abrir el cajón del escritorio. Entonces me enteré de que me lo dejaba todo a mí. Desde luego, nunca soñé que fuera tanto. Creía que serían tan solo unos pocos miles de libras. Pero luego, cuando se puso tan enferma, me pidió que le llevara el testamento. Comprendí que quería destruirlo y fue entonces cuando me comporté mal. Le dije que lo había mandado al señor Purvis. Pobrecita, era tan olvidadiza; nunca se acordaba de lo que hacía con las cosas. Me creyó; me dijo que escribiera al abogado pidiéndoselo y yo le aseguré que lo haría.

»¡Oh, Dios mío! ¡Dios mío! Luego ella empeoró y ya no pudo pensar con claridad. Y murió. Cuando se leyó el testamento y me enteré de la cantidad de la herencia, me aterroricé. Trescientas setenta y cinco mil libras. Nunca creí ni por un instante que fuera tanto; de haberlo sabido, nunca habría hecho lo que hice. Sentí que había cometido una estafa y no supe qué hacer. El otro día, cuando Bella vino a buscarme, le dije que compartiríamos la herencia. Estaba segura de que cuando se la diera, volvería a sentirme feliz.

—¿Ven ustedes? —dijo Poirot—. La señora Tanios iba a conseguir su objetivo. Por eso era contraria a cualquier intento de invalidar el testamento. Tenía sus propios planes y lo último que deseaba era enfrentarse a la señorita Lawson. Desde luego, fingió estar de acuerdo con los deseos de su marido, pero sus verdaderos sentimientos saltaban a la vista. Tenía entonces dos objetivos: lograr la separación de su marido, tanto de ella como de los niños, y luego obtener su parte del dinero. Después habría conseguido lo que quería: una vida opulenta y feliz en Inglaterra, junto a sus hijos.

»A medida que pasaba el tiempo, fue incapaz de ocultar el aborrecimiento que le causaba su marido. Lo cierto es que no trató de ocultarlo. Su marido, pobre hombre, estaba preocupado y angustiado. El comportamiento de ella debió de parecerle totalmente incomprensible. En realidad, era bastante lógico: interpretaba el papel de la mujer aterrorizada. Si yo sospechaba, y ella estaba segura de que sería así, deseaba que creyera que el autor del asesinato era su marido. Y el segundo crimen, que yo estaba convencido de que ella ya había planeado, podía ocurrir de un momento a otro. Yo estaba enterado de que ella tenía en su poder una dosis mortal de somníferos. Temí que quisiera disponer las cosas de manera que la muerte de su marido pareciera un suicidio, incluso con una confesión escrita de su culpabilidad.

»¡Y seguía sin tener pruebas contra ella! Pero cuando ya estaba desesperado por ello, por fin conseguí algo. La señorita Lawson me dijo que había visto a Theresa Arundell arrodillada en la escalera la noche del lunes de Pascua. No tardé en descubrir que la señorita Lawson no pudo ver a Theresa con la claridad suficiente para reconocer sus facciones. Sin embargo, se aferraba a su afirmación. Por fin, después de presionarla, mencionó un broche con las iniciales "T. A.".

»A mis requerimientos, la señorita Theresa Arundell me enseñó el broche en cuestión. Al mismo tiempo, negó absolutamente haber estado en la escalera la noche mencionada. Al principio supuse que alguien se había apropiado del broche, pero cuando lo miré en el espejo enseguida me di cuenta de la verdad. La señorita Lawson, al despertar, había visto una figura confusa y las iniciales "T. A." reluciendo bajo la tenue luz. Por eso llegó a la conclusión de que era Theresa.

»Pero si lo que vio fueron las iniciales "T. A.", en realidad debían ser "A. T.", puesto que, como es natural, el espejo invertía las imágenes.

»¡Desde luego! La madre de la señora Tanios se llamaba Arabella Arundell; Bella es solo una contracción. Así pues, las iniciales "A. T." respondían a "Arabella Tanios". No había nada de particular en que poseyera tal broche. Había sido un modelo exclusivo en las últimas Navidades, pero cuando llegó la primavera cualquiera pudo adquirirlo, y yo ya había observado que la señora Tanios copiaba los sombreros y la ropa de su prima Theresa hasta donde le era posible con los limitados medios de que disponía.

»En cualquier caso, para mí aquello era la prueba definitiva.

»Pero ¿qué debía hacer? ¿Obtener una orden del Ministerio del Interior y exhumar el cadáver? Sin duda podía hacerlo. Quizá podría demostrar que a la señorita Arundell la habían envenenado con fósforo, pero me asaltaba una duda: el cuerpo llevaba dos meses enterrado y tengo entendido que ha habido casos de envenenamiento por fósforo en que no se han encontrado indicios, y las evidencias *post mortem* han sido muy confusas. Aun así, ¿podría relacionar a la señora Tanios con la compra o posesión del fósforo? Era muy improbable, puesto que con seguridad lo obtuvo en el extranjero.

»En esta situación, la señora Tanios tomó una decisión definitiva. Abandonó a su marido y se acogió a la hospitalidad de la señorita Lawson. Además, acusó al doctor Tanios del asesinato.

»A menos que yo actuara, estaba convencido de que él sería la próxima víctima. Tomé las medidas necesarias para aislarlos uno de otro, con el pretexto de que era para seguridad de ella. La señora Tanios no podía oponerse. En realidad, lo que me preocupaba era la seguridad de su marido. Y luego... luego...

Hizo una larga pausa. Estaba pálido.

—Era solo una medida temporal. Debía asegurarme de que el asesino no matara nunca más. Debía procurar que el inocente se salvara. Así es que escribí mi reconstrucción del caso y se la di en un sobre a la señora Tanios.

Se hizo un prolongado silencio.

—¡Oh, Dios mío! ¡Por eso se mató! —exclamó el doctor Tanios.

Poirot dijo en un tono bondadoso:

—¿No era la mejor solución? Ella así lo creyó. Comprenda usted que debía pensar en los niños.

El médico se cubrió la cara con las manos.

Poirot se adelantó y le palmeó en el hombro.

—No podía ser de otra forma. Créame, era necesario. Podían haber ocurrido más muertes. Primero la de usted y luego, según las circunstancias, la de la señorita Lawson. Y así hubiera proseguido.

Mi amigo se calló.

Tanios, con la voz rota, dijo:

—Una noche, ella quiso que yo tomara un somnífero. Había algo raro en su rostro, así que tiré la pastilla. Fue entonces cuando empecé a creer que algo en su mente no funcionaba bien.

—Créalo así —replicó Poirot—. En parte es verdad,

aunque no en el significado legal de la palabra. Ella era completamente dueña de sus actos.

El doctor Tanios comentó con pena:

—Fue siempre demasiado buena y cariñosa conmigo.

Extraño epitafio para una asesina confesa.

30

La última palabra

Queda muy poco que decir.

Theresa se casó con su médico poco después. Ahora conozco muy bien a los dos y he aprendido a apreciar a Donaldson: su clara percepción de las cosas, su profunda y oculta fuerza y su humanidad. Debo decir que sus modales son tan secos y precisos como siempre. Theresa, a menudo, se burla de él en sus propias narices. Creo que es completamente feliz y se apasiona con la carrera de su marido. Él se está labrando por sí mismo un brillante nombre y ya es una autoridad en lo referente a las funciones de las glándulas endocrinas.

La señorita Lawson tuvo un agudo ataque de conciencia y fue necesario impedir que renunciara hasta al último penique de la herencia. El señor Purvis redactó un convenio satisfactorio para todas las partes, por el cual la fortuna de la señorita Arundell se dividió entre la señorita Lawson, los dos Arundell y los hijos de Tanios.

Charles se fundió su parte en poco más de un año y ahora creo que está en la Columbia Británica.

Y, para terminar, contaré dos incidentes.

—Es usted un tipo muy discreto, ¿verdad? —le dijo un día la señora Peabody a mi amigo, deteniéndonos cuando salíamos de Littlegreen House—. ¡Ha conseguido mantenerlo todo en secreto! Nada de exhumación. Se ha comportado con gran decencia.

—Parece que no hay duda de que la señorita Arundell falleció a causa de una cirrosis de hígado —contestó Poirot con suavidad.

—Eso está muy bien —respondió la anciana—. He oído decir que Bella Tanios tomó una sobredosis de somníferos.

—Sí, fue algo muy triste.

—Era una de esas mujeres desdichadas que siempre desean lo que no pueden conseguir. A veces, la gente se vuelve rara cuando ocurre esto. Tuve una cocinera que era así; una muchacha sencilla, pero no hay que fiarse. Empezó a escribir anónimos. ¡Qué manías más raras le dan a la gente! Bueno, espero que haya sido para bien.

—Eso es lo que uno espera siempre, mademoiselle.

—Bien —dijo la señorita Peabody, disponiéndose a reanudar su paseo—. Tengo que decirle algo: ha mantenido usted muy bien el secreto, realmente bien. —Y se alejó con lentitud.

En ese momento oí un quejumbroso bufido detrás de mí. Me volví y abrí la cancela.

—Vamos, chico.

Bob salió a la calle. Llevaba su pelota en la boca.

—No puedes salir a pasear con ella.

Bob soltó un bufido, dio media vuelta y, lentamente, dejó la pelota al otro lado de la cancela. Miró su juguete con sentimiento y luego volvió a salir.

Me miró.

«Si tú lo crees así, supongo que estará bien, amo», pareció decir. Aspiré hondo.

—Le aseguro, Poirot, que es estupendo tener perro otra vez.

—Los despojos de la guerra —dijo mi amigo—. Recuerde que la señorita Lawson no se lo regaló a usted, sino a mí.

—Puede ser —repuse—. Pero usted no sabe manejar a un perro, Poirot. ¡No conoce la psicología perruna! *Bob* y yo nos entendemos perfectamente, ¿verdad?

«¡Guau!», confirmó Bob con energía.

Agatha Christie
TRES RATONES CIEGOS

Agatha Christie
MUERTE BAJO EL SOL

Agatha Christie
EN EL HOTEL BERTRAM

Agatha Christie
LA CASA TORCIDA

Agatha Christie
EL MISTERIO DE LA GUÍA DE FERROCARRILES

Agatha Christie
EL ESPEJO SE RAJÓ DE LADO A LADO

Agatha Christie
EL MISTERIOSO CASO DE STYLES

Agatha Christie
LOS CUATRO GRANDES

Agatha Christie
ASESINATO EN MESOPOTAMIA

Agatha Christie
EL CASO DE LOS ANÓNIMOS

Agatha Christie
NÉMESIS

Agatha Christie
Y NO QUEDÓ NINGUNO

Agatha Christie
PROBLEMA EN POLLENSA

Agatha Christie
LAS MANZANAS

Agatha Christie
EL TRUCO DE LOS ESPEJOS

Agatha Christie
CARTAS SOBRE LA MESA

Agatha Christie
HACIA CERO

Agatha Christie
EL TESTIGO MUDO

Agatha Christie
MATAR ES FÁCIL

Agatha Christie
TERCERA MUCHACHA